9

알기 쉬운 한국고전문학선

운영전

황국산 編著

●운영전(雲英傳)
●채봉감별곡(彩鳳感別曲)
●이춘풍전(李春風傳)
●신미록(辛未錄)

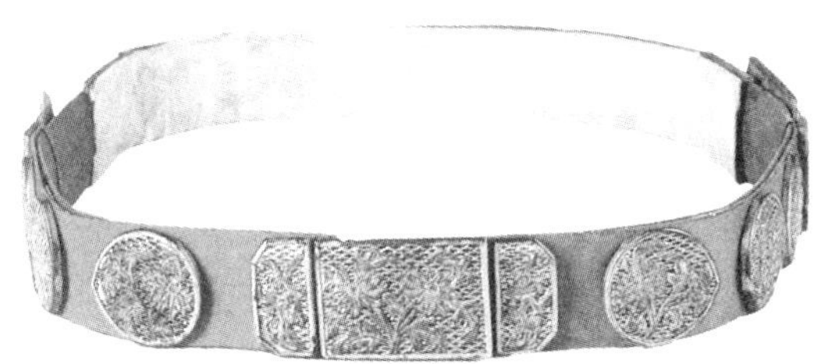

太乙出版社

♣차　례♣

운 영 전
雲 英 傳

◇ 작품 해설 ◇

이 작품은 우리나라 대표 고전문학 가운데에서 유일한 비극소설(悲劇小說)이다.

이 작품의 원제(原題)는 「수성궁몽유록(壽聖宮夢遊錄)」으로서, 작품 속에 유영(柳泳)이라는 작자(作者)가 등장하지만 그가 실존(實存) 작가인지는 밝혀지지 않고 있어 사실상 작자 미상의 작품이라고 할 수 있다.

유영이라는 사람이 안평대군(安平大君)의 옛 궁궐인 수성궁(壽聖宮)에 들어가서 놀다가, 잠이 들어 꿈을 꾸었다. 그는 꿈 속에서 옛 궁녀였던 운영(雲英)과 그녀의 애인 김진사(金進士)와 만나 그들로부터 들은 슬픈 사랑의 이야기를 표현한 일종의 꿈의 문학이다.

여주인공 운영은 안평대군의 궁녀로서 그 어떤 궁녀들보다도 안평대군의 사랑을 받는 궁녀였다. 그러나 그녀는 진정한 의미의 남녀간의 사랑을 원한 나머지, 안평대군을 찾아온 문사(文士) 김진사에게 연모의 정을 갖는다. 김진사도 운영을 한 번 보고 난 후부터 상사(想思)의 정(情)이 점점 깊어만 간다. 그들은 결국 사랑하게 되지만, 외인(外人)과의 만남을 금지하는 안평대군의 지엄한 명령하에 비극적인 사랑의 결과를 가져오게 된다.

작자는 이 작품을 통하여, 당시의 권좌에 의한 궁인(宮人)들의 비인간적 희생과 이에 대한 하류층의 반발을 극적으로 묘사하고 있다.

운영전(雲英傳)

수성궁(壽聖宮)은 안평대군(安平大君)의 옛날집이었다. 장안 서쪽 인왕산(仁旺山) 밑에 있는지라 산천이 수려하여 용이 서리고 범이 쭈그리고 앉아있는 듯이 위엄이 있어 보였다. 그 남쪽에 사직(社稷)이 있고 그 동쪽에 경복궁(景福宮)이 있었다. 비록 산새가 높고 험준하지는 않았지만 그곳에 올라가 내려다 보면 장안땅 어느 곳이든 아니뵈는 곳이 없었다. 사면으로 통하는 길과 시장가(市場街)며, 거리 거리에 밀집된 점포와 주택들이 마치 바둑판과 같고 하늘에 별이 줄을 서 있는 듯하여, 그 아름답고 화려함이란 이루 말할 수 없을 정도였다. 동쪽을 바라보면 궁궐이 아득하게 보여 구름 사이에 그림자가 드리워지고 그곳에 상서(祥瑞)로운 구름과 맑은 안개가 항상 에워싸고 있어 아침 저녁으로 고운 자태를 뽐내니 이곳이야말로 하늘 아래에서 가장 아름다운 곳이라고 가히 말할 수 있을 만하였다.

꽃피는 춘삼월과 단풍지는 구월 심추(深秋)에는 노래 부르는 소년들과 피리 부는 아이들이며, 시인과 서예가들과 활 쏘는 궁사(弓士)들이 때를 따라 그곳에 올라 풍월(風月)을 읊고 술도 마시며 아름다운 경치에 매혹되어 돌아갈 줄 몰랐다. 산천이 수려하고, 경치의 빛남이 참으로 무릉도원(武陵桃源)을 능가하고도 남음이 있었다.

이 때에 남문 밖 옥녀봉(玉女峯) 아래에 한 선비가 살고 있었으니, 그는 유영(柳泳)이라는 사람이었다. 나이 스무 살에 풍채가 준수하고 학문이 뛰어났으나 집안이 가난하여 옷과 끼니를 잇기가 어려운 처지였다. 울적한 마음을 달랠 겸하여 이 동산의 경치가 좋음을 익히 들어 알고 있는 터라 한 번 구경하고자 하였으나, 옷차림이 남루하고 안색이 파리하여 핏기가 없는지라 남의 비웃음을 받을까 두려워하여 망설이다가 못내 뜻을 내지 못하였는데, 이 때는 신축년(辛丑年) 삼월 보름께였다. 날씨가 화창하고 온갖 꽃이 활짝 피어, 시냇가의 버드나무는 무성하게 흐드러져 마치 초록색 장막을 두른 듯하고, 계곡의 물줄기는 잔잔하여 광릉(廣陵) 보경(寶鏡)을 새로 닦아 펴놓은 듯이 아름답고, 꽃봉오리 사이 사이로 이리 저리 노나니는 아리따운 새들은 한껏 고운 맵시로 노래하거늘 마치 생황(笙篁)을 켜는 듯하였다. 봄바람이 사람을 호탕하게 만들고 아름다운 경치가 정(情)을 붙들어 흥을 더욱 북돋았다. 이때 유생(柳生)은 흥취를 이기지 못하였으나 데리고 다닐 머슴 아이도 없고 그렇다고 가까이 할 벗조차 없는지라, 탁주(濁酒)를 병에 담아 손수 들고, 홀로 걸어서 궁문(宮門)으로 들어가니 구경온 사람들이 서로 돌아보고 가리키며 웃지않는 이가 없었다. 유생은 너무나 부끄럽고 창피하여 몸둘 바를 몰랐으나, 이윽고 후원으로 들어갔다.

사람이 없는 곳으로 가서 높은 데 올라가 사방을 바라보니, 이때

임진왜란(壬辰倭亂)을 막 겪은 나머지에 장안의 궁궐과 성안에 가득한 호화로운 집들은 탕연(蕩然)하여 빈 곳이 많았다. 무너진 담장도, 깨어진 기왓장도, 묻혀진 우물도, 거친 섬돌도 수풀에 싸여 보이지 않았다. 임자없는 풀꽃들만이 스스로 번성하였고, 다만 동문(東門)에 몇 칸만이 홀로 남아 우뚝 솟아 있었다. 유생은 천석(泉石)이 있는 서편 뜰로 걸어서 들어갔다. 그윽하고도 깊숙한 우물에는 갖가지 풀들이 다투어 자라났고, 맑은 물에 빈 그림자가 망연하게 비치었으며, 고운 꽃이 사방에 가득하여 인적이 끊긴지 오래되었음을 느낄 수가 있었다. 잔잔한 바람은 사방에서 일어나 꽃의 얼굴을 어루만지고, 향내(香氣)는 그윽하여 사람의 발걸음을 잡아매고 있었다. 유생은 홀로 바위 위에 올라앉아 소동파(蘇東坡)의 「아상조원춘반로 만지낙화무인소(我上朝元春半老 滿地落花無人掃)」라는 싯귀를 읊조리며, 가지고 온 술병을 풀어 탁주 한 잔을 부어 단숨에 들이켰다. 술이 약간 거나해지자 옷을 벗어 바위 위에 놓고 돌을 베고 누웠다. 시간이 얼마나 흘렀을까. 이윽고 술이 깨어 눈을 뜨니 구경꾼은 모두 돌아가고 달이 솟아오르는데, 연기는 버들가지에 아롱지고 바람은 꽃망울을 희롱하고 있었다. 유생이 놀라 일어나 옷을 입고 돌아오려 하는데, 문득 한 가닥의 부드러운 말 소리가 바람결에 들려왔다. 유생은 이상하게 여겨 말 소리가 나는 곳으로 찾아가 보았다. 꽃나무 사이에서 한 소년이 절세미인(絶世美人)과 함께 마주앉아 있다가 유생이 옴을 보고 흔연히 일어나서 맞이하며 손을 올려 절을 하였다. 유생도 함께 인사를 나누고 나서 소년에게 물었다.

"젊은이는 어떤 사람이기로 꽃이 화려하고 봄바람이 화사한 낮에 놀지 아니하고 어둡고 음산한 기운이 감도는 밤을 택하여 놀고 있는가?"

유생의 물음에 소년은 미소를 지으며 대답하였다.

"옛 사람이 이르기를 '경개약구(傾蓋若舊)'라 하였는데, 이는 필시 우리를 두고 한 말이지요."

세 사람은 서로 향하고 둘러앉아 얘기를 나누었다. 문득 그 미인(美人)이 나직한 목소리로 차(茶)를 나르는 시녀(侍女)를 부르니, 잠시 후 두 시녀가 수풀 사이에서 나왔다. 그 여인이 시녀를 보고 이르되,

"오늘 저녁에는 고인(故人)과 놀던 곳에서 또 예기치 않게 아름다운 손님을 만났으니 오늘 밤을 어찌 헛되게 보낼소냐? 너는 모름지기 술과 안주를 차려오되 붓과 벼루도 함께 가져 오너라."

두 시녀는 명령을 받고 갔다가 잠시 후에 돌아오는데 그 오고 가는 모습이 사뿐하여 마치 달빛 가운데 핀 매화꽃에 노니는 앵무새와 같았다.

유리로 만든 술병과 술잔에 신선이 마시는 자하주(紫霞酒)를 담고, 황금 쟁반에 진과성찬(珍果盛饌)을 벌여놓고 백옥잔(白玉盞)에 호박대(琥珀臺)를 받쳐 내오거늘 세 사람이 화기애애하게 서로 권하며 흥을 돋구었다. 술맛이 향기롭고, 안주가 또한 맑고 깨끗하여, 이 모든 것들이 가히 속세의 것은 아닌 것 같았다.

주거니 받거니 두어 잔 술이 오고 가자 그 여인이 문득 시를 읊어 취흥을 돋우는데, 그 가사는 이러하였다.

깊고 깊은 궁(宮) 안에서 옛 사람을 여의었으니
즐거운 그 한 시절 비가 되고 구름되어

다시 뵐 길 전혀 없네
몇 번이나 울었던가 꽃피는 그 봄날을
밤마다 다시 만난 그 인연은 생시 아닌 꿈일레라
어제의 일 소진하여 한 줌 티끌 되었거늘
부질없는 나의 눈물 수건 가득 적시누나.

시(詩)를 다 읊고 난 그 미인은 흐느끼고 탄식하며 두 볼에 구슬같은 눈물을 흘리었다. 유생은 이상히 여겨 일어나서 절을 한 후에 물었다.

"내가 비록 양가(良家)의 집에 태어나 호화호식한 바는 아니나 일찍이 글 쓰는것을 일삼아 문필(文筆)의 뜻을 약간은 알고 있는 바라, 이제 이 싯귀를 들어보니 격조는 맑고 뛰어나 있으나 시상(詩想)은 자못 슬프기 그지없으니 그 이유를 알지 못하겠소이다. 오늘 밤의 만남이 비록 우연한 일이나 천고(千古)에 드문 일인지라, 달빛이 대낮같고 맑은 바람이 시원하게 불어오니 옛사람이 말하기를 '불기이회(不期而會) 서천윤지락사(序天倫之樂事)'라 이 좋은 밤을 즐길만 하거늘 갑자기 서로 만나 슬프게 우는 것은 어인 일이요? 소제(小弟)가 비록 남이나 이처럼 만나 인연을 맺고 술잔을 주고 받아 이미 가까와졌거늘, 서로가 이름도 알지 못하고 또한 지난 회포를 풀지 못하니 이 어찌 의심되는 일이 아니요?"

하며 유생이 먼저 자기 성명을 말하고 강요하는지라, 소년이 한숨을 쉬며 말하기를,

"어찌 소외(疎外)함이 있겠나이까? 성명을 말하지 아니함은 어떤 사정이 있어서 그러하온 것인데 당신이 이미 강요하고 또 알고자

하니 성명을 일러주는 것이 뭐가 그리 어려움이 있으리어만, 말을 하자 하니 얘기가 길어질 것이요, 다만 슬픔을 더할 뿐인지라 슬픈 과거를 어찌 다 이야기하리요?"

하고 슬픈 표정으로 말없이 한참을 있다가 입을 열어 말을 하였다.

"나의 성은 '김(金)'이라 합니다. 나이 십 세 때부터 시문(詩文)을 잘하여 학당(學堂)에서 유명하였고, 십 사 세 때 진사(進士)에 오르니, 세상 사람들이 모두 김진사(金進士)라고 불렀습니다. 제가 소년(少年)의 협기(俠氣)를 스스로 억누르지 못하고 이 여인으로 말미암아 부모의 유체(遺體)를 받들고서 마침내 불효를 저지르고 말았으니, 천지간에 한 죄인이옵니다. 이러한 죄인의 이름을 억지로 알아서 무엇하리까? 이 여인의 이름은 운영(雲英)이요, 저 두 시녀의 이름은 하나는 녹주(綠珠)요, 하나는 송옥(宋玉)이온데 모두 다 옛날 안평대군의 궁인(宮人)이었습니다."

하고 소리를 삼키며 더 이상 말을 꺼내지 못하므로, 유생이 다그쳐 물었다.

"이미 말을 꺼내었다가 다하지 못함은 아예 처음부터 말을 꺼내지 않은 것만 같지 못합니다. 안평대군의 성시(盛時)의 일과 진사(進士)의 슬퍼하는 까닭을 자세히 얘기해 줄 수 있겠소?"

진사는 운영을 돌아 보면서 말하였다.

"북극성(北極星)이 여러 번 바뀌고 일월(日月)이 오래 되었는데, 그 때 일을 그대는 모두 기억할 수 있겠소?"

운영이 대답하기를,

"심중에 쌓여 있는 원한을 한시인들 잊으오리까? 제가 한 번 얘기하여 볼 것이오니 낭군께서 듣고 계시다가 빠지는 것이 있으면

보충하여 말씀해 주소서."

하고는 이야기를 시작하였다.

*

안평대군은 세종 장헌대왕(世宗 莊憲大王)의 세째 아들로서, 왕자 팔대군(八大君) 가운데서 가장 영특하였습니다. 그런 까닭에 주상이 매우 사랑하시고, 무수한 전택(田宅)과 재보(財寶)를 내려주시니, 여러 대군 가운데 가장 나았습니다. 나이 열 세 살 때 이미 사궁(私宮)에 나와서 거처하시니, 그 궁(宮) 이름을 수성궁(壽聖宮)이라 하였습니다. 글을 쓰는 일로써 스스로 자처하여 밤이면 글을 읽고 낮이면 시도 읊고 글씨도 쓰며 한시도 소홀히 하시지 않으시니, 그 때의 문인재사(文人才士)들이 모두 그 문(門)에 모여서 그 장단고하(長短高下)를 비교하고, 밤이 깊어 닭이 세 차례를 울도록 강론(講論)하는 일을 자주 하였지만, 특히 대군의 필법(筆法)은 신교(神巧)하여 일국에 유명하였지요. 문종대왕(文宗大王)이 왕위에 오르지 않고 아직 세자(世子)로 계실 적에 항상 집현전(集賢殿)의 모든 학사(學士)들과 함께 대군의 필법을 논평하시기를,

"내 아우가 만일 중국에서 태어났더라면 비록 왕희지(王羲之)에는 미치지 못하나, 어찌 조송설(趙松雪)에게야 뒤지리요?"

하시면서 칭찬이 자자하였습니다.

하루는 대군이 저희 궁인들을 보고 말씀하시기를,

"천하의 모든 재사(才士)들은 반드시 고요한 곳에 처하여 공부해야 이루어지느니라. 도성문(都城門) 밖은 산천이 고요하고 인가(人家)가 드문지라 이런 곳에서 오직 공부만 하리라."

하시고는 곧 그 위에다 십여 칸의 깨끗한 집을 짓고 그곳을 「비해당

(匪懈堂)」이라 불렀으며, 또 그 곁에 한 단(壇)을 쌓고「맹시단(盟詩但)」이라 불렀으니 이것은 힘써 글을 익히고 의(義)를 생각한다는 뜻이었지요.

이 때 당대의 문장(文章)과 거필(巨筆)들이 모두 그 단에 모이니 문장은 성삼문(成三門)이 첫째요, 필법은 최흥효(崔興孝)가 첫째였습니다. 비록 그러하였지만 모두 대군의 재주에는 미치지 못하였지요.

하루는 대군이 취함을 타서 모든 시녀들을 불러내어 말씀하시기를,

"하늘이 재주를 내려주심에 있어서 어찌 남자에게만 주시고 여자에게는 주시지 않았으랴? 지금 세상에는 문장으로 자처하는 자는 많지만 정작 뛰어난 사람은 적으니 너희들도 힘써서 공부하라."

하시고는, 궁녀들 중에 가장 나이가 어리고 얼굴이 고운 열 명을 뽑아 가르치기 시작했습니다. 먼저 소학언해(小學諺解)를 가르쳐 익히게 한 후에 사서삼경(四書三經)을 차례로 가르치고, 또한 이백과 두보의 당음(唐音)을 가르쳐 밤낮으로 열심히 읽게 하니, 오 년 이내에 많은 것을 배워 모든 문인재녀(文人才女)들이 되었습니다. 이리하여 대군이 기꺼이 항상 안에 계신즉 소첩 등으로 하여금 책상 앞을 떠나지 않게 하시고, 글을 짓게 하고 글씨도 쓰게 하여 위 아래를 정하고, 상벌을 주어 표창하시니 그 완숙한 경지가 비록 대군을 따르지는 못하였지만 음율의 맑고 깨끗함과 구법(句法)의 완숙함은 가히 성당(盛唐) 시인의 곁을 엿볼 수 있었습니다.

열 명의 이름은 소옥(小玉), 부용(芙蓉), 비경(飛瓊), 비취(翡翠), 옥녀(玉女), 금련(金蓮), 은섬(銀蟾), 자란(紫鸞), 보련(寶蓮), 운영

(雲英)이니, 운영은 곧 소첩이옵니다. 대군이 매우 사랑하시어 항상 궁 안에 깊이 두시고 바깥 사람과 함께 말하지 못하게 하였습니다. 날마다 문사(文士)와 함께 술을 마시며 시재(詩才)를 다루시되 결코 한 번도 소첩 등과 가까이 하게 못하였고, 대군은 항상 명령을 내려 외부와의 출입을 막았습니다.

"시녀 가운데 만일 하나라도 궁 밖으로 나간다면 그 죄는 마땅히 죽을 것이요, 밖의 사람이 궁인의 이름을 알면 그 죄 또한 죽음을 면치 못하리라."

하신즉, 안팎의 엄격함이 마치 북극 천문(北極天門) 같은지라 감히 아무도 그 명령을 어긴 사람이 없었습니다. 그런데 하루는 대군이 밖에 나갔다가 들어와서 소첩 등을 불러 말씀하시기를,

"오늘은 문사와 함께 술을 마셨는데 갑자기 한 줄기 푸른 연기가 궁중에서 일어나 더러는 성첩(城堞)에 어리고 더러는 산 마루에 날리므로 내가 먼저 시 한 편을 지어 놓고 다른 사람들에게 운(韻)에 맞추어 시를 짓게 하고서 본즉 모두가 마음에 들지 않았다. 그러니 너희들이 각각 시를 지어 올려라."

하셨습니다. 그리하여 소첩 등이 서로 글을 지어 바쳤는데, 먼저 소옥(小玉)의 시에서는,

> 푸른 연기가 가늘기 바단 같으니
> 바람 따라 집으로 들어왔구나
> 짙어졌다 옅어졌다 하는 그 모습
> 어느새 황혼이 오는 것도 알지 못했네.

또한 부용(芙蓉)도 시에서 말하기를,

하늘로 날아올라 요대(瑤臺)의 비가 되어서
땅에 떨어진 후 다시 비가 되었네
저녁이 가까이 오니 산빛이 어두워지고
그윽한 생각은 초(楚)나라 임금을 그리노라.

비취(翡翠)도 지어 바쳤는데,

꽃이 시드니 벌이 기운을 잃었고,
대나무가 빽빽하니 새가 둥지를 찾지 못하네
황혼녘에 보슬비가 내리니
창밖에 보슬거리는 소리 들리노라.

또한 비경(飛瓊)도 시를 지었으되,

작은 은행나무 눈 맺히기 어려운데
홀로 선 대나무는 저마다 푸르구나
가벼운 그늘은 잠시 무거워 보일 뿐
날이 저물면 다시 황혼이 오네.

옥녀(玉女)도 시를 지었는데,

해를 가리운 얇은 비단은 가늘고

산을 가로지른 푸른 띠는 길도다
작은 바람 불다가 잠시 흩어지니
남은 것은 젖어있는 작은 연못 뿐일레라.

금련(金蓮)도 시를 지었습니다.

산 밑에 차가운 연기 쌓이고
옆으로 날으는구나 궁 안의 나뭇가를,
바람 불어 스스로 안정하지 못하고
기운 해만 푸른 하늘 가득하구나.

은섬(銀蟾)도 지어 올렸는데,

산골짜기 일어나는 검은 그늘이여
연못둑에 푸른 그림자 흐르는구나
날아서 돌아간들 찾을 바가 없으니
연잎에 맺힌 이슬 구슬되어 머물었네.

자란(紫鸞)의 시는,

이른 아침 마을 어귀는 아직 어둡고
가로질러 높은 나무 낮아 보이네
순식간에 홀연히 날아가노니
서쪽 산과 함께 앞쪽 계곡이로다.

소첩도 또한 글을 지어 올렸는데,

푸른 연기 멀리 뵈어 더욱 가늘으니
아름다운 사람이 길쌈을 끝내었구나
불어오는 바람 맞아 홀로 서서 슬퍼하니
생각은 날아가서 무산(巫山) 위에 떨어지네.

보련(寶蓮)도 시를 지어 올렸습니다.

작은 배암이 그늘 속에서 봄을 맞으니
장안은 물 기운 속에 있도다
능히 인간 세상으로 하여금
홀연히 취주궁(翠珠宮)이 되게 하였네.

대군이 다 보시고 나서 크게 놀라 말씀하셨습니다.

"비록 당나라 시인의 글에 비하여는 앞서갈 수 없으나, 이제 근보(謹甫) 이하는 감히 따라올 자가 없으리로다."

하고, 몇 번을 읊으셨으나 그 고하(高下)를 알지 못하시더니, 얼마 후에 다시 말씀하셨어요.

"부용(芙蓉)의 시는 초나라 임금을 사모하였으니 내 심히 아름답게 여기노라. 비취의 시는 예전보다 아름다움이 더하였고, 옥녀의 시는 의사가 표일하고 끝귀에 은은히 넉넉한 뜻이 담겨 있으니 이 두 시가 마땅히 으뜸이로다."

또 말씀하시기를,

"내 처음 읽을 때는 우열을 가리기가 힘들더니 두 번 세 번 살펴본즉 자란의 시는 뜻이 깊고 멀어 감동하는 바가 심히 크도다. 또한 다른 시들도 맑고 아름다와 뜻이 선명한데, 다만 운영의 시만은 현저하게 외로이 사람을 그리워하는 뜻이 있구나. 어떠한 사람을 생각하고 있는지는 알 수 없으나, 마땅히 엄히 물어 그 사람이 누구인지를 밝혀내야 하겠지만 그 재주가 너무 아까우므로 아직 그만 두겠노라."

하시므로 소첩이 곧장 뜰 아래로 내려가 엎디어 울면서 대답하였습니다.

"글을 쓰는 순간에 우연히 생각이 났기로, 어찌 다른 마음이 있사오리까마는, 이제 주군(主君)께서 의심하고 계시니 소첩은 만번 죽어도 아까움이 없겠사옵니다."

대군이 소첩더러 '앉으라' 하시고는 말씀하시기를,

"글은 원래 마음 속으로부터 우러나오므로 가히 숨길 수가 없는 것이니 너는 더이상 변명하지 말라."

하시고는 곧장 비단 열 필(疋)을 내어 열 사람에게 나누어 주셨습니다.

대군은 원래 소첩에게 개인적인 뜻이 없었으나 궁중 사람들은 모두 대군께서 소첩에게 뜻을 둔 줄로 알았습니다. 저희들이 물러나 빈 방에 들어가 촛불을 켜고 칠보로 만든 책상 위에다 당률(唐律) 한 권을 갖다 놓고, 옛 궁녀들이 지은 시를 논하였으나 저는 홀로 병풍에 기대어 수심에 잠긴 채 즐기지 아니하고 사람을 생각하고 있으니, 소옥이 돌아보며 물었습니다.

"너는 어찌하여 그처럼 즐겁지 않은 표정으로 앉아 있느냐? 무엇을 생각하고 있느냐? 아까 시를 지을 때 주군께 의심받은 것이 걱정되어 그러느냐? 아니면 주군께서 너에게 뜻을 두어 비단 이불 속에서 즐김이 있었기에 그것을 속으로 기뻐하여 그러느냐? 도대체 너의 속 마음을 알지 못하겠구나."

하기에 소첩이 자세를 고쳐 앉으며 말하였습니다.

"너는 내가 아닐진대 어찌 내 마음을 알 수 있겠느냐? 내가 마침 시 한 귀를 지었는데 좋은 뜻을 얻지 못하므로 괴로운 생각이 들어 말하지 않은 것 뿐이다."

그러자 은섬이 말했어요.

"뜻이 향하는 바가 있으면 마음이 다른 데 있을 수 없으므로 남의 말 듣기를 바람소리처럼 듣게 되는 법, 너의 속뜻을 내가 장차 알아 보리라."

하면서 창밖의 포도 넝쿨을 제목으로 삼아 시를 지으라 재촉하였어요. 소첩이 할 수 없이 물음에 응하여 거침없이 시 한 수를 읊었습니다.

서로 엉킨 넝쿨은 용이 서린 것과 같고
푸른 잎이 그늘 만드니 모두가 정(情)이 있어 보이는구나
더운 날의 위풍은 능히 비추기를 거두었고
흐린 하늘 찬 그림자가 도리어 헛되이 밝았구나
넝쿨이 뻗어 난간을 잡았으니 정을 남겨둔 듯하고
열매 맺어 구슬인 양 드리우니 따다가 효성을 본받고자 하노라
행여 다른 때를 기다려 조화를 부린다면
함께 모여 구름 비 타고 삼청궁(三淸宮)에 오르리라

소옥이 소첩의 시를 보고는 곧장 일어나 절을 하고 말했어요.

"정말에 세상에 뛰어난 기재(奇才)로구나. 풍격이 높지 아니함은 비록 옛 곡조와 같지 아니하나, 갑자기 지은 글이 이처럼 아름다우니 이것이 바로 시인이 가장 하기 힘든 것이로다. 나의 마음이 기쁘고 복종함은 마치 칠십제자(七十弟子)가 공부자(孔夫子)에게 복종하는 것과 같도다."

소첩의 시를 보고 자란도 말을 했어요.

"말은 삼가해야 하거늘 어찌 이렇듯 지나친 칭찬을 하느냐? 다만 문자가 완곡(婉曲)함이 날고 뛰는 자태가 있는지라 이것은 사줄 만하다."

하거늘, 온 좌석이 다 '그렇다'하는지라 소첩이 비록 시를 읊어 의심을 풀었으나, 모든 사람의 의심은 그래도 풀리지 않은 것 같았어요.

다음 날 갑자기 문 밖에서 요란한 마차소리가 나더니 문을 지키는 사람이 급하게 들어와 말하기를,

"여러 손님이 오시나이다."

하거늘, 대군이 동각(東閣)을 청소하게 하고 맞이하니 모두가 다 문인재사(文人才士)들이었습니다. 인사를 마치고 자리를 정하여 앉은 후 대군께서 소첩 등이 지은 시를 내어 보이는데 모든 사람들이 크게 놀라며 말했습니다.

"미리 약속하지도 아니한 오늘에 성당(盛唐)의 빛나는 시를 다시 보니 저희들이 어찌 감히 어깨를 견주오리까? 이처럼 뛰어난 보배를 어디서 구하셨나이까?"

대군이 미소를 지으며 말씀하셨습니다.

"어찌 그러하리요? 종 녀석이 우연히 길에서 얻어 온 것이라. 그래

서 누가 지었는지는 알지 못하노라."

하니, 여러 사람이 의심을 풀지 못하고 있는데, 이윽고 성삼문이 일어나서 글을 보며 말했어요.

"재주는 아무 시대에나 있지만 전조(前朝)부터 지금에 이르기까지 육백여 년 동안 글로써 동국(東國)에 이름난 자가 헤아릴 수 없이 많거니와, 모두 침탁하여 혹은 흐리고 맑지 못하거나 혹은 맑지만 부잡하여 모두 음률에 맞지 않고 서정을 잃었으나 이제 이 시를 보니 풍격이 청신하고 의사(意思)가 뛰어나서 조금도 속세의 때가 묻지 않았으니 이는 분명 깊은 궁궐 사람의 글이 분명하오. 바깥 사람과 접촉이 없고, 오로지 깊은 곳에 있어 옛 사람의 글만 보고 익혀 스스로 마음에 얻은 글인즉, 그 뜻을 자세히 살펴보니 이 시에, '불어오는 바람 맞아 홀로 서서 슬퍼하니'라는 귀절은 사람을 그리워하는 뜻이 있음이요, 또 그곳에 '홀로 선 대나무는 저마다 푸르구나'라는 귀절은 정절을 지킬 뜻이 있는 여인의 마음이요, 또 그곳에 '바람 불어 스스로안정하지 못하고'라는 귀절은 지키기가 어렵다는 말이요, 또 거기에 '그윽한 생각은 초나라 임금을 그리노라'라는 귀절은 주군(主君)을 향한 정성이 있음을 말하며, 또한 '연잎에 맺힌 이슬 구슬 되어 머물었네'라는 귀절과 '서쪽 산과 함께 앞쪽 계곡이로다'라는 귀절은 하늘의 신선이 아니면 이와같은 표현을 생각할 수 없을 것이라. 그 격조에 더러는 고하(高下)가 있지만, 그 기상은 다 같으므로 생각컨대 궁 안에 여학사(女學士)가 있는 게 분명하오. 어찌하여 신선 열 사람을 숨겨 두고 저희에게 한 번도 보여 주지 아니하시나이까?"

대군은 속으로 탄복하였으나 겉으로는 감정을 나타내지 아니하고 말씀하셨어요.

"누가 근보(성삼문)더러 시감상을 하라고 하였는가? 나의 궁안에 어찌 그러한 사람이 있겠는가? 의심도 심하시오."

하시니 모든 사람이 입을 다물었어요. 이 때 열 사람이 창 틈으로 엿듣고는 탄복하지 않는 사람이 없었어요. 그날 밤에 자란이 소첩더러 지성으로 묻기를,

"여자로 태어나서 시집가고 싶은 마음은 누구에게나 있는 것인데, 이제 우리들은 전생에 무슨 죄를 많이 지어 여자로 태어났으며, 더욱이 이를 갈 나이부터 깊은 궁 안에 잠겨 있는가? 따뜻하고 서늘함은 때를 알아 어느 덧 돌아가고, 세월은 물과 같아 촌음을 머물지 아니하는데, 봄바람에 복숭아꽃 만발할 때와 깊고 깊은 가을 기나긴 밤에 사방은 적막하고 침실은 비었는데 푸른 등 차가운 이불 속에 꿈 이루기 어렵구나. 짧은 인생이라면 매화곡(梅花曲) 죽지사(竹枝詞)를 누구에게 물으랴? 꽃다운 나이를 헛되이 초목과 같이 썩일 것인가? 만일 가슴에 맺힌 한이 있다면은 어찌 병을 만들어 또한 부모의 유체(遺體)로서 헛되이 마칠 것인가? 요즘 너의 모습을 살피건데, 얼굴이 점점 수척해지고 행동거지가 초조하고 안정되지 못함을 보니, 분명히 무슨 까닭이 있는 것 같구나. 네가 마음 속에 생각하고 있는 사람은 어떤 사람이냐? 내가 너와 함께 정(情)이 두터움이 열 사람 중에 다르다는 것은 너도 이미 알지 않느냐? 그러므로 내 마음이 내버려 둘 수가 없어서 진심으로 묻는 것이니 너는 모름지기 숨기지 말고 자세하게 얘기해 주면 내가 또한 너와 함께 방법을 찾을 길을 힘쓸 것이니 깊이 생각하여라."

하므로, 소첩이 일어나 절을 하고는 사례하여 말하되,

"내가 어찌 그대의 깊은 정을 모르리오마는 궁인이 너무 많아서 남이 엿들을까봐 두려워 하였는데, 이제 이렇게 간절히 물으니 내 어찌 감히 진실을 숨기리오마는 얘기를 하려 하면 낯이 두껍고 마음이 부끄러워지므로, 말이 입을 도와 나오지를 않는구나. 하지만 어찌 그대의 친절한 정을 저버릴 수 있으리오. 아무쪼록 그대는 나의 추루(醜陋)함을 비웃지 말라."

하고는 지난 이야기를 들려 주었습니다.

*

지난 가을이었지. 화원의 국화꽃이 처음으로 피고 만산의 단풍이 매우 붉을 때에 대군이 서당(書堂)에 홀로 앉아 시녀를 시켜 묵을 갈게 하시고, 비단을 펴고 비로소 사운절구(四韻絶句) 십 수(十首)를 쓰시고 있는데, 갑자기 어린 종놈이 밖으로부터 들어와 아뢰기를,

"밖에 한 나이 어린 유생(儒生)이 스스로 김진사(金進士)라 하고 와서 뵙기를 청하옵나이다."

하므로, 대군이 기꺼이 말씀하시기를,

"김진사가 왔다고?"

하시고는 맞아 들이시니, 옷을 걷어 올리고 빨리 나아와 당(堂)에 오르니, 마치 새가 날개를 편 듯하고, 자리에 공손히 앉으니 신선이 내려온 것 같더라. 대군이 한 번 보고 크게 놀라 마음을 기울여 자리를 옮겨 마주보고 앉으시니, 진사님이 자리를 피해 앉으며 절을 하고 사례하여 말하기를,

"이렇게 후한 대접을 입사옵고, 외람되이 존명(尊名)을 더럽히니

이제 대접하심을 받고자 하오나 송구스럽기 그지 없사옵니다."

대군이 흔쾌히 말씀하시기를,

"오랫동안 그대를 한 번 만나보고자 하였는데, 이처럼 내 앞에 앉게 하니 광채가 온 방안을 울리고 기쁨이 또한 여러 벗을 지나도다."

하시었다.

진사님이 처음 들어올 때에 시녀 등과 이미 상면하였고, 또한 대군이 진사님의 나이가 어린 것을 마음에 가볍게 여겨 첩들로 하여금 피하지 아니하게 하시었다. 이 때 대군께서 진사님에게 말씀하시기를,

"이제 가을 경치가 매우 좋으니 바라건대, 그대는 시 한 수를 지어 써서 방 안의 광채를 더욱 빛나게 하라."

진사님이 자리를 피해 앉으며 사례하여 말하기를,

"헛된 이름 뿐이옵니다. 실력이 없는지라 시격(詩格)의 율조(律調)를 소자가 어찌 알리이까?"

대군께서는 금련(金蓮)을 시켜 노래를 부르게 하고, 부용(芙蓉)으로 하여금 거문고를 타게 하며, 보련(寶蓮)을 시켜 피리를 불게 하고, 비경(飛瓊)에게 잔을 나르게 하며, 나를 시켜 봉연(奉硯)을 받들게 하시니 그때 나의 나이 십칠 세였지. 한 번 그 낭군을 보니 마음이 흐려지고 뜻이 풀어져 안정하지 못하고, 낭군 역시 나를 자주 돌아보아 눈웃음을 보내더라. 대군께서 진사님에게 일러 말씀하시기를,

"내가 그대를 대접함이 참으로 정중히 하거늘 그내는 어찌 고고하게 굴어 이 방안으로 하여금 무색하게 하는가?"

하시니, 진사님은 곧장 붓을 들어 시 한 편을 써서 바치었다. 그 시에 말하기를,

기러기가 남쪽을 향해 날아가니
궁 안에 가을 빛이 이미 깊었구나
물이 차서 연꽃은 꺾이어 구슬이 되고
서리가 자주 오니 국화꽃은 금빛을 띄었구나
비단 자리 깔고 앉은 얼굴 고운 저 여인은
구슬로 꿴 줄을 흔들고 백설로 엉긴 소리를 부르는구나
안개같은 한 말 술에
먼저 취하니 몸을 가누기 어렵구나.

대군께서 읊기를 여러 차례 하시더니 놀라 말씀하시기를,

"익히 듣던대로 천하 기재(奇才)로구나. 우리의 만남이 어찌 이리 늦었는고?"

하시었고, 시녀 열 명도 한꺼번에 놀라 얼굴을 돌이키며 서로 바라보지 않은 이가 없었고, 이구동성으로 말하기를,

"이는 필시 왕자진(王子晋)이 학을 타고 인간 세상에 내려 왔도다. 그렇지 않고서야 어찌 이런 사람이 있을 수 있겠는가?"

라고 하였다.

그러자 대군이 잔을 잡으면서 물었다.

"옛 시인 중에서 누가 가장 으뜸이 되겠는고?"

진사님이 대답하기를,

"소자의 소견으로 말할 것 같으면 이태백(李太白)은 하늘의 신선

이옵니다. 옥황상제(玉皇上帝)의 향안(香案) 앞에 있다가 현보(玄圃)에 내려와서 놀다가 옥액(玉液)을 다 마시고 취흥을 이기지 못하여 온갖 나무와 꽃가지를 꺾고 바람을 따르고 비를 맞으면서 인간에 떨어진 기상이옵니다. 노왕(盧王)은 바다 위의 선인으로 해와 달이 출몰하여, 구름이 변화하고 푸른 파도를 흔들며 고래가 물을 뿜고 섬들이 창망(蒼茫)하며, 풀과 나무가 두루 울창하고 물결이 일어 꽃과 잎을 만들며, 물새의 노래와 교룡(蛟龍)의 눈물을 모두 가슴에 감추고 있으니, 이것이 바로 시 가운데 무궁한 조화이옵니다. 당나라 시인 맹호연(孟浩然)은 이름이 가장 높으니 일찍이 음률(音律)을 많이 배운 사람이요, 이의산(李義山)은 선술(仙術)을 익혀 무릇 귀신(鬼神)의 말하기를 즐겨하여 평생 글을 지은 것이 귀어(鬼語)가 아닌 것이 없사옵니다. 이 밖에도 수많은 사람들이 모두 저나름대로의 특색을 지니고 있으니 어찌 다 말할 수 있겠나이까?"

대군이 말씀하시기를,

"날마다 문사(文士)와 함께 글을 의논해 보니 두보를 시인 중의 으뜸으로 치는 이가 많은데, 그대는 두보를 그 밖의 나머지 분분한 무리로 간주하니 이것은 무슨 뜻인가?"

진사님이 말하기를,

"그렇나이다. 속된 선비의 입으로 말한다면 마치 회(膾)와 적으로써 사람의 입에 맞게 함과 같아서 두보의 시가 비록 아름답다 하나 결국 회와 적에 지나지 않은 줄로 아옵니다."

대군께서 가로되,

"백체(百體)를 구비하고, 비유(比喩)하고 흥구(興句)하는 것이 매우 정밀하거늘 그대는 어찌하여 두보를 그렇게 가볍게 보는가?"

진사님이 사례하며 말하기를,

"소자가 어찌 감히 가볍게 어기겠나이까마는 그 장점을 말한다면, 한무제(漢武帝)가 미앙궁(未央宮)에 앉아 오랑캐의 교활함을 분하게 여겨 장수를 시켜 정벌토록 하니 힘센 백만군사가 수천여리(數千餘里)를 줄지어 있는 것과 같고, 그 아름다운 점을 말하자면 사마상여(司馬相如)가 장문부(長門賦)를 읊고 사마천(司馬遷)이 봉선문(封禪文)을 초(草)한 것과 같고, 그 신선을 구하려 한 즉 동방삭(東方朔)으로 하여금 좌우에 모시게 하고 서왕모(西王母)에게 천도(天桃)를 드리게 한 것과 같으니 이러한 것이 바로 두보의 문장이요 따라서 백체를 구비하였다고 할 수 있사옵니다. 이태백에게 비교함에 이르러서는 곧 천양(天壤)을 비기지 못함과 같을 것이오며, 왕맹(王孟:王維와 孟浩然)에게 비교함에 이르러서는 곧 두보가 말을 몰아 앞서가면 왕맹은 채찍을 잡고 따르는 것과 같으오리다."

대군이 말씀하시기를,

"그대의 말을 듣고보니 가슴 속이 후련함이 긴 바람을 타고 태청궁(太淸宮)에 올라가는 것과 같구나. 하지만 두보의 문장은 천하에 높은 경지라 어찌 왕맹으로 비유할 것인가? 비록 그러하나 이만 시비를 덮어두고 그대에게 다시 원하건대 또 한 번 시를 지어 이 집이 더욱 빛날 수 있게 하여 달라."

진사님이 곧장 시를 지어 바치니 그 시는 바로 이러하였다.

연기 흩어진 금당(金塘)에는 이슬 기운만 서늘한데

푸른 하늘 물 같은 밤은 어찌 이리 길고 긴가
작은 바람 뜻이 있어 구슬 발을 드리우고
흰 달은 정이 많아 작은 당(堂)으로 들어오네
뜰 가에 그늘 지니 소나무 도리어 그늘 되고
잔 속의 술이 좋음은 국화 향기 때문일레
완공(阮公)이 비록 어리다 하나 술 마시기 능숙하니
이상타 여기지 마오 취한 뒤의 미친 말을.

대군이 다 보고 나서 더욱 기특한 생각이 들어 자리에 나아가 그 손을 잡고 말씀하시기를,

"진사는 요즈음의 재사(才士)가 아니오. 내가 능히 그 고하(高下)를 논할 바가 아니로다. 시만 잘 읊을 뿐만 아니라 필획(筆畫)이 더욱 뛰어나니 하늘이 그대를 동방에 나게 하시매 이는 반드시 우연한 일이 아니로다."

하시고는, 또 다른 글을 쓰게 하시는데, 붓을 휘두를 때 붓끝의 먹점이 나의 손목에 뛰어 그 모양이 마치 파리의 날개 같은지라 내가 그것을 영광으로 생각하여 일부러 씻어버리지 아니하였더니, 모든 궁인들이 이것을 보고 서로 눈을 주어 웃지 않은 이가 없더라.

밤이 점점 깊어져 시간을 재촉하니 대군이 취하여 졸면서 말씀하시더라.

"밤이 너무 깊었고 내가 또한 취하여 몸을 가누기가 힘드니 그대도 물러가서 쉬어라. 그리고 명조유의포금래(明朝有意抱琴來)란 글과 같이 후일 잊지 말고 다시 찾아오라."

하시었다. 다음 날 대군께서 그 글을 수차 읊으시며 탄식하기를,

"마땅히 근보(謹甫)와 함께 자웅을 겨룰 수 있을 것이로되 그 맑고 아름다운 태도는 오히려 더 낫도다."

하시었다.

나는 그후부터 잠을 자도 진실로 이루지 못하고 밥을 먹어도 그 맛을 알 수가 없는지라 마음이 허전하고 창자가 타는 듯하여, 옷이 점점 커짐을 깨닫지 못하므로 이젠 죽는 일만이 남아있는 것 같더구나.

*

"그 때의 일을 너는 기억하고 있지 않느냐?"

자란이 대답하기를,

"나는 이미 잊고 있었는데 이제 너의 말을 듣고 보니 갑자기 술이 깬 것 같구나."

하였습니다.

그 후로 대군께서 자주 그 진사님과 어울리되 이제는 소첩 등을 다시는 대면시키지 아니하시는지라 소첩이 늘 문틈으로 살펴 엿보았었는데, 하루는 설도전(薛濤牋)에 시 한 편을 썼는데 그 시는 다음과 같았습니다.

베옷 입고 가죽띠 두른 선비의
옥같은 얼굴이 신선같도다
늘 주렴 사이로 엿보지만,
어찌하여 달빛 아래 인연이 없는고
얼굴을 씻으니 눈물이 되고
거문고를 타니 그 줄이 울음을 한(恨)하는구나

무한히 쌓인 가슴 속의 이 원(怨)을
머리 들어 하늘 보고 홀로 하소연하네.

글과 함께 금비녀 한 척(一隻)을 한 곳에 봉하여 진사님에게 전하려 하였으나 시킬 만한 사람이 없었습니다. 그날 밤에 대군께서 손님을 두루 모으고 술을 즐기는데, 김진사의 재주를 무던히 칭찬하고 두 장 글을 내어 보이니 모두 서로 읽어보고 칭찬이 자자하며 한번 만나보기를 원하는지라, 대군은 곧장 사람을 보내어 청하였습니다. 진사님이 와서 자리에 앉는데 얼굴이 수척하고 몸이 여위어서 예전의 기상이 없는지라 대군이 물으셨습니다.

"진사는 초나라를 걱정하는 마음이 없을 것인데 어찌 형용(形容)이 초췌한가?"

온 좌석이 크게 웃었고, 진사님이 일어나 사례하며 말하기를,

"제가 빈천한 유생으로 분에 넘치게 나으리의 총애를 입었는지라 복(福)이 지나쳐서 화가 되어 몸에 병이 얽혀 식음을 전폐하고 일어나 움직이는 데에도 사람을 시켜서 하는지라 이제 허물이 되는데 주군께서 부르시므로 부축을 받아 겨우 왔사옵니다."

모든 손님이 무릎을 가다듬고 공경을 하였습니다. 진사님은 그 중에 나이가 가장 어리었으므로 말석에 앉으셨는데 안으로는 다만 벽 하나만을 사이에 두었을 뿐이었어요. 밤은 어느덧 깊어 여러 손님이 다 취하여 누웠기로, 소첩이 벽을 뚫고 엿보니 진사님이 또한 그것을 눈치채고 구석으로 향하여 앉더군요. 소첩이 봉투를 던지니 진사님께서 주워가지고 집으로 돌아가서 펴보고는 슬픔을 이기지 못하여 차마 손에서 놓지 못하고, 그리워하는 마음이 전보다 더하여 스스로

그 몸을 가누지 못하였습니다. 곧장 답장을 써서 보내고는 싶으나 편지를 보낼 사람이 없으므로 홀로 슬퍼하고 탄식할 뿐이었어요.

그런데 하루는 동문 밖에 한 무녀가 있는데 영이(靈異)함으로서 이름을 날리고 궁 안으로 출입하여 다닌다는 말을 듣게 되었지요. 진사님은 반가이 여겨 곧장 그 집으로 찾아가니 그 무녀는 나이 서른에 용모가 매우 아름다우나 일찍이 과부가 되어 혼자 살고 있었는데 진사님의 이름을 보고는 술과 안주를 잘 갖추어 극진히 대접하므로, 진사님이 잔을 받아 마시지 않고 말씀하셨어요.

"오늘은 바쁜 일이 있으니 내일 다시 오리라."

하고 갔다가, 다음 날 다시 간즉, 대접이 극진하기가 어제와 같으나 감히 입을 열지 못하고 또다시 '내일 오리라'하고 돌아가니 무녀가 그 행동거지를 이상하게 여겨 의심하였으나 그 모습이 속세를 떠난 것 같고 얼굴이 매우 아름다움을 보고 마음 속에 기꺼이 드는지라 속으로 생각하기를,

"매일 오고가도 말 한 마디 아니하니 이는 반드시 나이가 어려 수줍음을 타는 것이로다. 내가 먼저 뜻을 비추어 붙들어 두고 그와 화합(和合)하리라."

하고 이튿날 일찍 일어나서 세수를 하고 교태를 다하여 화장을 한 후 온갖 꽃들이 수놓아진 요며 구슬 방석을 두루 나열하여 놓고 어린 종놈을 시켜,

"문 밖에 가서 기다리고 있으라."

하였어요. 얼마 후 진사가 또 오시므로 무녀가 웃음으로 반가이 맞이하여 자리에 앉으니 진사님이 눈을 들어 그 화장의 화려함과 방안 차림새의 아름다움을 보고 속으로 이상하게 여기고 있는데, 무녀가

말하기를,

"오늘 저녁은 어떠한 저녁이길래 이처럼 훌륭한 분을 뵙게 되었을까?"

하였으나, 진사님은 뜻이 다른 곳에 있는지라 그 말에는 대답하지도 않고 초연히 그 자세가 흐트러지지 않으므로 무녀가 또 분위기를 돋구며 말하기를,

"나이 어린 사람이 어찌 과부의 집에 드나들기를 꺼려하지 않으시나요?"

그러자 진사님이 말씀하셨어요.

"무녀(巫女)가 만약 신령(神靈)하다면 내가 여기에 온 뜻을 어찌 모를손가?"

하므로, 무녀가 더욱 이상하게 생각하여 곧장 신청(神廳)에 나아가 신령께 절을 하고 방울을 흔들며 무슨 주문을 외우더니, 갑자기 온몸이 얼음처럼 차가와지고, 안색이 변하며 떨기를 오래하다가 얼마 후에 가까스로 정신을 차려 말했어요.

"낭군께서는 참으로 가히 아깝소이다. 행하지 못할 묘책으로 이루지 못할 일을 하고자 하는구려. 오직 그 뜻을 이루지 못하는 것은 둘째 치고, 삼 년이 못되어 저승 사람이 될 것이요."

진사님이 울면서 이르기를,

"그대가 비록 말하지 않더라도 내가 또한 아는 일이로다."

하고, 사건의 처음과 끝을 자세히 말하여 가로되,

"마음 속에 원이 맺혀 있어 백약이무효하구나. 다만 바라건대 그대가 나의 편지를 전하여 주면 죽어도 여한이 없겠소."

무녀가 말하기를,

"비천한 무녀로서 비록 신사(神祀)로 인하여 간혹 드나들긴 하지만, 부르는 일이 없으면 감히 들어가질 못하오이다. 하지만 낭군께서 그토록 간청하시니, 낭군을 위하여 한 번 들어가 보리이다."

진사님은 반가이 여겨 품 속에서 봉투 하나를 꺼내어 주었습니다. 그리고 당부하기를,

"혹시 잘못 전하여 화(禍)가 되게 하지 마시오."

무녀가 응낙하고 편지를 받아 궁 안으로 들어가니, 궁 안 사람들이 모두 그녀가 온 것을 이상하게 여기므로 그 무녀는 다른 핑계를 대고는 틈을 엿보아 눈짓하여 소첩을 데리고 뒷뜰 구석진 곳으로 가서 봉투를 꺼내어 주었어요. 황급하게 받아가지고 방에 들어와서 뜯어보니 그 편지의 사연은 이러하였습니다.

"그대를 한 번 보는 순간부터 마음이 들뜨고 넋이 흩어져 도무지 자세를 가다듬지 못하고 매일 그대 있는 곳을 향하여 간장을 태우고 있다오. 벽 사이로 전해 주신 편지를 받고 그것을미처 다 읽지도 못한 채 가슴이 막히고 눈물이 글자를 적시는지라 능히 다 보지를 못하였다오. 그대 생각하는 마음으로 인하여 잠을 이룰 수가 없고 밥을 먹을 마음이 나지 않아 병이 뼈속 깊이 들었으니 백약이 무효한지라, 다만 저 세상에서 만나기를 바라겠소. 저 하늘이 굽어 살피시고 귀신이 도와서 생전에 만나 이 한을 씻게 하신다면 마땅히 몸을 가루로 빻고 뼈를 갈아 그것으로 천지신명(天地神命)께 제사를 올리리다. 붓을 들고 종이를 대하니 눈물이 앞을 막는지라, 더 이상 무슨 말을 하리이까?"

하였습니다. 그리고 그 아래에는 다시 한 편의 시를 지었는데 그 시의 내용인즉 이러하였습니다.

누각(樓閣)은 깊고 깊어 저녁 빗장이 걸렸으니
나무 그늘과 구름 그림자가 모두 희미하구나
떨어진 꽃잎은 물에 떠서 개천으로 흘러가고
어린 제비는 흙을 물고 처마 끝을 찾아가네
베개에 의지하여 누웠어도 이루지 못하는 호접몽(胡蝶夢)이라
눈을 돌려 허공을 보아도 외기러기마저 날지 않네
님의 얼굴 눈 앞에 있으나 어찌 그리 말이 없는가
푸른 숲 꾀꼬리 소리에 옷깃 적시는 내 눈물이여

소첩이 보기를 다함에 소리가 그치고 기운이 막혀 입으로는 능히 말을 할 수 없고 눈으로는 능히 보지 못하여, 눈물이 다하니 피가 날 정도였어요. 누가 알까 봐서 병풍 뒤에 앉아 하루 종일 울었으며 그 후부터 더욱 잊을 길이 없어, 마치 미친 것도 같고 취한 것도 같아 안색이 자연히 창백하여지므로, 주군이 의심하고 이상하게 여기었습니다.

하루는 대군이 비취(翡翠)를 불러 말씀하시더군요.

"너희들 열 명이 한 곳에 같이 있으니, 공부에 전념하지 못할 것이라. 그러므로 다섯 명씩 갈라 서궁(西宮)에 있도록 하라."

하시고는 다섯 명을 나누어 서궁에 가서 있게 하니, 소첩은 자란과 은섬, 옥녀, 비취와 함께 그날로 서궁으로 옮겼습니다. 옮긴 후에 옥녀가 말하기를,

"그윽한 꽃, 고운 풀, 흐르는 물, 꽃다운 수풀이 모두 산장(山莊) 같으니 참으로 훌륭한 독서당(讀書堂)이라고 할 수 있겠구나."

하므로, 이에 소첩이 대답했지요.

"우리가 중도 아니요, 또 도 닦는 사람도 아닌데 이처럼 깊은 궁 안에 갇혀 있으니 이것이야말로 이른바 장신궁(長信宮)이로구나."

하니, 좌우의 모든 궁인들이 서러워하지 않는 이가 없더이다.

그 후부터는 소첩은 더욱 편지를 부치고자 하나 길이 없어 뜻을 이룰 바가 없고, 진사님도 또한 지성으로 무녀를 찾아 대접하고 간곡히 부탁하였으나 결국 오기를 즐겨하지 아니하니, 아마 진사님의 뜻이 소첩에게 없음을 유감으로 생각하였지요. 그런데 하루는 자란이 소첩에게 말하기를,

"궁안 사람들이 매년 한가위(仲秋)때면 탕춘대(蕩春臺) 밑 개울에 가서 빨래를 하고 주석을 베풀고 가는데, 올해에는 장소를 소격서동(昭格署洞)에다 정하여 놓고 왕래하는 사이에 그 무녀를 찾아보아 너의 소원을 이루어보는 것이 가장 좋은 방법일 것 같구나."

하므로, 소첩이 옳게 여겨 한가위날이 어서 오기를 손꼽아 기다리는데, 하루를 지냄이 마치 삼 년처럼 느껴지더이다.

이 때, 비취가 이 말을 엿듣고는 거짓으로 모르는 체하고 소첩에게 말하기를,

"네가 처음에 왔을 때에는 얼굴색이 이화(梨花) 같아서 화장을 하지 아니하여도 자연히 고운 자태가 있었기에 궁안 사람들이 모두 괵국부인(虢國夫人)이라 부르더니 요즈음에는 안색이 파리하여 옛날과 같지 아니하니 도대체 무슨 까닭이 있느냐?"

하므로, 소첩이 대답하였지요.

"원래 몸이 허약한지라 항상 더운 계절을 당하면 목이 잘 타는 병이 있어 그러하나 이제 오동잎이 떨어지고 초가을 서늘한 바람이 불기 시작하면 자연히 좋아지리라."

하니, 비취는 웃으면서 조롱하는 뜻의 시 한 수를 지어주더군요. 하지만 그 시상(詩想)이 절묘하여 소첩은 그 재주를 기특하게 여겼지요.

어느덧 수 개월이 지나고 계절이 바뀌어 가을이 되었습니다. 서늘한 바람이 불기 시작하고, 황국(黃菊)이 빛을 토하고, 풀 속의 벌레는 소리를 가다듬고, 흰 달은 빛을 흘리었습니다. 이러한 분위기 속에서 소첩의 마음이야 오죽하였겠나이까? 소첩은 마음 속으로 기뻐하면서도 얼굴에는 나타내지 아니하였는데, 은섬이 알아보고 말했어요.

"편지 속의 약속 기일이 멀지 않은 모양이구나. 인간에서의 즐거움이 어찌 하늘나라와 다르랴?"

하므로 소첩은 속으로 생각하기를,

'서궁 사람들은 가히 속이지 못하겠구나!'

하고는 사실대로 말하고 부탁하였지요.

"원하건대 남궁 사람들이 알지 못하게 하여 달라."

이 때에 기러기가 남쪽으로 날아가고, 풀잎에는 구슬같은 이슬이 맺히는지라, 맑은 시내에서 빨래하기는 그때가 제일 좋을 것 같았어요. 여러 사람과 함께 날짜를 정하는데, 의견이 같지 않아 빨래할 곳을 정하지 못하였어요. 남궁(南宮) 사람들이 말하기를,

"맑은 시내와 흰 돌이 있는 탕춘대가 가장 좋다."

하는데, 서궁 사람들은 모두,

"소격서동의 물과 돌은 비록 문 바깥에서 더 내려가지 아니하는데, 어찌 가까운 데를 놔두고 먼 데를 구하려 하는가?"

하나, 남궁 사람들이 굳이 고집하여 마지 않는지라, 밤이 될 때까지 결정하지 못한 채 끝나고 말았습니다. 그날 밤에 자란이 소첩에게 말했어요.

"남궁 사람 중에서 소옥이 주장하니 내가 계교를 써서 그 뜻을 돌려 보겠다."

하고, 비단 초롱에 불을 밝혀 들고 남궁에 다다르니, 금련이 반가이 맞이하면서 말하였습니다.

"한 번 서궁 남궁으로 갈라진 후로 진나라와 초나라처럼 떨어진 것 같더니 오늘 저녁 뜻밖에 이렇게 귀한 걸음을 주시니 어찌 감사하지 않으리오?"

소옥이 곁에서 말했어요.

"뭐가 감사할까? 이는 반드시 우리를 설득하러 온 손님이라."

자란이 옷깃을 여미고 정색하며 말하기를,

"옛말에 이르기를, 남의 마음을 내가 헤아릴 수 없다 하였으되 이는 필시 너를 두고 이름이로다."

소옥이 말하기를,

"서궁 사람들이 소격서동으로 가려 하는데, 내가 혼자 고집하니 너가 밤중에 나를 달래기 위해 온 것이 분명하지 않느냐?"

자란이 말하기를,

"서궁 다섯 사람 중에 내가 혼자 성안(城內)으로 가려 하느니라."

소옥이 물었어요.

"혼자서 성 안에 뜻을 둠은 무슨 까닭이냐?"

자란이 대답하기를,

"내가 들은 즉, 소격서동은 곧 하늘과 성신(星晨)께 제사를 지내는 곳이요, 고을 이름이 삼청(三清)인즉 우리들 열 사람이 반드시 삼청궁의 선녀로서 황정경(黃庭經)을 잘못 읽고 인간 세상에 귀양을 왔는지라, 이미 진세(塵世)에 있은즉 산촌(山村)과 야촌(野

村), 농촌(農村)과 어촌(漁村) 등 어느 곳이든 좋지마는 하필이면 깊은 궁궐에 갇혀 있어 장농 안에 든 새와 같은 신세려니, 꾀꼬리 소리를 들어도 탄식하고, 푸른 버들을 보고도 한숨 짓고, 새가 지저귀고 제비가 쌍쌍이 나는 것을 보아도 외로와지는 마음 그지 없더라. 이렇듯 무지한 풀도, 지극히 작은 곤충까지도 모두 즐거움을 같이하는 것이 있거늘, 우리 열 명은 무슨 죄가 있길래 적막하고 깊은 궁에서 일신(一身)을 썩히면서, 봄꽃 가을 달을 바라보면서 외로운 등(燈)을 짝하여 혼을 태우며 헛되이 청춘을 버리고 공연히 지하에 묻혀 한을 끼치게 되었는데, 그대의 박대함이 어찌 이리 심한가? 인생이란 한 번 늙어지면 다시는 젊어지지 아니하니 그대는 다시 한 번 생각하여 보라. 이 어찌 슬픈 일이 아닌가? 이제 맑은 시내에 가서 목욕하여 그 몸을 깨끗이 하여 태을사(太乙詞)에 들어가 머리를 굽히어 백 번 절하고 손을 모아 빌며 도움을 달라고 하여 내세(來世)에나 이렇게 되는 것을 면하고자 할 뿐, 그 외에 어찌 다른 뜻이 있으리오? 모름지기 우리 궁인은 정의(情誼)가 동기간과 같은데 이까짓 일로 인하여 어찌 우리를 손님이라 부르느냐? 그대는 한 번 생각하여 보라. 내가 까닭없이 믿을 수 없는 말은 하지 않는다."

이 때 소옥이 일어나서 자란의 손을 잡으며 사과했습니다.

"내가 이치에 밝지 못하여 그대를 따를 수가 없구나. 처음에 성안으로 가기를 허락하지 아니한 것은 성 안에는 원래 무뢰한과 협객들이 많은지라 혹시 강포한 욕이 있을까봐 그러한 것이지만, 이제 그대가 능히 나로 하여금 깨닫게 하니, 이것은 가히 사건이로다. 앞으로는 비록 하늘에 올라간다 하더라도 내가 따를 것이요, 비록 강으로부터 바다로 뛰어든다 해도 내가 좇을 것이니 조금도 염려하지 말라. 소위 다른 사람으로 인하여 일이 이루어진다고 하였으니, 일을 이룸에는 마찬가지가 아니냐? 모름지기 그대는 일을 성사시키도록 하라."

소옥의 말이 끝나자 부용이 또 말했습니다.

"모든 일은 먼저 마음이 정해져야 말도 정해지는 법이니 우리들의 다툼이 밤이 깊도록 끝나지 않으니, 이는 일이 순조롭지 못함이요, 한 집안 일을 주군이 알지 못하고 일개 첩들이 가만히 의논하니 이는 마음이 충성되지 못함이요, 하루 종일 다투던 일을 밤이 지나기도 전에 바꾸니 이는 사람이 믿을 수 없음이라. 또한 가을에는 옥같이 맑은 시냇물이 수없이 많은데, 어디 갈 곳이 없어서 꼭 사당(祠堂) 근처로 가려 하니 이 또한 바르지 못한 일이요, 비해당 앞은 물이 맑고 돌이 깨끗하므로 해마다 거기에서 빨래를 했었는데, 이제 와서 다른 곳으로 옮기려 하니 이 또한 바른 일이 아니로다. 한 가지 일에 다섯 가지 그릇됨이 있으니 소첩은 감히 그 주장에 따를 수 없으리라."

보련이 말하기를,

"말(言)은 몸을 빛내는 것이라, 삼가하고 삼가하지 아니하는 데 경사와 재앙이 따르므로 군자는 항상 말을 삼가하고 신중을 기하는지라. 한(漢)나라 병길(丙吉)과 장상여(張相如)는 하루 종일 말 한 마디 아니하되 일을 이루지 못하는 것이 없고, 신분이 낮으면서 말만 잘하는 색부(嗇夫)는 이로운 말만 척척 잘하였으나 장석(張釋)의 참소한 바 되었거늘, 소첩이 이를 보건대 자란의 말은 무엇인가를 숨겨두고 나타내지 않음이 있고, 소옥의 말은 강하면서도 마지 못하여 좇는 것이며, 부용의 말은 꾸미는 데만 힘을 쓰니, 모두 나의 마음에 들지 않는지라 이번의 빨래에 나는 참석치 않으리로다."

그러자 금련이 말했어요.

"오늘 밤의 의논이 끝까지 한결같지 못하므로 내가 또한 점(占)을 쳐 보리라."

하고는, 곧장 복희팔괘책(伏羲八卦冊)을 내놓고 점을 쳐서 괘(卦)를 풀어보더니,

"내일은 운영(雲英)이 반드시 장부(丈夫)를 만나리라. 운영의 용모와 거동이 인간 세상에 사는 사람같지 아니하여 주군이 마음을 기울인 지 오래이나, 운영이 죽음을 무릅쓰고 거절하니 이는 다른 뜻이 있어서가 아니라, 부인(夫人)의 은혜를 차마 저버리지 못함이라. 주군의 명령이 비록 엄하지만 운영의 몸이 상할까봐 감히 가까이 못하시는지라 이제 이렇듯 고요한 곳을 버리고, 번화한 곳으로 가고자 하니 장난꾸러기 소년들이 만일 운영을 보게 된다면 그 자색(姿色)에 넋을 잃고 미칠 것 같은 자가 있을 것이니, 비록 서로 몸을 가까이 하지 않는다 하더라도 눈짓을 보내고 손으로 가리켜 점찍어 두는 것이 또한 욕됨이라. 예전에 주군께서 명령을 내리시되, 궁인이 문을 나가거나, 바깥 사람이 그 이름을 알거나 하면 그 죄는 다 죽으리라고 하신지라, 이제 그곳을 나도 또한 참여하지 않으리라."

하므로, 자란은 그 일이 이루어지지 않을 줄 알고는 상심하여 그만 하직하고 나오려고 하는데, 비경이 울면서 비단띠를 잡아 억지로 못가게 하고는, 앵무잔에다 운유주(雲乳酒)를 따라 권하기로 주위에

있던 사람들이 모두 마셨더이다. 이 때 금련이 입을 열었습니다.

"오늘 저녁의 모임은 조용히 해야 할 것이어늘, 비경의 울음은 어쩐 일이냐? 이는 첩이 실로 알지 못하겠구나!"

비경은 흐느끼면서 말했습니다.

"처음에 남궁에 있을 때부터 운영과 함께 사귐이 심히 가까와 살고 죽음과 영광과 욕됨을 같이 하고자 맹세까지 하였는데, 이제 비록 서궁과 남궁에 각각 떨어져 지낸다고 한들 어찌 한 순간이라도 잊으리오. 지난 번에 문안드릴 때 보니 운영의 가냘픈 허리가 끊어질 듯하고 얼굴이 창백하며, 목소리가 실낱같아 절을 하고 일어나는데 힘이 없어 땅에 쓰러지므로 첩이 부축하여 일으키고 좋은 말로 위로해 주었더니, 운영이 말하기를,

'내가 불행하여 병이 들었으니 머지않아 죽을 것이다. 가느다란 목숨이 죽는 것은 결코 아깝지 않으나 다만 부모님을 다시 뵈옵지 못하고 죽으면 지하에서 다시 뵙지 못할 것이요, 또한 너희들 아홉 사람의 뛰어난 문장이 빛나서 다른 날 아름다운 시문(詩文)이 한 시대를 울릴 것인즉 내가 그것을 보지 못할 것이니, 이것이 심히 서러워 참기 힘들도다.'

하고는 눈물이 무수히 흐르거늘, 첩이 듣고 보니 그 말이 극히 처절하여 첩도 눈물이 나왔으되, 그 눈물을 억제하며 다만 좋은 말로 위로하였는데, 이제 와서 생각해 보니 그 병(病)의탓이 생각되는 바가 있도다. 슬프구나, 자란아! 죽기 직전에 놓인 운영을 하늘나라로 인도하려 하다가 지금에 이르러 그 계교를 만일 이루지 못한다면 천지간에 죽으나 눈을 감지 못할 것이요, 그 원(寃)이 남궁으로 돌아올 것이니 그 위액을 어찌 면할 수 있으리요? 옛

글에 가로되 선(善)을 쌓으면 일백 가지 좋은 일을 내려주시고 악(惡)을 쌓으면 일백 가지 앙화(殃禍)를 내리신다 하였으니, 이제 이 의논이 선한 일인가, 악한 일인가? 소옥이 이미 허락하여 세 사람의 뜻이 맞았거늘 어찌 그렇게 반드시 그만 둔다 하느냐? 혹시 이 일이 밖으로 새어나가 탄로난다 할지라도 운영이 혼자서 그 죄를 입을 것이어늘, 다른 사람이야 어떻겠느냐?"

소옥이 말하기를,

"나는 다시는 두말 하지 아니하고, 운영을 위하여 죽으리라."

자란이 말하기를,

"따르는 자가 반이요, 따르지 않는 자가 반이니, 일이 이루어질 수 없으리로다."

하고 일어나서 가려고 하다가, 다시 앉아 고쳐서 그 뜻을 알아본즉, 모든 사람의 뜻이 처음에는 매정스럽더니 자란의 말을 듣고 나서는, 일의 형편이 안됐고 운영의 사람을 위하는 마음을 아끼며 자신들도 또한 서글픈 마음이 드는지라 이에 모두 따르고자 하나 한 입으로 두 말을 하게 되는 것을 부끄러워하는 것 같은지라 자란이 말하였습니다.

"천하의 일에는 정도(正道)도 있고 권도(權道)도 있는데 권도가 잘 맞으면 그것이 또한 정도(正道)라. 어찌 변화하는 권도가 없이 답답하게 먼저 한 말만 지킨다면 어찌 목적을 이룰 수가 있으리오? 그대들은 다시 한 번 생각하고 깊이 헤아려 사람의 절박한 사정을 돌아보아 살피라."

모든 사람이 일시에 따르는지라 자란은 기뻐하며 말했습니다.

"내가 말을 자주 하는 것이 아니라, 사람을 위하여 일을 꾀하다가 얻지 못하면 더 이상 말하지 않는단다."

그때 비경이 말했어요.

"옛날 소진(蘇秦)은 능히 육국(六國)으로 하여금 합(合)하여 따르도록 하였거니와, 이제 자란이 능히 다섯 사람으로 하여금 따르게 하니 가히 변사(辯士)로다."

자란이 말했어요.

"소진은 능히 육국(六國)의 승인(丞印)을 받았거니와 이제 나에게는 무슨 표적을 주려 하느뇨?"

금련이 말하기를,

"합하여 따름은 육국(六國)에 이롭거니와, 이제 우리가 순순히 따름은 우리 다섯 사람에게 무엇이 이익이 되는 게 있느뇨?"

하니, 서로 쳐다보고 크게 웃었습니다. 자란이 말하기를,

"남궁 사람들이 모두 착한 마음으로 능히 운영으로 하여금 죽을 목숨을 다시 잇게 하니, 어찌 절하여 사례하지 않으리요?"

하고는 일어나서 절을 하니 소옥이 또한 일어나서 답례로 절을 하였습니다.

"오늘 일을 다섯 사람이 모두 따르는지라 위로 하늘이 있고 아래로 땅이 있으며, 촛불이 비치며 귀신이 함께 하였으니, 내일 어찌 다른 마음이 생기리요?"

하니, 모든 사람이 크게 말하였습니다.

"그대는 어찌 사람을 이렇게 못 믿느뇨? 우리가 비록 여자의 몸으로 아는 것이 짧고 보잘 것 없으나 어찌 번복하는 말을 하리요? 그대는 조금도 걱정하지 말라."

자란이 사례하고 또한 절하고 가거늘 다섯 사람이 모두 중문(中

門) 밖에까지 나와서 배웅을 하였습니다.

자란이 돌아와서 소첩에게 자초지종을 이야기 하므로, 소첩이 벽을 의지하여 일어나 절을 한 후에 사례하여 말했지요.

"나를 낳아준 것은 부모요, 나를 살려준 것은 낭자라. 땅에 들어가기 전에는 결코 이 은혜를 갚으리라."

하고 앉아 날이 밝기를 기다렸다가 들어가 문안 인사 올리고 중당(中堂)에 모였더니 소옥이 말했습니다.

"오늘은 하늘이 푸르고 물이 맑으니 바로 빨래하기 좋은 때라 소격서동에 자리를 갖추라."

하니, 여덟 사람이 아무 말이 없는지라 소첩이 물러나와 서궁에 돌아와 하얀 모시옷을 내어놓고 가슴 속에 가득 찬 원한과 슬픔을 써서 품에 넣고는 자란과 함께 일부러 뒤떨어져 나가며 종놈에게 이르기를,

"동문 밖에 사는 무녀가 가장 영험하다 하니, 내가 곧 그 집에 가서 문병(問病)하고 갈 것이니라."

종놈이 응낙하고 곧장 가서 그 집에 이른 후에 소첩이 좋은 말로 무녀에게 애걸하여 말하기를,

"내가 이제 이곳으로 온 까닭은 김진사를 한 번 보고 싶어서이다. 지금 곧장 달려가서 알려주면 이 은혜는 평생토록 갚겠노라."

무녀가 응낙하여 곧장 시비(侍婢)를 시켜 보내니 진사님이 쓰러질 듯이 황급하게 이르러 두 사람이 서로 만나매 할 말도 다하지 못하고 다만 눈물만 흘릴 뿐이었습니다. 소첩이 편지를 주면서 말했어요.

"지금 길이 매우 바쁘오니 저녁을 타서 꼭 돌아올 터이니 원하옵건대 낭군께서는 모름지기 이 곳에서 기다려 주소서."

하고는 곧장 말에 올라가거늘 진사께서 소첩의 편지를 뜯어보니 거기에는 이렇게 씌여 있었지요.

〈저번에 무산신녀(巫山神女)가 편지 한 통을 전하여 주옵기로 받들어 보니 낭낭한 옥음(玉音)이 종이에 가득 차 있고, 애틋한 정회(情懷)가 종이 위에 어리어 있사온지라 공경하여 세 번을 읽고 어루만지니 서글픈 마음과 기쁜 마음이 서로 싸움하여 스스로 마음을 가다듬지 못하나이다. 곧장 답서(答書)를 올리고자 하였사오나 이미 편지할 길이 없고, 또한 새어나갈까 두려워 어찌할 수 없었나이다. 밤낮으로 한 번 뵈옵기를 바랄 뿐이요, 날아가고 싶사오나 날개가 없는 것이 한이 되오며, 창자를 끊고 혼(魂)을 사루어 다만 죽을 날만을 기다리오니, 아직 죽기 전에 이 빨래 하는 날을 기대하여 평생 회포를 다 토(吐)하옵나니, 소첩이 원하옵건대 낭군께서는 소첩을 잊지 마시옵고 가슴에 새겨 주시옵소서. 소첩의 고향은 남쪽 지방이옵니다. 부모님이 소첩을 사랑하시기를 여러 자녀 가운데서도 유달리 사랑하시어 밖에 나가 노는데 있어서도 소첩이 하고자 하는대로 맡겨 두셨습니다. 숲 속의 물가와 매화나무, 피나무, 소나무 등의 그늘에서 날마다 놀기를 일삼고, 부모님이 삼강오륜(三綱五倫)의 행실과 칠언당음(七言唐音)을 가르쳐 주시며 귀여워해 주셨습니다. 나이 열 세 살에 주군께서 부르시므로 부모님을 이별하고 형제를 멀리하여, 궁 안으로 들어오니 집으로 돌아갈 것을 생각하는 마음 금할 수 없어 더벅머리에 때묻은 얼굴, 남루한 옷차림을 하였사온바, 이는 다른 사람으로 하여금 더럽게 여기도록 함이요, 그리하여 뜰에 엎드려 울었더니 궁안 사람들이 보고 말하기를 '한 포기 연꽃이 뜰 가운데 피어났다' 하더이다.

대군의 부인께서 또한 사랑하심이 자식과 다름없었으며, 대군께서도 또한 보통으로 보지 아니하였습니다. 궁안 사람들이 모두 골육과 같이 여기고 사랑해 주셨으며, 그로 인하여 세월을 보내고 학문을 배워 의리(義理)를 알았습니다. 또한 음율(音律)을 능히 살피는지라 모든 궁인들이 경복(敬服)하지 않은 이가 없었습니다. 서궁으로 옮긴 후부터는 날마다 금(琴)과 서(書)만을 전념하여 조예가 더욱 깊어져서 여러 문사들이 지은 시는 하나도 눈에 차는 것이 없었습니다. 재주가 능통함이 이러한지라 오직 남자가 되어서 입신양명을 하지 못하고 홍안박명(紅顔薄命)의 몸이 되어 한 번 깊은 궁 안에 갇히니 마침내 고목과 같이 시들어짐을 한탄할 따름이옵니다. 인생이 한 번 죽은 후이면 누가 다시 알리이까? 이러하니 한이 마음 깊이 맺히고, 원(寃)이 가슴 가득 차서 수를 놓다가도 집어 던지고, 마음을 등불의 불꽃에 붙이며, 비단을 짜다가도 북을 던지고 베틀에서 내려오며, 비단 휘장을 찢어 버리고, 옥비녀를 꺾어 마음을 가누지 못하다가 잠시 시흥(詩興)이 나면 옷을 걷고 산보를 하면서 꽃도 따며 풀도 꺾어 글을 외우며, 시를 읊어 스스로 취하고 스스로 미쳐서 정을 홀로 억제하지 못하였사온데, 작년 달 밝은 가을 밤에 낭군의 옥같은 모습 한 번 뵈오니 갑자기 하늘 위의 선인이 이 세상에 귀양오지 않았나 하였사옵니다. 소첩의 용색(容色)이 또한 시녀 아홉 사람보다는 가장 못났는데도 어떤 숙연(宿緣)이 있었는지, 붓끝의 한 점 먹으로 마침내 가슴에 원(怨)이 맺힐 줄 어찌 알았으며, 문 틈으로 바라봄으로써 부부가 되는 인연을 짓고, 꿈 속에서 봄으로써 앞으로 잊지 못할 은혜를 이을 줄 어찌 알았으리오? 비록 한번도 이불 속의 즐거움은 없었사오나, 옥같은 낭군님의 얼굴이 자못 눈망울에 어른거려 이화(梨花)에 우는 두견새의 처량한 울음소리와 오동잎에 흩날리는 밤의 빗소리는 너무나도 슬픈 까닭에 참으로 들을 수 없었습니다. 봄이 되어 뜰의 고운 풀이 나오는 것과 하늘가의 외로운 구름이 날리는 것을 차마 볼 수 없는지라 더러는 병풍에 기대어 앉으며, 더러는 난간을 잡고 서서 가슴을 두드리고, 발을 구르며 홀로 푸른 하늘에 하소연할 뿐이었습니다. 알지 못하오나 낭군께옵서도 또한 소첩을 생각하고 있사옵는지요? 다만 한스러운 것은 소첩이 낭군님을 보지 못하고 먼저 죽어지면 땅이 늙고 하늘이 거칠어진다 할지라도 이 한을 아주 없애지는 못할 것이오이다. 오늘 빨래하는 길에 양궁(兩宮) 시녀가 다 모였으니, 이곳에 오래 머물지는 못할 것이옵니다. 눈물이 떨어져 종이를 적시고 넋은 비단실에 맺혔사오니 원하옵건대 낭군께서는 한 번 굽어 보시옵고 또한 글귀를 화답(和答)해 주시오면 이것으로써 아름다운 일을 만들어 길이 좋은 뜻을 붙이오리리다.〉

하였더이다. 진사께서 보기를 다하시매 가슴이 미어 터지는 듯하여 눈물 떨어짐이 일천 줄이라, 마음을 쓰다듬어 뜻을 위로하고, 종일 넋을 붙잡을 길이 없었습니다.

이날 황혼녘에 자란이 소첩과 함께 먼저 출발하여 동문으로 향하니, 소옥이 미소를 지으며 시 한 수를 써 주는데 소첩을 희롱하는 뜻이었습니다. 소첩이 속으로는 부끄러움을 이기지 못하였으나 참고 받아보니 그 시의 내용인즉 이러하였습니다.

태을사(太乙祠) 앞에는 한 줄기 물이 휘돌고

천단(天壇)에 구름이 다하므로 구문(九門)이 열리었구나
가는 허리에 몰아치는 미친 바람을 이기지 못하여
잠시 숲 속에 피하였다가 날이 저물어 돌아오도다.

자란이 곧장 다음 구절을 잇고, 비취와 옥녀가 서로 그 다음을 이어 읊으니, 그 시도 또한 소첩을 희롱하는 뜻이더이다. 소첩이 말에 올라서 먼저 출발하여 무녀의 집에 이르니, 무녀가 토라진 얼굴로 벽을 향해 앉아 반갑거나 기쁜 기색이 보이지 아니하며, 진사님은 나삼(羅衫)을 안고 종일 흐느끼며, 소매로 얼굴을 감싸고 넋을 잃고 실성하여 소첩이 오는 줄도 몰랐습니다.

소첩이 왼 손에 차고 있던 운남(雲南)옥색 금팔찌를 벗어 진사님의 품 안에 넣어 드리며 말했지요.

"낭군께서 소첩을 박정하다 아니 하시고 천금같은 귀한 몸을 굽혀 누추한 집에 오셔서 이처럼 기다리시오니, 소첩이 비록 불민하오나 또한 목석이 아니오니 감히 죽음으로써 갚으오리이다. 소첩이 만일 식언(食言)함이 있사오면 이 금팔찌가 있사오니 이것으로서 정표를 삼으소서. 가는 길이 매우 급하오니 오래 머무를 수 없나이다."

하고, 일어서서 작별을 고하니, 흐르는 눈물이 비와 같았습니다. 소첩이 진사님의 귀에다 대고 속삭이듯 가만히 말했지요.

"소첩이 서궁에 있사오니 낭군께서 밤을 이용하여 서쪽 담을 넘어 들어 오시면 삼생(三生)에 다하지 못한 인연을 거의 이을 수 있을 것이오이다."

하고, 말을 마친 후, 옷을 떨치고 일어나 하직하고 나와서 먼저 궁문

으로 들어오니, 여덟 사람도 뒤따라 들어왔습니다. 이날 밤 삼경에 소옥이 비경과 함께 불을 밝히고 서궁에 이르거늘, 모두 반갑게 맞아들이며 말했어요.

"이 깊은 밤에 웬 바람이 불어 이곳까지 찾아주셨는지? 서궁에 광채가 더욱 빛나도다."

소옥이 사례하며 말했어요.

"낮에 지은 글이 무심히 지은 것이지만, 말투가 심히 희롱하는 것 같아 깊은 밤도 마다하지 않고 험로를 무릅쓰고 찾아와 사과하노라."

자란이 말하기를,

"다섯 사람의 시는 모두 남궁 사람의 글이라. 우리가 비록 궁을 나누어 있으나 자못 형적(形迹)이야 한 가지라. 우리에게 무슨 다름이 있으며 여자의 정은 하나인데 무슨 구애 받음이 있으리요. 오랫동안 깊은 궁 안에 갇혀 있어, 오직 외로운 그림자를 위로하여 다만 대하는 것이 등불이요, 일하는 것이 가야금이라. 온갖 꽃들이 고운 풍취를 머금어 웃고 나란히 날개를 접하여 희롱하되, 박명한 우리들은 한가지로 하나의 궁 안에 갇혀 있어 만물을 보아도 오직 춘정(春情)을 상하게 할 뿐이니 어떻다 하랴? 아침의 구름과 산마루의 비는 자주 초왕의 꿈에 들고 서왕모(西王母)는 몇 번이나 요대(瑤臺)의 잔치에 참여했느냐? 여자의 뜻은 예나 지금이나 매한가지다. 남궁 사람은 어찌하여 홀로 월궁항아(月宮姮娥)처럼 괴롭게 정절(貞節)만 지키어 영약(靈藥)을 도적질하고 있음을 뉘우치지 아니하는가?"

소옥과 비경 등은 눈물을 멈추지 못하고 말했습니다.

"한 사람의 마음은 곧 천하 만인의 마음과 같단다. 이제 성교(盛教)를 들으니 슬픈 마음이 무럭무럭 솟아나는구나."

하고는 잔을 들어 서로 술을 권하였습니다. 서너 잔씩의 술이 돌아간 후에 이윽고 서로 정담을 나누다가 절을 하고는 돌아가더이다.

소첩이 자란을 보고 말했지요.

"내가 아까 진사님과 함께 금석(金石)같은 약속을 하였는데 만일 오늘 아니오시면 내일은 반드시 담을 넘어 오실 것이니, 만약에 오신다면 어떻게 대접해야 할까?"

자란이 말했어요.

"수 놓은 장막이 겹겹이 둘러 있고, 고운 비단 자리가 찬란하며 술은 바다와 같이 있고, 고기가 태산같이 있으니, 안 오시면 어쩔 수 없거니와, 오신다면 대접하기에 뭐가 그리 어려움이 있겠느냐?"

하였습니다. 그러나 역시 그날 밤에는 오시지 않았습니다.

이 때 진사님이 가만히 그곳을 돌아보니, 담이 높고 험준하여 스스로 몸에 날개를 달지 않고서는 능히 오르지 못할 것 같았답니다. 집으로 돌아와서 맥없이 앉아 있는데, 염려하는 기색이 얼굴에 나타나는지라, 이름이 특(特)이라고 하는 노복(奴僕)이 있어 평소에 기술이 많다고 하더니, 진사님의 얼굴을 보고는 나아와 꿇어 엎드려 여쭙기를,

"진사님께옵서는 반드시 세상에서 오래 사시지 못하시리이다. 어찌하여 요즈음 얼굴이 여위시고 용모가 초췌하시며 준수하시던 풍모가 아주 둔감해지시고 화려하시던 기상이 아주 없어진지라 마음에 무슨 큰 걱정이 있는 듯 하오니 까닭을 모르겠나이다. 청춘 시절에 입신양명하여 현달치 못하심을 근심하시나이까? 소복이 어찌하면

진사님의 근심을 덜어드릴 수 있을런지 알 수가 없나이다."

하고는 뜰에 엎디어 물었답니다. 진사님이 그 노복의 정이 깊음을 보고는 그 마음 속에 있는 바를 진실로서 얘기해 주시니, 특(特)이 말하기를,

"어찌 진즉 말씀해 주시지 않으셨나이까? 소복이 마땅히 일을 꾀하겠나이다."

하고는 물러나와 곧장 사다리를 만들어 가져오니, 매우 가볍고 능히 접었다 폈다 할 수 있는데, 접은즉 병풍을 접은 것 같고, 편즉 가히 오륙장(五六丈) 높이라도 오를 수 있을 것 같았습니다. 특(特)이 가르쳐 주기를,

"이 사다리를 가지시고 담장에 올라앉아 걷고 안쪽으로 다시 펴 세우고 내리시면 좋을 것이옵니다. 내리신 후에는 다시 접어 감추었다가 나오실 때도 마찬가지로 하소서."

하므로, 진사님이 특을 시켜 시험해 보라 하시니 과연 그 말과 같은지라, 진사님이 매우 기뻐서 그날 밤을 기다려 가려고 하는데 특이 또 품 속에서 털버선을 내어 드리면서 말하기를,

"이걸 신고 가시옵소서."

진사님이 받아 신고 걸어보니 매우 가볍고 또한 발소리가 나지 않는지라 속으로 크게 기뻐하여 그대로 행하여 안팎의 높은 담장을 쉽게 넘어 들어가 대나무 밭에 숨어 있는데, 그날 밤 달빛이 대낮같고 궁 안이 고요하더니 얼마 후 인기척이 있었지요. 사람이 안으로부터 나와서 산보하며 가만히 시를 읊어 외우거늘 진사님이 고개를 들고 바라보니, 그 사람은 다름아닌 자란이었지요. 진사님은 곧장 대나무 숲을 헤치고 나와서 말씀하셨지요.

"어떠한 사람이 이곳에 왔는가? 향(香)을 훔치고 나비를 따르는 미친 손님이 대나무 숲에 숨어들어 꽃이 피기를 기다렸는데 그대가 능히 달 아래에 다리 놓기를 본받을소냐?"

자란이 웃으며 대답했어요.

"낭군님, 낭군님, 그대 말씀 가히 우습구려. 향을 훔치려 하면 청루주사(青樓酒肆)와 옥창주함(玉窓朱檻)에 꽂힌 향을 줍지 아니하고, 나비를 따르고자 하면 춘삼월 꽃피는 계절과 가을 국화 단풍진 맑은 물가에 날으는 나비를 따르지 아니하고, 삼경이 지난 한밤중에 이곳에 와서 그토록 방황하나이까? 나로 하여금 다리놓기를 재촉하나 작소(鵲巢)가 그것이 아니거늘 오작(烏鵲)의 지음을 내가 어찌 알리이까?"

하고, 웃음을 멈추지 아니하므로, 진사님도 웃으며 나아가 절을 하고 말하였습니다.

"나이 어린 사람이 풍류의 흥을 이기지 못하여 만 번 죽을 죄를 무릅쓰고 감히 이곳에 들어왔사오니, 원하옵건대 낭자께서는 나를 불쌍히 여겨 주옵소서."

자란이 웃으며 말하기를,

"진사님의 오심을 고대하기를 큰 가뭄에 비를 바라는 것과 같이 하고 있다가, 이제야 다행히 뵈옵게 되니 저희들이 살았나이다. 원하옵건대 낭군께서는 의심하시지 마옵소서."

하고는 곧장 이끌고 들어가기에, 진사님이 층계를 지나 굽은 난간을 따라 조심하여 들어가니, 소첩이 비단 창을 열고 옥등(玉燈)을 밝혀 놓고 상기한 얼굴로 앉아 거북을 새긴 금향로에 향을 사루고, 유리로 만든 책상에 태평광기(太平廣記)를 펴 놓고 글을 보다가 진사님이

오심을 보고 일어나 맞이하여 절을 하니 진사님도 또한 답하여 절하고, 손님과 주인의 예로써 동쪽과 서쪽으로 나누어 자리를 정했습니다. 잠시 후 자란이 진수성찬을 갖추어 나오거늘, 세 사람이 둘러앉아 백옥잔(白玉盞)에 유하주(流霞酒)를 부어 서로 권하여 서너 순배가 지나니, 진사님이 거짓 취한 체하여 말씀하시기를,

"밤이 어느 정도나 깊었소?"

자란이 그 뜻을 알고는 웃으며 말하기를,

"탁문군(卓文君)의 봉구황(鳳求凰)은 천고(千古)에 아름다운 일이요, 낙산선녀(落山仙女)의 구름을 몰아 비를 만드는 것은 사람마다 흠선(欽羨)하는 바이라. 이제 낭군께서 상여(相如)의 곡조를 맞춘 바가 없고 초왕의 꿈을 얻은 바가 없이 요대의 즐김을 만나셨으니, 호접(胡蝶)의 날개를 이어 거문고 줄을 맺으시옵소서."

하고는 또 소첩을 돌아보며 말했습니다.

"너가 항상 소사(簫史)의 퉁소 소리를 듣지 못한 것을 한탄하더니 오늘에 주(周)나라 목왕(穆王)이 팔준마(八駿馬)를 타고 요지(瑤池)에 도달함을 얻었으므로 길이 홍불기(紅拂妓)의 종군(從君)함을 본받고 조비연(趙飛燕)의 박복(薄福)함으로 따르지 말라."

말을 다한 후에 크게 웃으니, 두 사람이 또한 따라 웃었더이다. 자란이 곧장 일어나 휘장을 드리우고 문을 닫고 나가니 소첩이 원하여 촛불을 끄고 비단 이불 속으로 들어가니 원앙의 즐김과 운우(雲雨)의 기쁨이 산과 같고 바다보다 더하여 요대(瑤臺)의 꿈을 차지하여 이루니, 그 즐겁고 황홀함을 어느 누가 가히 형용하리이까?

밤이 이미 다하므로, 북쪽 하늘에 별이 가물거리고 닭이 새벽을

알리는지라 진사님이 곧장 일어나서 하직하고 나가시더이다. 그 후부터 밤이 되면 찾아 오시고 새벽이 되면 나가시어 아니 오시는 날이 없으므로, 정의(情誼)가 깊고 교밀(巧密)하여 우리의 만남이 그칠 줄 모르는지라 후원(後苑) 눈(雪) 위에 발자국이 무수하므로 궁인들이 모두 위태롭게 여기지 않는 이가 없었습니다. 하루는 진사님이 문득 생각하기를 좋은 일 다음에는 항상 궂은 일이 있는지라, 결국은 우리들의 만남이 화기(禍機)가 될 줄로 알고 마음에 크게 두려움이 있어 하루 종일 불안해 하는데, 갑자기 특이 밖에서 들어와 절을 하고는 말했습니다.

"소복의 공이 매우 많다고 생각되는데 아직까지 상(賞)을 논하지 않음이 옳은 일이오이까?"

진사님이 말했어요.

"내가 마음에 새겨 잊지 않은지라 어찌 상이 없으리오. 조만간에 마땅히 후하게 갚으리라."

특이 다시 말했습니다.

"이제 안색을 뵈오니 또한 심려되는 일이 있는 듯 하오니 무슨 까닭이온지요?"

진사님이 대답하였습니다.

"만나지 아니하려 한즉 병이 심골(心骨)에 맺히고, 이미 만나려고 할진대 죄가 불측한지라, 어찌 하여야 근심을 없앨 수 있겠느냐?"

그러자 특이 말했습니다.

"그러하오시면 어찌 몰래 업고 도망가시지를 아니하시나이까?"

진사님이 옳게 여겨 그날 밤에 소첩에게로 와서 특(特)의 계교로써 소첩더러 일러 말했습니다.

"나의 집에 특이라는 노복이 있는데 원래 근명성실하고 꾀가 많은 지라 이 계교로써 의논하는 것이니, 그대의 뜻은 어떠하오?"

하시므로, 소첩이 허락하여 대답하였지요.

"소첩의 부모께옵서 재산이 넉넉하여 소첩이 올 때에 옷가지와 보화(寶貨)를 많이 가져왔고 또한 주군께서 내려주신 것이 매우 많으므로 이를 모두 내버리고 가지는 못할 것이요, 이제 가져가고자 하니 비록 말이 열 필(匹)이라 해도 다 싣지 못할 것이옵니다."

하므로, 진사님이 돌아와 말하니, 특이 크게 기뻐하며 말했답니다.

"소복의 친구가 십여 명이 있사오니 모두 일할 수 있을 것이옵니다. 매일 강도짓으로 일을 삼으니, 나라의 군사가 감히 당해내질 못하는지라, 소복과 함께 사귐이 매우 두터우니 오직 명령만 내려주시면 이에 좇을 것이오니 이 무리로 하여금 짐을 나르게 하시면 가히 태산이라도 옮겨 놓을 수 있을 것이옵니다."

진사님이 들어와 소첩에게 이르시므로 소첩이 그렇게 응하여 밤마다 가져날라 칠일만에 밖으로 다 실어내니, 특이 말하기를,

"이렇게 많은 보물을 만일 댁에다가 쌓아 놓는다면 큰 어른(진사의 모친)께옵서 반드시 의심하실 것이오며, 소복의 집에 쌓아 놓는다 해도 따르는 사람들이 반드시의심할 것이오니 깊은 산 속에 굴을 파서 묻어둔 후에 굳게 지키는 것이 옳을까 하나이다."

그러자 진사님이 말했습니다.

"만약에 혹시 잃어버리게 되면 어찌 할 것인가? 나는 물론 너까지도 도적의 이름을 면하지 못할 것이니 너는 아무쪼록 주의하여 없어지는 일이 없도록 하라."

특이 대답하기를,

"소복의 계교가 이와 같이 깊고 소복의 친구가 또한 이와 같이 많으니, 천하에 어려운 일이 없을 것이오며, 하물며 긴 창과 대검을 가지고 밤낮 떠나지 아니하면 소복 눈을 빼앗아갈 수 있으려니와 이 보물은 결코 빼앗아가지 못할 것이며, 소복 발은 빼앗아갈 지 모르오나 이 물건만은 결코 가져가지 못할 것이오니 바라옵건대 의심하지 말으시옵소서."

하므로, 모두가 특의 뜻이므로 이 많은 보배들을 얻은 후에 소첩과 함께 진사님을 이끌어 산 속으로 들어가 진사님을 죽이고, 소첩과 재물을 함께 독차지 하려는 계교이거늘, 진사님은 나이 어린 선비로 불측한 놈의 흉악과 꾀를 알지 못하더이다.

이 때 대군께서는 비해당을 세움으로써 아름다운 글을 얻어 상량문(上梁文)을 지어 현판(懸板)코자 하였으나 모든 손님의 글이 다 마음에 들지 않음을 안타까이 여기시더니, 진사님의 재주가 뛰어남을 보고 이에 사람을 시켜 진사님을 오시게 하여 사정을 말하고 잔치를 베풀어 대접하니, 진사님이 선뜻 응낙하고 붓을 휘둘러 한 번 써내리니 한 점도 더할 수 없는 글이 되어, 산수의 경색과 집 지은 모습을 전부 나타내지 않은 것이 없는지라 가히 풍우(風雨)를 놀라게 하고 귀신을 울리게 하였습니다. 대군께서 누누히 칭찬하시고 상을 내려 말씀하시기를,

"뜻밖에 오늘 다시 왕자안(王子安)을 보는구나."

하고 무수히 읊으시더니, 다만 한 귀절의 '담장 넘어 가만히 풍류를 훔치리라'는 곳에 이르러서는 읊기를 그치고 의심하므로 진사님이 일어나서 절을 하며 말하기를,

"몹시 취하여 일을 살피지 못하겠사온지라 원하옵건대 이만 물러

가고자 하옵니다."

하므로, 대군께서 어린 종놈을 시켜 함께 보내시었습니다.

다음 날 밤에 진사님이 들어와 소첩에게 말하기를,

"어서 빨리 가야 할까 보오. 어제 지은 시를 대군이 이미 의심하고 있으니 오늘 밤에 가지 아니한다면 걱정하건대 후환(後患)이 있을까 하오."

하기에 소첩이 대답하였지요.

"어제 저녁에 꿈을 꾸니, 한 사람이 생긴 모습이 흉악한데, 스스로 모돈단우(冒頓單于)라 칭하면서 말하기를 '이미 약속이 있으므로 장성(長城) 아래에서 기다린지 오래노라' 하거늘 깜짝 놀라 일어나니 꿈이었습니다. 꿈 속의 일이 심히 불길하므로 낭군께서도 한 번 생각하여 보시옵소서."

진사님이 말하기를,

"꿈은 허탄(虛誕)하다고 하거늘 어찌 그것을 믿을 수 있겠소?"

하므로, 소첩이 다시 말했지요.

"꿈 속에서 말한 장성(長城)이란 이곳 궁(宮)의 담장을 말함이며, 그 모돈(冒頓)이라고 말한 것은 특(特)을 가르키는 것이니 세상의 일이란 결코 예측할 수 없는 것이온 바, 낭군께서는 그 노복의 마음을 알고 계시는지요?"

진사님이 대답했어요.

"이 놈이 원래 엉큼하지만, 내게는 갖은 충성을 다하고 정성을 극진히 하는지라 오늘날 낭자와 함께 이렇게 인연을 맺은 것도 모두 이놈의 꾀요. 그런데 어찌 처음에는 충성을 하고 뒤에는 악을 줄 리가 있겠소?"

하니, 소첩이 또한 반신반의(半信半疑)하면서도 거절할 도리가 없는지라, 이에 말했지요.

"낭군님의 말씀을 어찌 감히 거절하오리까마는 다만 자란과는 정으로 맺어진 형제이오니, 이를 사실대로 얘기하지 않으면 안 될 것이오이다."

하고는 곧장 자란을 불러 자초지종을 얘기하되, 소첩이 진사님의 계교를 털어 놓으니, 자란이 듣고는 크게 꾸짖으며 나무랐어요.

"서로 즐겁게 지낸 지가 오래 되었는데 어찌 스스로 빨리 화(禍)를 부르고자 하느냐? 한두 달 동안 서로 즐김이 또한 족하거늘, 사람이 족한 줄을 알지 못하면 재앙이 내리는 법, 하물며 담을 넘어 도망하는 것을 어찌 사람으로서 차마 할 수 있단 말이냐? 또한 차마 버리지 못할 것이 네 가지가 있으니, 대군이 뜻을 기울인지 오래 되었으니 가히 도망가지 못함이 그 하나요, 부인이 아껴주시고 사랑해 주심이 지극하시니 이를 버리지 못함이 그 둘이요, 화(禍)가 양친께 미칠 것이니 또한 도망할 수 없음이 그 셋이요, 죄가 서궁 사람들에게 미칠 것이니 이를 버릴 수 없음이 그 넷이라, 그러므로 가지 못할 것이라. 또한 하늘과 땅이 한 그물 속 같으니 하늘로 올라가지 않거나 땅 속으로 들어가지 않는 이상 어느 곳으로 도망한단 말이오? 만약 붙잡히게 되면 그 화는 어찌 너의 몸에만 미치겠느냐? 꿈이 불길하다 함은 그만 두고라도, 설혹 길한 꿈이었다고 하더라도 너는 즐겨 갈 것이더냐? 그런 저런 생각과 염려 아예 말고, 마음을 굽히고 뜻을 눌러 분수를 지키고 조용히 있어 하늘의 명을 따르는 것이 좋으리라. 너가 나이 차고, 용모가 쇠하면 주군의 사랑도 풀어질 것이니 그 사세(事勢)를 보아 병을 핑계 대고 오래 누워 있으면 주군께서 반드시 고향으로 돌아가게 할 것이니 그 때를 맞이하여 쾌히 낭군과 함께 손을 맞잡고 함께 고향으로 내려가 마음껏 해로(偕老)할 수 있을 것이니 다행함이 이만큼 없을진대 이런 일은 생각하지 않고 망녕되이 감히 흉악한 꾀를 내어 되지 못할 일을 하려고 하니 네가 누구를 속일 수 있으며 또한 하늘을 속일까 보냐? 깊이 헤아려 보아 젊음이 아직 다하지 않았으니, 일이 되어감을 지켜 보라."

하므로, 소첩이 그 말을 듣고 보니 부끄러워 고개를 숙이고 대답할 마음이 없는지라 자란이 다시 일어나 위엄있게 바르게 앉아 진사님을 보고 정색하며 말하더이다.

"낭군께서 어린 나이로 문장과 재기(才氣)가 뛰어나 세상에 나를 따를 이가 없는지라 사리에 능통하고 모든 일에 쾌활하실 터인데, 어찌 그 하나만 알고 그 둘은 알지 못하오며, 그 앞만 보고 그 뒤는 살펴보지 못하나이까? 남녀 간의 정욕(情慾)이야 고금(古今)인들 다르며, 귀천(貴賤)이 또한 있으오리까? 운영의 사람됨을 볼 때 아름다운 자질이 규문(閨門)에 뛰어나고, 깨끗하고 아름다운 태도가 또한 세속(世俗)의 때를 입지 않았으며 옛 미인(美人) 서시(西施)가 다시 온 듯하고 비연(飛燕)이 다시 온 듯 하오이다. 총명한 지혜와 문예(文藝)의 학행(學行)이 또한 대군자를 능히 누를 수 있을 것이온데, 이같은 풍채로 궁벽하게 깊은 궁 안에 갇혀 꽃다운 나이를 덧없이 보내고 외롭고 차가운 이불 속에 길들여져, 홀로 등불과 달을 벗하고 가을 달과 봄 바람을 헛되이 보내니 단장소혼(斷腸消魂) 하는 날이 얼마이며 피눈물이 붉은 볼을 흐르던 것이 몇 번이오리까마는 주군께서 사랑하시고, 부인께서 또한 아껴

주시며 자매(姉妹) 열 사람이 서로 위로하면서 지내니 깨끗한 밤의 기약이 매우 중요한 줄 아옵니다. 낭군을 한 번 만나므로 갑자기 첫 달이 도사리는 것같고 목란(木蘭)이 군대에 입대하여 종군(從軍)하는 것 같사오니, 구차히 벽을 뚫고 발을 드리워 낭군의 뜻을 머물게 하나 다만 편지가 끊어지고 정표가 무료하여 거문고 줄을 이을 길이 없는지라 운영이 저와 함께 정은 형제와 같고 의(誼)는 교칠(膠漆)과 같아서 생사고락을 함께 하자고 맹세하였습니다. 그러하오니 저의 처지를 불쌍하게 여기시고 운영을 사랑하되 밥 먹기를 잊을 정도로 하시고,잠자기를 없애고 다행히 진진(秦晋)의 가까움을 맺고 그윽히 월옹(月翁)의 줄을 이으시옵소서. 비록 왕래하기가 괴롭고 만나기가 어렵다고 하지만 한두 달 더 참고 견디시어 좋은 결과를 맞으오소서. 자연히 해는 길고 달은 깊어 수삼 년만 기다리시면 좋은 묘책을 얻게 될 것이오니 그 때를 맞이하면 저도 또한 힘써 드릴 것이옵니다. 그런데 낭군께서는 어찌하여 헤아리심이 없이 무지한 노복의 사나운 꾀와 어지러운 말을 곧이 듣고 큰 일을 소홀히 하시려 하나이까? 담장을 넘고 벽을 뚫어 여자를 데리고 도망가는 것은 불한당이나 하는 일이오이다. 어찌 군자가 할 일인가요? 낭군께서는 차분히 생각하여 보시옵소서. 주군께서 대접하심이 어떠하오며, 낭군의 문재(文才)에 관한 명성이 또한 어떠하시니이까? 이러하온데 작은 일을 그릇되게 하시어 대군의 증오심을 받고 아녀자로 하여금 나쁜 곳에 빠지게 하여 선하지 못한 불명예스러운 이름이 훗날 사람들로 하여금 꾸짖음을 면하지 못하게 하리니, 이러한 일을 저지른 후에 아무 걱정 없이 편히 산다고 한들 무슨 낯으로 세상 사람들을 대할 것이오이까? 하물며 대군의 화가 솟구치는 날에는 어디 가서 안심하고 살며 무엇과 함께 즐기시오리이까? 원하옵건대 낭군께옵서는 모름지기 저의 말을 어리석다고 꾸짖지 마시옵고 새겨 받아들이시기를 바라옵나이다. 제가 비록 재주가 없고 보잘 것이 또한 없사오나 어찌 낭군님과 운영의 일을 도와서 힘쓰지 않으오리까?"

말을 다한 후에도 사기가 자못 씩씩하므로 진사님은 부끄러움을 이기지 못하여 일어나서 사과하며 말하였습니다.

"소생이 어리석은 까닭에 일의 정도를 깨닫지 못함이 많사오니 바라옵건대 낭자께서는 소생의 잠꼬대같은 말을 마음에 두지 마소서."

하고는 일이 이루어지지 않음에 눈물을 머금고 나갔습니다.

하루는 대군이 서궁(西宮)의 수헌(繡軒)에 나와 앉아 계시다가 철쭉꽃이 활짝 피었음을 보시고, 시녀에게 명하여 글을 짓게 하시니 각각 시 한 수씩을 지어 바친즉 대군께서 받아 보신 후 크게 칭찬하며 말씀하셨습니다.

"너희들의 글이 날로 발전해 가니 내가 심히 아름답게 여기노라. 하지만 다만 운영의 글에는 확연하게 사람을 그리워하는 뜻이 있으니 지난 날 부연시(賦烟詩)에서도 그러한 뜻을 언뜻 보았는데 이 시에도 또한 그와 같은 뜻이 있으니, 너가 따르고자 하는 자가 과연 누구이냐? 김진사의 상냥문에 의심될 문귀가 있어 이상하게 생각하였는데 너는 혹시 김진사를 생각하고 있지 않느냐?"

하시므로, 소첩이 곧장 뜰에 내려 머리를 땅에 대고 말하기를,

"주군께옵서 한 번 의심하시므로, 그때 곧장 스스로 몸을 버리고자 하였사오나 나이가 스물이 채 못되어서 부모님 얼굴을 뵙지 못하고

죽으면 너무나도 원통할 것 같사와, 목숨을 아껴 지금까지 왔사옵니다만 이제 또 의심을 하시오니 한 번 죽음이 무엇이 아까우리이까? 천지 귀신이 지키고 있고 궁인 다섯 사람이 촌각을 떠나지 아니하는지라 음탕한 이름을 소첩에게 홀로 듣게 하시오니 소첩이 이제 죽을 곳을 얻었나이다."

하고는, 곧장 비단 수건을 풀어 스스로 난간으로 가서 목을 매니, 그때 자란이 말했습니다.

"주군께옵서는 이처럼 영명(英明)하시오나 죄없는 시녀로 하여금 죽을 곳에 스스로 뛰어들게 하시니 이후부터는 소첩 등이 결코 붓을 잡아 시를 짓지 아니하오리이다."

대군께서 비록 화가 많이 나 있었지만 속으로는 결코 죽이지 아니하려 하심으로 곧장 자란을 시켜 '구해 주라'고 하시니, 이리하여 죽지 아니하였습니다. 대군께서 이에 흰 비단 다섯 필(疋)을 내어 다섯 사람에게 나누어 주시며 말했어요.

"가장 잘 짓는 사람에게는 이것으로써 상을 주리라."

하시었습니다.

이러한 후부터 진사님은 다시는 출입하지 아니하고 문을 닫고 그만 병이 들어 이불과 베개에 눈물을 흘리며 누워 있었으니, 목숨은 마치 가는 실오라기 같았어요. 그때 특이 들어와 보고는 말했어요.

"대장부가 죽으면 죽었지, 어찌 차마 상사(想思)하는 원(寃)을 맺어 째째하게 아녀자의 상심하는 것을 본받아 스스로 천금같은 귀한 몸을 버리려고 하시나이까? 이제는 마땅히 이 계교를 취해야 할 줄로 아옵니다. 어렵지 않은 꾀가 있으니, 한밤중에 고요한 때를 틈타서 담을 넘고 들어가 솜으로 그 입을 막아 업고 뛰어 나온다면 누가 감히 소복을 따르오리이까?"

그 말을 듣고 진사님이 말했어요.

"그 계교도 또한 위험한지라 정성을 다하여 풀어보는 것만 같지 못하다."

하시었습니다.

그날 밤 진사님이 들어오셨으나 소첩은 병이 들어 능히 일어나지 못하고 자란으로 하여금 맞아들여 술을 권하였습니다. 또한 소첩이 편지를 써서 주면서 말했지요.

"앞으로는 다시 볼 수가 없을 것이오니, 삼생(三生)의 인연과 백년의 가약이 오늘 밤으로 다한 것 같사옵니다. 만약 하늘의 연(緣)이 끊어지지 않았다면 마땅히 죽어 돌아가서 다시 뵈옵기를 바라옵니다."

하므로 진사님이 글을 들고 서서 맥없이 서로 바라볼 뿐이요, 가슴을 치며 눈물만 흘릴 뿐이었습니다. 자란도 그 참혹한 광경을 차마 볼 수 없어서 기둥을 붙들고 서서 몸을 돌리고 눈물을 뿌리고 섰더이다.

진사님이 집에 돌아와 편지를 뜯어보니 그 사연은 이러했지요.

〈모년(某年) 모월(某月) 모일(某日)에 박명한 소첩 운영은 재배(再拜)하고 삼가 낭군님 발 밑에 엎드려 애원(哀願)을 사뢰나이다. 소첩이 비박한 자질로써 불행하게도 낭군님의 뜻한 바와 같이 서로 애모하는 정을 맺어 생각함이 몇 날이며, 서로 바램이 몇 때이던가요? 다행히 하루밤 즐거움을 나누니 바다같이 깊은 정과 태산같이 무거운 뜻을 다하지 못하였습니다. 인간이 좋을 때에는 조물주의 시기함이 많사옵니다. 궁인이 다 알고 주군께서 의심하시와, 화(禍)가 조석에 다다랐사오니 다만 죽을 뿐이옵니다. 엎드려 바라옵나니 낭군께옵서는 이렇듯 이별한 후로 소첩을 가슴에 품어 두어 마음을 상하게 하지 마시옵고, 모름지기 마음을 가다듬고 학업에 힘써 과거에 급제하시어 벼슬길에 오르시고 후세에 이름을 날리시어 부모님의 이름을 나타나게 하시옵소서. 소첩의 옷가지와 보화를 모두 팔아 부처님께 공양(供養)하시고 백반으로 기도하시어, 지성으로 발원(發願)하시와 삼생에 다하지 못한 연분을 다시 후세에서 잇게 하여 주시옵소서. 붓을 들어 종이를 다하니 가슴이 막히고 눈물이 앞을 가려 사뢰올 바를 알지 못하겠나이다.〉

진사님은 능히 다 보지를 못하시고 기절하여 땅에 쓰러지니, 집안 사람이 급히 구하여 비로소 깨어났습니다. 그때 특이 바깥에서 들어와 물었습니다.

"궁인의 대답이 어떠하였기로 이처럼 죽으려 하시나이까?"

진사님은 다른 말은 없고 다만 한 가지만 말했습니다.

"그 재물은 네가 잘 지키고 있느냐? 내가 앞으로 다 팔아서 부처님께 공양하리라."

하므로, 특이 아무 말없이 자기 집에 돌아가 생각하기를,

'궁인이 나오지 아니하면 그 재보는 하늘이 나에게 줌이로다.'

하고 벽을 향하여 남몰래 웃었으나, 아무도 그 마음을 알지 못했습니다. 또 하루는 특이 스스로 자기 옷을 찢고 손으로 코를 쳐서 그 피를 온몸에 두루 바르고 머리를 풀어헤치고 발을 벗은 채 뛰어 들어와 땅에 엎드려 큰 소리로 울면서 말하기를,

"소복이 강도의 습격을 받아 이렇게 몹시 맞았나이다."

하고는 다시 말을 못하고 기절한 체하니, 진사님은 한편 놀라며,

한 편 생각하기를,

'만일 특이 죽으면 보배를 감추어 둔 곳을 알지 못할 것이라.

하고 근심하여 친히 붙들어 일으키고 약물을 다려 여러 가지로 구하여 살리고 술과 고기로 음식을 장만하여 바치니 십여 일만에 일어나서 말하기를,

"외로운 한 몸이 홀로 산중을 지키고 있는데 갑자기 수많은 도적들이 습격해 와서 마구 두들겨 패니 그 사세(事勢)가 죽일 것 같았기로, 목숨을 걸고 도망쳐와서 실낱 같은 목숨을 겨우 보존하게 되었거니와, 만일 그 보화가 아니었다면 소복이 어찌 이와 같은 위험을 당하였사오리까? 천한 목숨에 험(險)함이 이러한지라 명령을 어기었으니 어찌 빨리 죽지 아니 하오리이까?"

발로 땅을 구르고 손으로 가슴을 치면서 큰 소리를 내어 통곡을 하므로 진사님은 부모님이 알까봐 두려워하여 좋은 말로 위로하여 보내었습니다.

한참만에야 진사님은 특의 소행을 알고는 노복 십여 명을 데리고 부지불식간에 그 집을 둘러싸고 뒤져보니, 다만 금팔찌 하나와 운남(雲南) 보경(寶鏡) 하나가 있을 뿐이었습니다. 그것을 장물(臟物)로 삼아 관가에 고발하여 찾아내고자 하나 일이 누설될까 두려워 찾을 길이 없는지라 생각하면 생각할수록 마음이 어지럽고 분함을 이기지 못하여 더욱 심장만 상할 뿐 그 중한 보배를 하나도 찾지 못하여 부처님께 바칠 수도 없고 다시 운영을 볼 낯도 없어 마음이 번거롭고 어지러워 특을 죽일까 하는 생각도 해보았으나 힘으로 능히 누를 수가 없으므로 입을 다물고 묵묵히 있을 뿐이었습니다. 특이 스스로 그 죄를 알고는 도망할 궁리를 하며, 궁 밖에 있는 소경을

찾아가서 물어보았습니다.

"내가 지난 번에 일이 있어서 새벽에 이 궁 밖을 지나가는데 어떤 사람이 궁 안으로부터 담을 넘어 나오는고로 내가 도적인 줄 알고 큰 소리를 지르면서 쫓아가니 그 사람이 가지고 있는 물건을 모두 버리고 달아나기에 내가 주워가지고 돌아와서 감추어 두고 임자가 나타나기를 기다리고 있는데, 우리 주인이 원래 염치가 없는지라 내가 물건을 얻었다는 말을 듣고 몸소 와서 찾기에 내가 대답하기를, 다른 보배는 없고 다만 금팔찌 한 쌍과 보경(寶鏡) 하나가 있을 뿐이라 한즉 주인이 몸소 들어가 찾아보니 과연 두 가지 뿐이었소. 또한 몰염치하여 나를 죽이고자 하는지라 내가 도망하고자 하니, 도망하면 길(吉)하겠소?"

맹인이 점을 쳐보더니 말했어요.

"길하겠소."

그런데 그때 그 옆에 있던 사람들이 그 말을 듣고는 특에게 물었습니다.

"너의 주인이 어떤 사람이길래 이렇게 노복에게 포악하게 구느냐?"

특이 대답하기를,

"나의 주인은 나이가 젊고 글이 능한지라 머지않아 꼭 급제할 것이오. 욕심 많음이 이러하니 다른 날 벼슬을 얻음에 마음에 품은 것을 가히 알리로다."

하니, 이 말이 전파되어 궁중으로 들어가 대군께 알려지니 대군께서 크게 노하여 남궁 사람으로 하여금 서궁을 뒤지게 하니 소첩의 옷가지와 보화가 모두 없는지라, 대군께서 서궁 시녀 다섯 사람을 다 잡아

뜰 가운데 불러놓고 눈 앞에다 형장(刑杖)을 갖추고 엄히 다스려 하령(下令)하기를,

"이 다섯 계집을 다 죽여 다른 사람을 경계하라!"

하시고는, 또한 집장(執杖)하는 사람에게 호령하기를,

"그 수를 세지 말고 죽을 때까지 쳐라!"

하시니, 그 위엄이 벽력같은지라 누가 감히 입을 열으오리이까마는 우리 다섯 사람이 모두 원 맺힌 사람이라 조금도 겁내지아니하고 호소하였습니다.

"원하옵건대 한 번 말이나 하고 죽으오리이다."

대군께서 계속 화난 소리로 말하였습니다.

"무슨 말을 하겠다는 것이냐?"

먼저 은섬이 초사(招辭)를 올리니 그 내용인즉 이러했습니다.

〈남녀의 정욕은 음양(陰陽)의 이치에서 받았으므로 귀천을 막론하고 누구나 다 가지고 있거늘, 한 번 깊은 궁궐에 갇히고 외로운 몸이 되어 꽃을 보면 눈물이 가리고, 달을 대하면 넋을 잃는지라, 매화 가지에 앉은 꾀꼬리는 혼자 나는 일이 없사오며 발 사이로 드나드는 제비는 저마다 짝을 지어 노래를 부르옵니다. 한 번 궁 밖으로 나가보면 가히 인간의 낙(樂)이 어떤 것인가를 알 수 있을 것이오되, 차마 그렇게 하지 아니하는 사람은 그 힘이 능치못함이 아니오며 그 마음이 부족해서도 아니옵니다. 이는 오직 주군의 은애(恩愛)를 차마 저버릴 수 없음이요, 또한 주군의 위엄이 두려워서입니다. 일부러 마음을 정하여 궁 안에서 말라 죽을 각오 뿐이어늘 이제 아무런 죄없이 죽이시려 하시니 소첩 등이 황천(黃泉)에 간다 하더라도 결코 눈을 감지 못할 것이오이다.〉

비취도 초사를 통해 말하였습니다.

〈주군께서 아끼고 사랑하여 주시는 은혜는 산보다 더 높고 바다보다 더 깊은지라 첩 등이 감동하고 또한 두려워하여 오직 글과 노래만을 일삼을 뿐이거늘 이제 돌이키지 못할 악명(惡名)이 두루 서궁에 미치오니 사는 것이 죽는 것만 못한지라, 오직 바라옵건대 빨리 죽여주사이다.〉

옥녀도 초사에서 말하기를,

〈첩이 이빨과 머리칼이 채 자라기도 전에 궁중에 들어와서 주군의 은애(恩愛)를 입음이 태산과 같은지라 서궁의 영화를 첩이 이미 같이 하였사온데 이제 서궁의 재액(災厄)을 첩이 홀로 면할 수 있으오리까? 운영의 지은 죄가 비록 크다고는 하오나 불의를 행한 것은 아니요, 첩이 또한 같이한 바가 없거늘 이제 당하고 본 일인즉, 첩 등 다섯 사람이 모두 한 몸이옵니다. 토끼 죽으니 여우가 서러워 한다고 하였사온데 오늘의 죽음이 그것과 같은 줄로 아옵나이다.〉

네 번째로 자란이 초사를 올렸습니다.

"오늘의 일은 그 죄가 헤아릴 수 없는데 있는지라 마음 속에 품고 있는 바를 어찌 차마 숨겨 두오리까? 첩 등은 다 여항(閭巷)에서 자라난 계집이옵니다. 부친이 대순(大舜)이 아니요, 모친이 이비(二妃)가 아닌 이상 남녀간의 정욕이 어찌 없으오리이까? 주(周)나라 목왕(穆王)은 천자이오나 항상 요대(瑤臺)의 즐거움을 생각하였고, 항우(項羽)는 영웅으로서 장막 안에서 눈물이 흐르는 것을 억제하지 못하였사옵니다. 그러하온데 주군께옵서는 어찌 운영으로 하여금 홀로 운우(雲雨)의 정이 없다고 하시나이까?

김진사는 또한 당세(當世)에서 영걸(英傑)인지라, 끌어들여 내당(內堂)에 들이신 것이 곧 주군이시오며 운영에게 명하시어 벼루를 들게 하심도 또한 주군의 영(令)이옵니다. 운영이 깊은 궁 안의 원녀(寃女)로서 한 번 미남자를 보니 마음을 가누지 못한 채 실성하여 병이 골수에 맺히는지라 비록 장수하는 약과 월인(越人)의 수단이라 하더라도 효험이 나기 어려울 것이오이다. 하루 아침에 이슬처럼 사라지면 주군께옵서 비록 측은한 생각을 가지신다 하오나 참으로 무엇이 유익함이 있으리요? 다만 오륙 년 동안 극진히 아끼시고 사랑하시던 뜻이 헛것으로 돌아갈까 염려되옵나이다. 첩의 어리석은 뜻으로는 김진사로 하여금 한 번 운영을 만나보게 하시어 두 사람에게 맺혀진 원한을 풀어주시온다면 주군의 적선(積善)이 이보다 더 큰 것이 없사오리이다. 지난 날 운영의 훼절(毁節)함은 그 죄가 첩에게 있사옵고 운영에게는 있지 아니하옵나이다. 지금 첩이 드리옵는 이 말씀은 결코 위로 주군을 속이는 것이 아니오며 또한 아래로 동료를 저버림이 아니오이다. 오늘의 죽음은 또한 영광으로 알겠나이다. 원하옵건대 주군께옵서는 첩의 몸을 대신하여 운영의 목숨을 이어 주시옵소서.〉

마지막으로 소첩이 올린 초사는 이러하였습니다.

〈주군의 은혜가 산과 같고 또한 바다와 같사온데 능히 그 정절을 굳게 지키지 못하였사오니 그 죄가 하나이오며, 지난 날 지은 시에서 주군께 의심을 보이고도 마침내 바로 아뢰지 못하였사오니 그 죄가 둘이오며, 서궁의 죄없는 사람들이 소첩으로 말미암아 똑같은 죄를 입게 하였으니 그 죄가 또한 셋이옵니다. 이 세 가지 죄를 짓고 살아서 무슨 낯으로 사람들을 대하겠나이까? 만약에 설혹 주군께옵서 죽이시지 아니한다 하더라도 소첩이 반드시 스스로 목숨을 끊으오리이다. 다만 서궁 사람들은 한결같이 죄가 없사오니 엎드려 바라옵건대 억울하게 원혼이 되는 일이 없게 하시옵소서.〉

대군께서 모든 초사를 훑어보고 나시더니, 또 한 번 자란의 초사를 살펴 보시는 것이었습니다. 그리고 나서는 노(怒)한 기색이 좀 풀어지는 것 같은지라 소옥이 꿇어 엎드려 울면서 말하더이다.

"지난 날 빨래하러 갈 때 '성 안으로 가지 말자'고 하기는 첩의 주장이었사오나 자란이 밤중에 남궁으로 와서 부탁하옴이 매우 간절하온지라 첩이 그 뜻을 받아들여 여러 의견들을 물리치고 따른 것이오니 운영이 정절을 그르침은 그 죄가 마땅히 첩에게 있사옵고 운영에게는 있지 아니하오니 운영은 죄가 없나이다. 엎드려 바라옵건대 주군께옵서는 첩을 죽이시어 운영의 목숨을 잇게 하여 주시옵소서."

여기에서 대군의 노기가 차츰 풀어져 결국 소첩을 별당(別堂)에 가두게 하시고 다른 사람들은 모두 풀어 주셨습니다.

그날 밤에 소첩은 비단 수건을 풀어 스스로 목을 매어 죽음의 길을 택하였나이다.

*

진사는 붓을 들고 운영이 이야기하는대로 전부 기록하니 조금도 빠지거나 틀린 부분이 없었다. 두 사람은 서로 마주 보고 슬픔을 억제하지 못하였다. 운영이 진사에게 일러 말하기를,

"이 다음 이야기는 낭군께서 말씀하여 주사이다."

진사는 한숨을 쉬고 나서 슬픈 표정을 감추지 못하면서 이야기를 시작하였다.

*

운영이 스스로 목숨을 끊은 후에는 궁 안의 모든 사람들이 통곡하지 않은 이가 없어 모두들 부모의 상사(喪事)를 만난 것과 같이 하였습니다. 그 곡성이 궁문 밖에까지 들려와 소생이 또한 듣고 기절하여 오래도록 있었더니, 집안 사람들이 소생이 죽은 줄로 알고 초혼(招魂)을 하고 장차 발상(發喪)까지 하려고 할 때 다시 살아나서 해가 질 무렵에야 비로소 깨어났습니다. 정신을 차리고 스스로 생각해 보니 일이 이제는 모두 끝난 것 같았습니다. 운영이 부처님께 공양이나 하여 달라던 그 약속이나 지켜서 구천(九泉)의 혼을 위로해 주고자 그 금팔찌 한 쌍과 보경(寶鏡) 하나와 소생이 쓰던 문필제구(文筆諸具)를 모두 팔아서 백미(白米) 사십 석을 사서 청녕사(淸寧寺)에 보내어 재를 올리고자 하나 가히 믿고 시킬만한 사람이 없기로 고민하다가 곧장 특을 불러와 말했습니다.

"너가 지난 날 지은 죄를 내가 이제 다 용서할 것이니, 너는 이제부터 나를 위하여 충성을 다하겠느냐?"

특이 꿇어 엎드려 울면서 말하더이다.

"소복이 비록 사리에 어둡고 완고하오나 또한 목석(木石)이 아닌지라, 한 몸에 지은 죄를 머리칼을 다 빼어 헤아려도 헤아리지 못할 것이온데 주군께서 이제 용서하여 주시오니 이는 썩은 나무에 잎이 나고 백골(白骨)에 다시 살이 오르는 것과 같사옵니다. 어찌 감히 주군의 명을 받들어 모시지 아니하겠나이까?"

하므로, 소생이 말했지요.

"내가 운영을 위하여 초공(醋供: 혼인예식을 한 후 불공을 드리는 일)을 베풀고 발원(發願)하기를 빌고자 하나 믿을 만한 사람이 없으니 네가 갈 수 없으랴?"

특이 말하였습니다.

"삼가 명을 받들어 가겠나이다."

하고는, 특이 곧장 절로 올라갔으나 일을 살피지는 아니하고 엉덩이를 두들기며, 누워 술과 고기를 사들여 먹으면서 여러 중에게 말하기를,

"사십 석의 쌀을 모두 어디에다 쓸 것인가? 공불(供佛)하는 데에만 다 쓸 것인가? 이제 가히 술과 고기를 많이 장만해 놓고 지나가는 손님을 많이 먹이는 것이 좋으리로다."

하니, 모든 중들이 민망하게 여겼더이다. 마침 마을 여인이 지나가는 것을 보고는 억지로 끌고 들어와 승당(僧堂)에서 함께 자고 십여 일이 지나도록 재(齋)를 올릴 생각을 하지 않으므로 중들이 모두 분하게 여기었습니다. 그러다가 재일(齋日)이 되자 모든 중들이 특에게 말했답니다.

"불공을 올리는 일은 시주(施主)의 정성이 제일이온데 시주가 이렇게 부정(不浄)하게 굴어 일이 극히 미안하오니 가히 맑은 냇물에 가서 깨끗하게 목욕하고 예(禮)를 행함이 좋으리이다."

하므로, 특은 마지 못하여 냇가에 나아가 잠시 물로써 씻는 체하고 들어와 부처님 앞에 꿇어앉아 속으로 빌었습니다.

"진사는 오늘 빨리 죽고 운영은 내일 다시 살아나서 특의 짝이 되게 하소서."

하고 삼일간을 밤낮으로 발원(發願)하는 말이 오직 이 소리 뿐이었습니다. 특이 일을 마치고 돌아와서 소생에게 말하였습니다.

"소복이 진사님과 궁인을 위하여 삼일 밤낮을 정성으로 축원하였

나이다. 운영아씨는 반드시 다시 살아나실 것이옵니다. 재를 올리던 날 밤에 소복의 꿈에 나타나서 '정성을 다하여 불공을 드리니, 감격함을 이기지 못하노라' 하시더이다. 다른 중들도 또한 같은 꿈을 꾸었다고 하옵니다."

하거늘, 소생은 그렇게 믿었습니다.

소생은 마침 괴화(槐花 : 계수나무)가 누렇게 익을 무렵이라 비록 과거를 치를 뜻은 없었으나 공부하기를 빙자하여 청녕사에 올라가 여러 날을 머무는 동안에, 특이 한 일을 자세히 듣고는 분통이 터지는 것을 이길 수 없었으나 어찌할 도리가 없는지라 이에 깨끗이 목욕을 하고 부처님 앞에 나아가 절을 한 다음 머리를 땅에 대고 향을 사루며 축원하였습니다.

"운영이 죽을 때의 약속을 차마 저버릴 수가 없어서 소생의 노복 특으로 하여금 정성을 다해 재를 올리고 명복을 빌게 하였사오나, 이제 그놈의 소행을 들으니 패악(悖惡)함이 이루 말할 수 없는지라 운영의 유언을 헛 것으로 만들었사오니 이제 소생이 감히 무슨 면목으로 축원하오리이까? 엎드려 비옵나니 부처님께옵서는 운영으로 하여금 다시 환생하게 하시어 소생과 배필(配匹)이 되게 하시옵고 운영과 소생으로 하여금 후세에 이르러 이 원통함을 풀게 하여 주시옵소서. 부처님이시여, 특을 죽이시어 지옥에 잡아다가 칼을 씌우고 엄하게 다스려 패악한 놈의 죄를 물리치소서. 부처님이시여, 진실로 이같이 소생의 소원을 들어주시오면 운영은 비구니가 되어 열 손가락이 다 닳도록 이십 층 금탑(金塔)을 쌓으며, 소생은 중이 되어 오계(五戒)를 지키며 큰 절을 지어 그 은혜를 갚으오리이다."

하고 빌기를 마치고 땅에 머리가 닿도록 백 번을 절한 후에 돌아왔습니다. 그 후 칠일만에 특이 우물에 빠져 죽었으니 하늘의 도(道)가 무심하지 않음이 이와 같은지라, 흉계를 꾸며 남의 귀한 재물을 빼앗고 주인을 죽이려 하니 이러한 패악무도한 사람이 어디 있으며, 이러한 사람에게 또한 어찌 하늘의 재앙이 없으오리이까? 이 후부터 소생은 세상 일에 뜻이 없어 목욕 재계한 후 새옷을 갈아 입고 고요한 방에 누워 나흘 동안 아무것도 먹지 않고, 긴 한숨 한 번 쉬고는 다시 일어나지 못하였나이다.

*

이야기를 다한 후에 붓을 던지고 두 사람은 서로 마주 보면서 슬피 울음을 멈추지 못하였다. 유생은 두 사람에게 위로의 말을 해 주었다.

"비록 죽어서 혼이 되어 있다 하나 두 사람이 다시 만났으니 소원이 끝난 것이요, 원수를 이미 갚았으니 통분함도 사라졌거늘 어찌 아직도 슬픔을 그치지 아니하는가? 다시 인간에 태어나지 못함을 한(恨)하는 것인가?"

김진사는 눈물을 흘리면서 사례하고 말하는 것이었다.

"우리 두 사람이 다 원(寃)을 품고 죽었는지라 지옥에서 그 죄 없음을 가련하게 여기시어, 다시금 인간 세상으로 내어 보내려 하나 지하의 즐거움도 인간 세상의 즐거움에 뒤지지 않거늘 하물며 천상(天上)의 즐거움이야 더 말할 나위가 있으리오? 이리하여 인간에 다시 나기를 원하지 아니하였나이다. 다만 오늘밤에 이곳에 와서 슬퍼하옵는 것은 옛 일을 되새기매 슬픈 감회가 계속 쌓여서 그러한 것이오이다. 대군께서 한 번 돌아가시니 고궁(故宮)에 주인이 없고, 까마귀와 새들이 슬피 울어도 찾아오는 사람이 없으니 슬픔이 더할 뿐이옵니다. 하물며 새로 전화(戰火)를 겪으니 화려한 집들이 재가 되며, 높은 담장이 다 무너지고, 오직 남아있는 섬돌 위의 꽃만이 향기롭고 뜰 아래 풀이 깔려 봄빛을 더하여, 그 봄빛만은 그대로이나 옛날 모습은 하나도 없어, 사람의 일이 변화하기가 이와 같으니 다시 와서 옛 일을 되새기매 어찌 슬프지 아니하오리이까?"

유생이 다시 물었다.

"그러면 이제 두 분은 모두 천상(天上)의 사람이 되었는가?"

김진사가 대답했다.

"우리 두 사람은 원래 선인(仙人)으로서 옥황상제의 향안 앞에서 모시고 있었는데, 하루는 상제(上帝)가 태청궁(太淸宮)에 앉으시고 소생을 시켜 옥원(玉園)에 가서 과일을 따오라고 하시므로 소생이 삼천 년만에 한 번씩 열린다는 장수(長壽)의 선도(仙桃)인 반도경실(蟠桃瓊實)을 많이 따먹고, 개인적으로 운영에게도 주었더니 그 죄는 무거워 인간 세상에 귀양와서 인간의 괴로움을 모두 겪게 하시더니 이제는 옥황상제가 이미 옛날의 잘못을 용서하시고, 더불어 천상의 삼청궁(三淸宮)에 올라오게 하시어 다시 향안 앞에 모시게 하였는지라 틈을 타서 바람의 수레를 끌고 인간 세상에 와서 옛날 놀던 곳을 다시 찾아 보는 것이오이다."

하고는 눈물을 흘리면서 유생의 손을 잡으며 또 말했다.

"바다가 마르고 돌이 녹는다 해도 우리들의 이 정(情)은 영원히 사라지지 않을 것이요, 땅이 늙고 하늘이 거칠어진다 해도 우리의 이 한(恨)은 지우기 어려울 것이오이다. 오늘 저녁에 그대와 함께 서로 만나 이야기를 나누니 이것 또한 숙세(宿世)의 연분이 아니면 어찌 가히 이런 기회를 가지오리까? 엎드려 바라옵건대 그대는 우리들의 이야기를 거두어 세상 사람들에게 전하여 우리의 일이 영원히 사라지지 않게 하여 주소서. 또한 경솔한 사람들에게 전하여져 우스개거리가 되지 않게 하여 주시오면 다행 중 다행으로 여기겠나이다."

하면서, 김진사는 취하여 운영의 몸에 기대어 앉아 시를 한 수 읊었다.

꽃 떨어진 궁 안에는 제비만이 날아드니
봄빛은 예와 같으되 주인은 가고 없네
밤 하늘 저 달빛은 이처럼 차기만 한데
푸른 이슬 가볍게 우의(羽衣)를 적시네

그러자 운영도 일어나서 한 수의 시를 읊었다.

고궁의 꽃 버들은 봄을 새로 둘렀는데
천 년의 호화함은 꿈마다 들어오네
오늘 밤 놀러 와서 옛 자취를 찾고 보니
그칠 줄 모르는 슬픈 눈물만 나의 수건 적시네

김진사는 유생에게 일러 말하였다.

"그대 역시 문사(文士)가 아니오이까? 숙세(宿世)의 인연이 있어 오늘 이렇게 함께 놀았으니, 우리가 지은 글의 뒤를 이어 한 수 읊어 보심이 어떠하리오?"
하거늘, 유생이 응낙하고 곧장 시 한 수를 읊으니 그 내용은 이러하였다.

달이 고궁에 뜨니 옛빛도 새로 왔네
바람도 빛도 모두 지난 봄과 똑 같구나
물음을 빌리노니, 주객(主客)은 이제 어디 있는가?
오직 꽃다운 혼백(魂魄)만 남아 사람을 슬프게 하네

운영이 유생의 시를 보고 크게 칭찬하여 말하기를,
"존군(尊君)의 문장은 가히 당시(當時) 고인(故人)을 압도하고 남으오리다. 하지만 숨은 뜻이 또한 슬프기 그지없는지라 이는 분명 우리를 위로하는 말일진대, 스스로 마음이 울적해지나이다."
김진사가 한숨을 쉬며 말하기를,
"우리의 일을 말하려 하면 더욱 슬픈 생각만 솟아날 뿐이니, 어떻게 한들 좋은 말이 나오리요? 이제 밤이 너무 깊었고 북천(北天)에 별이 드문지라, 술이나 더 마시며 지내사이다."
하고는 시녀를 불러 술을 더 가져오게 한 후 잔을 씻고 다시 따루어 서너 순배의 잔이 돌아가니, 모두가 크게 취하였다. 주안상을 물리고 서로가 기진하여 졸고 있는데 유생도 또한 많이 취하여 꽃나무에 의지하고 잠깐 조는데, 이윽고 산새 울음 소리에 놀라 깨어나니 구름과 연기가 땅에 가득하고 동녘 하늘에 먼동이 터오거늘 주위를 둘러보니 사방엔 아무도 없는데, 다만 김진사가 기록한 책자(冊子)만 곁에 놓여 있으니 유생은 놀랍고도 무료하여 그 책을 소매에 넣고 집으로 돌아왔다. 집에 와서 대나무 상자에 감추어 두고 더러 간혹 꺼내어 보면 제정신을 차릴 수 없는지라, 이 때부터 침식을 끊고 명산대천(名山大川)을 두루 돌아다녔으니, 아무도 그가 언제 어느 곳에서 이 세상을 마쳤는지를 알지 못하였다.

채봉감별곡
採鳳感別曲

◇ 작품 해설 ◇

이 소설은 우리의 고전문학 가운데에서도 여러 가지로 유별난 작품이다. 작자는 알 수 없으나, 시대적으로 보아 이조 말기에 쓰여진 소설로서 다른 고전 소설에 비해 훨씬 진보적인 면을 보여주고 있는 애정소설(愛情小說)이다.

왕조가 몰락해 가는 말기에 쓰여진 작품이어서 그런지는 몰라도 다른 고대소설에 비해 조선적인 전통을 많이 탈피하고 있다. 가령, 여주인공 채봉(彩鳳)의 아버지 김진사가 그의 딸을 팔아서 벼슬을 사려고 한다는 점이라든지, 평안감사가 기생 송이(松伊 : 채봉)를 사들여 관원(官員)을 시킨 점 등이 바로 그것이다.

작자는 이 작품을 통하여 몰락해 가는 이조 말기의 시대적인 상황을 한 폭의 수채화를 그리듯이 적나라하게 표출시키고 있다. 딸까지 팔아가며 벼슬을 사려고 한 김진사의 행장을 통하여 당시의 극심했던 매관매직(買官賣職)의 성행과 유교적 전통의 파괴, 그리고 관민(官民)의 격차 해소 등을 간접적으로 그리고 있으며 화적(火賊)의 등장으로 어지러운 사회상을 보여주기도 하고 있다. 특히 평안감사의 출현은 재래적인 봉건 사상에서 점차로 사회 개방적인 사상으로 변환되어 가고 있는 당시의 시대 상황을 직접적으로 암시해 주고 있다.

문장의 흐름과 구성 요건 등으로 보아 상당히 고대성을 탈피한 현대적인 감각의 연애소설이라고 할 수 있다.

채봉감별곡(彩鳳感別曲)

가을산(秋山)을 온통 물들이던 낙엽은 소슬바람을 따라 정처없이 흩어지고, 쓸쓸한 산등을 비치는 밝은 달은 마냥 적막하기만 하였다. 이제 겨울이 오는 문턱에서 찬 기운에 놀란 기러기는 하늘 높이 떠올라 슬픈 울음을 토하며 여운을 남기는 긴 목소리로 짝을 부르며, 평양 을밀대(乙密臺) 앞에 엄중히 자리 잡은 이감사(李監司)댁 후원 별당 위로 남쪽을 향하여 외로이 날아가고 있었다.

이 때 별당 건너방에서 팔짱을 끼고 책상 머리에 앉아 우수에 잠겨 있던 열 여덟 살 가량의 아름다운 처녀가 지붕 위로 외롭게 울며 날아가는 기러기 소리를 듣고는, 살며시 고개를 들어 그윽한 눈길로 남창(南窓)을 바라보았다.

소슬한 가을 바람을 타고 두둥실 높이 떠서 방황하는 달님과도 같이 어떤 슬픔이 가슴에 서린 양 소저(小姐)는 천천히 몸을 일으켜 안방에서 눈치채지 않도록 소리를 낮추어 미닫이 문을 열어 젖혔다.

그와 동시에 창틈으로 겨우 스며들기만 하던 푸른 달빛이 스산한 가을 바람과 함께 쏟아져 들어와 소저의 고운 얼굴을 완연하게 비추었다. 두둥실 높이 뜬 달을 고즈넉하게 바라보며 열 여덟의 고운 아가씨는,

"휴우——."

하고 기인 한숨을 내쉬며 중얼거리듯 탄식을 하였다.

"문 닫힌 창 앞의 달이라더니, 나는 지금 열어 놓은 문으로 들어온 달을 창가에서 바라보는구나."

소저는 사방을 둘러보며 가을 경치를 살피었다.

"오늘이 바로 적당한 때로구나."

하고는 마음 속에 알알이 묻힌 사연들을 꺼내어 글로 적고자 하였다.

깊이 넣어 두었던 벼루를 꺼내어 먹을 갈고, 그 먹에 붓을 찍어, 백농화지를 책상 위에 펼쳐 놓고는 가날프고 고운 손으로 붓대를 고이 잡고는 추풍감별곡(秋風感別曲)을 지었다.

적막한 가을밤을 한 자루의 붓에 의지하여 마음에 쌓인 심회를 풀고자 하는 이 고운 아가씨는 과연 누구인가? 이 처녀는 다름 아닌 평양 성 안에 사는 김진사의 딸로서, 이름은 채봉(彩鳳)이라 하였다.

이 세상에 태어나면서부터 영리하고 총명함이 범인(凡人)과는 크게 달랐다. 나이 일곱 살에 벌써 한 번 보면 결코 잊지 아니하는 일람첩기(一覽輒記)의 재주가 있었다. 김진사는 슬하에 달리 혈육이 없었는지라 채봉을 금지옥엽 귀하게 길러왔다. 나이 열 살이 되니 시서(詩書)와 백가제자(百家諸子)에 능통하였고, 여자로서 당연히 갖추어야 할 바느질 솜씨가 유독히 뛰어났다.

김진사 내외는 채봉이를 마치 손 안에 든 보배처럼 애지중지하며 길렀다. 어서 키워 좋은 짝을 채워 주어 슬하에 두고 평생토록 낙을 보고자 하였다. 세월은 유수(流水)와 같아 채봉의 나이 이미 열 다섯이 되니 그 꽃같은 얼굴과 달같은 자태는 아침 이슬을 머금은 모란과 같았고, 문장은 이두(李杜)를 능히 따르며 바느질은 소약난을 오히려 앞질렀다. 이 처럼 하루가 다르게 장성해 가는 딸을 보면서 김진사 내외는 사방으로 사윗감을 찾았으나 마땅한 곳이 없었다. 그러는 가운데 채봉의 나이는 어느덧 열 여섯이 되었다.

채봉은 후원에다 초당을 정결하게 지어놓고 시비(侍婢) 추향이와 함께 지내었다. 바람만 불어와도 감탄하고, 달빛만 비쳐도 처량한 마음이 들어 날마다 시(詩)로서 그 울적한 심사를 달래니 그 뜻을 아는 이는 오직 추향이뿐, 비록 부모라 할지라도 그 마음을 가히 알지 못하였다.

먼산의 잔설이 녹고, 천지간에 아지랑이가 소녀의 꿈처럼 피어오르는 삼월 중순께였다. 뒷동산에는 능수버들이 늘어진 가지를 푸른 빛으로 단장하고 있고, 금빛 꾀꼬리는 수양버들 사이로 드나들며 춘심(春心)을 노래하는데, 비단 병풍을 두른 듯한 꽃가지 사이로 나비들이 쌍쌍이 날아들고 있었다. 감상에 젖기를 좋아하고, 한참 꽃다운 나이를 가슴에 품고 있는 채봉이가 이런 날씨에 어찌 춘흥(春興)이 없으랴? 웬지 모르게 설레이는 마음을 억제하지 못하고 홀로 타는 가슴을 깊이 감추면서, 이윽고 추향이를 데리고 동산으로 올라갔다. 봄빛은 만산(萬山)에 가득하였다. 채봉은 가슴 속 깊은 곳으로부터 뭉클하게 솟아오르는 춘정(春情)을 느끼면서 추향이를 향해 말하였다.

"추향아! 세월이란 정말 빠른 것이로구나. 이 동산에 앙상한 가지에 눈이 쌓여있던 것이 어제인 듯 하더니, 어느 틈에 쌓인 눈은 녹아 없어지고 앙상하던 나무엔 잎이 돋고 꽃이 피었구나. 식물은 시들었다가도 춘삼월 봄이 되면 다시 꽃을 피우는데, 동물은 한 번 시들어 죽으면 살과 피는 물이 되고 뼈는 썩어 흙이 되니, 이런 것을 보면 웬지 마음이 쓸쓸해지는구나. 그렇지 않느냐, 추향아?"

"하늘과 땅의 이치가 다 그러한 것을 어찌하옵니까? 식물이란 한낱 동물에게 이용되기 위해 사는 재료가 아니오이까? 한정된 땅에 서 있는 식물은, 동물이 이용함으로써 더러는 없어지고 더러는 생겨나기도 하는 것이지만, 만약 동물이 식물과 같이 영원히 죽지 않고 산다면 그 뒷처리를 어떻게 하옵니까?"

"네 말도 일리는 있다만, 옛부터 인간은 칠십까지 살기가 어렵다 하였으니, 어찌 산다는 것이 총총하지 아니하랴?"

바로 그때였다. 서편 담 쪽에서 사람의 기척이 들려왔다. 채봉과 추향이는 깜짝 놀라 하던 이야기를 멈추고 고개를 들어 사람의 기척이 들려오는 곳으로 눈길을 돌렸다. 얼굴은 백옥처럼 아름답고 두목지(杜牧之)같은 십 팔 세 가량의 소년이 의복을 단정히 입고 서서 이 쪽을 바라보고 있었다.

그 소년을 언뜻 바라보는 순간 채봉은 이미 가슴이 뛰고 반가운 생각이 들었다. 그러나 규중에서 자란 처녀가 무엇을 어찌하랴? 얼굴이 홍당무처럼 붉어지며 어찌할 바를 모르다가, 추향을 앞세우고 빠른 걸음으로 초당으로 들어가 동산 쪽으로 나 있는 문을 닫아버렸다.

채봉이 추향을 데리고 초당으로 들어가 문을 닫는 것을 바라보고

섰던 소년은, 이윽고 터진 담으로 들어와 동산을 두루 살펴보다가 아까 채봉이가 앉았던 자리에 가서 앉았다. 아직도 가시지 않은 채봉의 향취를 맡으며 소년은 자리에 앉아서 채봉이가 들어간 초당 쪽을 바라 보았다. 그러다가 문득 소년의 시선이 땅으로 내려왔을 때, 두세 걸음 앞에 웬 수건이 하나 떨어져 있는 것이 보였다.

소년은 급히 일어나서 그 수건을 집어 들었다. 석 자 가량이나 되는 삼팔주(三八紬:명주) 수건이었다. 소년은 집어든 수건을 펼쳐 자세히 살펴본즉 수건 끝에 '채봉'이란 두 글자가 새겨져 있었다.

소년은 무슨 보물을 얻기나 한 듯 즐거운 마음이 되었다. 소년이 수건을 집어 들고 막 앉았던 자리로 가려고 할 때, 안으로부터 사람의 소리가 들려왔다. 소년은 재빨리 조금 전에 들어왔던 담 터진 곳으로 나와서 담 안의 동정을 살피었다.

조금 전에 앞장을 서서 들어가 문을 닫던 처녀가 나와서 사방을 두루 살피며,

"참, 이상도 하다. 방금 떨어뜨린 수건이 금새 어디로 갔을까?"

하고 중얼거렸다. 소년은 자신도 모르게 소리를 내어 말을 하고 말았다.

"수건은 이미 내 손에 있는데, 아무리 찾아본들 찾을 수 있나?"

수건을 찾고 있던 추향이는 깜짝 놀라 소년이 있는 곳으로 고개를 돌렸다. 그리고는 종종걸음으로 소년이 있는 곳으로 다가갔다.

"서방님이 뉘신지는 모르오나 조금 전에 듣삽건대 수건을 주우신 듯하오니, 다시 돌려 주시면 고맙겠습니다."

"이 수건은 누구의 것인가?"

"우리 댁 소저의 것이옵니다."

"그렇다면 돌려드릴 것이로되, 이 수건의 임자가 직접 나와서 가져가시라고 해라."

"서방님께선 망녕이시옵니다. 우리 댁 소저는 규중 처녀이온데 어찌 함부로 나와서 대면하오리이까? 농담이신 줄로 아오니 어서 수건을 돌려 주사이다."

"나의 말을 어찌 농담이라 하느냐? 나는 물건 주인에게 직접 돌려주고 싶으니 어서 가서 그렇게 전해라. 그런데 너는 도대체 누구냐?"

"저는 소저를 모시고 있는 시비 추향이옵니다."

"너희 댁 소저의 이름이 무엇이냐?"

소년의 말에 추향이는 얼굴을 숙이고 빙긋이 웃으며 말하였다.

"외간 남자께옵서 남의 집 규수의 이름은 알아서 무엇하시오리까? 그런 말씀 다시 하지 마시옵고, 어서 수건이나 돌려 주시옵소서."

그러자 소년은 큰 소리로 웃으며 말하였다.

"얘, 추향아! 무릇 이름이란 부르기 위해 지어 놓았거늘, 그렇게 인색할 것까지야 없지 않겠느냐? 내가 이미 아는 바 있어 묻는 것이니라."

"규수의 이름이란 부모가 부르시기 위해 지어놓은 것이지, 외간 남자가 함부로 부르라고 지어놓은 것은 아니옵니다. 그러하건데 어찌하여 외간 남자가 남의 집 규수 이름을 아시려고 하시나이까?"

"네 말도 일리가 있다만, 아무튼 나는 주인의 이름을 안 연후에야 수건을 내어줄 것이니 그리 알고 뒷일은 너가 잘 알아서 결정하라."

소년의 말을 듣고, 추향은 속으로 생각하였다. 어떤 사정인지는 모르나, 수건에 이미 소저의 이름이 새겨져 있으므로 이름을 알 터인데 일부러 물어보는 것이니, 일러준들 어떠랴 싶었다. 생각이 여기에 이른 추향은 생긋생긋 웃으며 소년에게 말하기를,

"정히 알고 싶다면, 말씀해 드릴 것이오니 수건을 돌려주시겠나이까?"

"물론 주고 말고!"

"우리 댁 소저의 이름은 채봉이라 하옵니다."

"허어, 그렇더냐? 채봉이란 말을 하기가 그렇게도 힘이 들더냐? 이 수건에도 이미 수가 놓여 있는걸……."

"이제 수건을 주시오소서."

"수건을 줄 것이니 이곳에서 잠깐만 기다리고 있거라. 내가 곧 다녀올 터이니……."

"다녀 오시든 말든 우선 수건은 주시고 가옵소서."

"곧 다녀올테니 잠시만 기다리고 있거라."

추향의 얘기는 들은 척도 않고 소년은 수건을 손에 쥔 채로 뛰어 내려갔다. 아래집으로 들어가 용연(龍硯)에 먹을 갈아 큰 붓에 흠씬 찍어 수건에 글씨를 썼다.

수건에 한시(漢詩)의 절구(絶句)를 쓴 다음 몇 번을 속으로 외어 본 다음 수건을 접어들고 다시 추향이가 기다리고 있는 곳으로 달려왔다. 이 소년은 추향이에게 수건을 내어주며 말하였다.

"나는 대동문(大同門) 밖에 사는 강필성(姜弼成)이란 사람으로서, 선친께서는 일찍이 선천(宣川) 군수로 계시다가 돌아가시고 홀어머니 시하에서 지금까지 지내고 있느니라. 나이는 찼으나 아직

장가를 들지 못하여 모친도 변변히 봉양치 못하고, 시전(詩傳)을 생각하며 오직 장가들 것만을 궁리하고 있는 사람인지라, 이 말을 너희 댁 소저에게 전하고 이 수건을 드려라. 이 수건을 드리면 반드시 회답이 있을 것이니, 수고스럽더라도 네가 좀 전해 주려므나. 내 여기서 기다리고 있겠다."

잠자코 수건을 받아 펼쳐보던 추향은 깜짝 놀랐다.

"에그머니! 수건에다 글씨를 썼으니 이걸 어찌한담! 이것을 어떻게 갖다 드린단 말씀이오이까? 이것을 그대로 갖다 드리면 큰 꾸중이 있을 것이온데, 이를 어찌해야 하나요? 저는 결코 갖다 드릴 수 없나이다."

"내가 책임질 터이니 너는 다만 갖다 드리기만 하여라. 꾸중을 들어도 내가 듣고 걱정을 해도 또한 내가 할 것이니 너는 염려하지 마라. 그리고 너의 수고에 대해서는 다음에 후히 갚겠노라."

추향은 어찌할 수 없이 글씨가 씌여진 수건을 들고 초당으로 들어갔다.

한편 채봉은 추향에게 수건을 찾아오라 이른 후에 초당 난간에 몸을 의지하고 서서 뜰 아래에 피어있는 갖가지의 꽃들을 내려다보며 수심에 잠겨 있었다. 분부를 받고 나간 추향이가 한 식경이 지나도록 돌아오지 않자, 채봉이는 속으로 생각하기를,

'이 애가 왜 아직 돌아오지 않을까? 혹 수건을 찾다가 아까 담장에서 엿보던 소년이 수건을 먼저 집어가지고 실랑이를 하고 있는 것은 아닐까? 규중 처녀의 몸으로 외간 남자를 생각하는 것은 온당치 못한 일이나, 그 소년이 누구인지는 모르지만 남자로서 그다지도 아름다울 수가 있을까? 그처럼 아름다운 풍모에 문장이 또한

넉넉하다면 가히 금상첨화(錦上添花)련만, 그러나 학문이 없다면 그 인물이 아깝도다.'

채봉이 마음 속으로 이렇게 생각하고 있을 때,

"참 세상에는 별일도 다 있네."

하면서, 추향이가 들어왔다. 채봉은 궁금하게 생각하고 있던 터라 급하게 물었다.

"무슨 일이 그토록 별일이며 왜 이렇게 늦게 오느냐?"

"다름이 아니옵고, 수건을 아무리 찾아도 없는지라 이상히 여기고 있는데, 아까 담 밖에서 안을 들여다 보던 도령께서 이 수건을 주워가지고 있삽기에 돌려달라 하였더니, 그 도령께서 여차여차 하옵기로 마지 못해 받아 가지고 왔나이다."

채봉은 추향에게 수건을 받아들고 펼쳐보았다. 거기에는 다음과 같은 시 한 수가 적혀 있었다.

가인(佳人)의 손에서 수건이 떨어지니
이는 분수에 넘치는 기쁨이요
필시 정(情)을 둔 사나이에게
하늘이 맺어준 연분이라
은근한 마음으로 서로 사모하는
글을 주고 받으니
붉은 실 꿰어 백 년 가약 맺은 듯이
서둘러 신방(新房)으로 들리라

시의 끝에는 날짜를 적고 나서 '만생 강필성 근정(晩生 姜弼成

謹呈)'이라 씌어져 있었다.

수건에 씌여진 싯귀를 읽은 채봉은 단풍잎 같이 얼굴을 붉히었다.

'외양이 그만한데 학문이 또한 없을리 없지.'

채봉은 얼굴을 붉히면서도 이러한 생각을 했다.

눈치빠른 추향은 채봉의 기색을 보고는 어느 정도 짐작을 하였다. 그리고는 능청스럽게 물었다.

"무엇이라 씌여 있사옵니까? 좀 읽어 주옵소서."

"읽어준들 네 어찌 알랴? 수건을 찾지 못할망정 그대로 왔으면 좋았을걸 괜히 받아왔구나. 남의 글을 받아보고 회답을 아니할 수도 없으니 이 일을 어찌하면 좋겠느냐?"

추향은 의미있는 웃음을 배시시 웃고는,

"아무렇게나 두어자 적어 주옵소서. 지금 뒤 뜰에 서서 기다리고 있사옵니다."

채봉은 마지못하는 양 방 안으로 들어가 색간지에 시 한 수를 지어 추향에게 주었다. 그러면서 추향에게 이르기를,

"이번은 처음 당하는 일이라 어쩔 수 없이 회답을 하거니와, 앞으로는 이런 글을 가져오지 말아라."

추향은 또 배시시 웃으며 채봉이 건네주는 답서를 받아들고는,

"아씨는 또 무엇이라고 쓰셨나요? 에그 갑갑해라."

능청을 떨고 서 있는 추향의 등을 탁 치면서 채봉은 말하였다.

"이따가 밤이 되면 일러줄테니 어서 갔다 오너라.그런데 그 도령이 아래집에서 글을 써 가지고 왔다고 했지?"

"네, 김첨사 집에서 묵고있다 하옵니다."

"그러면 김첨사 댁과는 어떻게 된 사이인지 물어보아라."

"네? 네!"

추향은 의아하다는 듯이 대답하고는 곧장 강필성이 기다리고 있는 곳으로 와서 채봉의 답서를 전해 주었다.

"우리 댁 아씨께서 이것을 드리라고 주시더이다."

채봉의 글을 받아든 강필성은 급한 듯이 펼쳐보았다.

수줍은 마음 무릅쓰고 전하오니
부디 그대는 허망한 양대(陽臺)의 꿈을 버리시고
모든 힘 기울이고 기울여
앞날에 한림학사(翰林學士) 되옵소서

글을 다 보고난 강도령은 그것을 접어서 소매 속으로 감추어 넣으며,

"너희 댁 소저의 나이는 몇이냐?"

"지금 열 다섯이옵니다."

"열 다섯의 나이로 어떻게 공부를 하셨기에 이토록 글을 잘 하시느냐?"

"우리 댁 진사님께서 글을 가르치신 때문이옵니다."

"진사님께서는 지금 계시느냐?"

"서울 가시고 지금은 안 계시나이다."

"서울에는 무슨 일로 가셨느냐?"

"자세한 것은 모르오나, 아마 사위감을 고르시러 가신 듯하옵니다."

추향의 말을 들은 강도령은 속으로 크게 놀라며,

"그래 진사께서는 너희 댁 아씨를 서울로 출가시킨다더냐?"

"그동안 혼처를 구하셨사오나, 평양 바닥에는 마땅한 인물이 없다고 하시더니 서울로 올라가셨나이다. 소녀가 자세한 것은 모르옵니다."

그리고 나서 추향은 다시 물었다.

"서방님께옵서는 김첨사 댁과 어떻게 되시옵니까?"

"김첨사댁은 내 외가이니라. 그건 그렇거니와, 내가 너에게 긴히 청할 일이 있는데, 어디 들어주겠느냐?"

"무슨 말씀이신지는 모르오나, 소녀가 들을 만하면 듣고, 못들을 말씀이면 못듣는 것이지요."

"속말에, 싸움은 말리고 혼사는 붙이라고 하지 않았느냐?"

"네, 그러하온데요?"

"중국 원대(元代)의 희곡 서상기(西廂記)에는 홍낭이가 앵앵을 위하여 좋은 언약을 맺게 하였으니 너는 모름지기 홍낭의 본을 받아 소저로 하여금 나와 한 번 대면하게 하여 준다면 내 그 은혜 잊지 않으리라. 네 의향은 어떻느냐?"

이 말을 들은 추향은 묵묵히 서서 무엇을 생각하는 듯 강도령을 자주 쳐다보았다.

"왜 그리 묵묵히 서서 쳐다보기만 하느냐?"

"속말에 이르기를, 혼사에 들어 잘 되면 술이 석 잔이고 잘못되면 뺨 세 대라는데, 이런 일을 함부로 쉽게 할 수 있사오리까?"

"네 말도 맞긴 하다만, 힘껏 수고해 주면 그 공은 후히 갚겠다."

"우리 댁 진사님께서는 성품이 매우 엄하시어 만일에 이러한 일을 알기라도 하시는 날이면 저는 영낙없이 죽고 말 것이옵니다. 그러하오니 정 마음이 있으시다면 매파(媒婆)를 보내 통혼하옵소서."

"나도 그런 생각이 없는 것은 아니지만 일단 소저와 한 번 만나 본 다음에 매파를 보낼 것이니 너는 나를 가없이 여겨 부디 가약(佳約)을 맺게 해 다오."

강도령의 말을 들으면서 추향은 속으로 생각하기를, 문벌도 서로 비슷하고 인물도 막상막하하니 두 사람이 짝이 된다하여 나쁠 것이 없겠다 싶어, 한 번 시험해 보리라 마음 먹었다.

그리하여 강도령에게 다가가서 소근대고는 빙그레 웃으며,

"그 뒤에 성불성(成不成)은 서방님께서 하시기에 달린 문제이오니 부디 후회하시지 않도록 하사이다."

"내, 이 은혜를 잊지 않겠노라."

"감당할 수 없사오니 그런 말씀 마시옵고 때를 놓치지 마소 서."

"때를 놓치다니, 말이 되느냐? 어느 일이라고 내가 때를 놓치겠느냐? 나보다도 네가 놓칠까봐 걱정이 된다."

"제 염려는 마시옵고 이만 돌아가시옵소서."

"그럼, 너만 믿고 간다."

무엇인가를 둘이 단단히 약속한 후 강도령은 김첨사집으로 돌아가고 추향이는 초당으로 들어갔다.

답서를 써서 추향이에게 주어보낸 후에 채봉은 다시 수건을 펼쳐놓고 몇 번이고 되풀이하여 음미해 보았다.

"풍채와 문장이 이만한 분이 왜 아직껏 장가를 들지 못하고 있는 것일까? 집안이 어려워서일까? 아니면 적당한 혼처가 없어서일까? 누구의 낭군이 되어도 부끄럽지 않은 사람인데……."

이럴 즈음, 추향은 발소리를 죽이고 살금살금 들어와서는 채봉의

눈치를 살펴 보았다. 강도령을 어떻게 생각하고 있을까, 하는 것이 궁금했던 까닭이다.

"두 사람의 정이 서로 꼭 맞는 것같으니 홍낭 되기 어렵지 않겠구나."

하고는 속으로 빼기면서, 채봉 앞으로 썩 걸어가서 말하기를,

"아씨께옵서 직녀(織女)가 되시오면 저는 오작교가 되어 보오리까?"

채봉은 이 말을 듣고는 얼굴을 붉히며 소리를 자못 낮추어,

"예끼, 요년! 잔소리 말고, 그래 그이를 갖다주니 무어라고 하시더냐?"

"답서를 보시더니 흐뭇해 하시며 장군서(張君瑞) 되기를 원하시더이다."

채봉은 더 이상 묻지 않고 방안으로 들어갔다.

어느 날이었다. 춘삼월 망간이라 둥근 달이 동쪽 하늘에 두둥실 떠올라 사방을 낮같이 밝혀주고 있었다. 채봉을 모시고 있던 추향이가 갑자기 무슨 생각을 했음인지 얼굴에 웃음을 가득 머금고,

"아가씨, 이처럼 달이 밝은데 뒷동산에 올라가 달구경이라도 하시지 않겠사옵니까?"

하고 물었다. 그러자 채봉은,

"글쎄, 달이 너무 좋구나. 사방이 낮과 같이 밝으니 뒷동산에 가서 달구경이나 해볼까?"

하고는 추향을 앞세우고 후원으로 가서 이리 저리 거닐면서 달구경을 하였다.

이미 추향과의 약속이 있는 강도령은, 이날 저녁 일찍 밥을 먹고

담터진 곳으로 들어와 추향이를 기다리고 있었다. 그런데 추향과 채봉이 함께 후원으로 들어오는지라 급히 몸을 숨기고 추향의 동정을 살피었다. 추향은 강도령이 숨어있는 곳을 흘끔흘끔 살펴보다가 두세 번 헛기침을 하였다. 강도령은 자기더러 나오라는 신호인 줄로 알고 성큼 나서서 채봉 앞으로 다가갔다.

무심히 달을 쳐다보고 있던 채봉은 갑작스러운 사나이의 출현에 크게 놀라 급히 몸을 피하려고 했다. 그러자 추향이가 채봉의 앞을 가로막아 서면서 말하였다.

"아가씨, 놀라지 마옵소서. 이분은 지난 번에 글로써 화답하시던 강상공(姜相公)이옵니다."

채봉은 이 말을 듣고는 앵두같은 입술을 반쯤 열고는 추향을 향해 물었다.

"그 분이 어인 일로 남의 집 후원엘 들어오셨단 말이냐? 어서 나가시라고 해라."

추향이가 미처 대답하기도 전에 강도령이 앞으로 나서더니 허리를 굽히며 정중하게 말하였다.

"소생의 말은 이미 추향에게서 들으셨을 줄로 아나이다. 그러하온데 지금 소생더러 나가라 하시니, 꽃을 본 나비가 어찌 꽃을 그대로 지나치며 물을 본 기러기가 어찌 어옹(魚翁)을 두려워하오리까? 소저는 소생을 추하다 마시고 추향이는 홍낭이 되고 소생은 장군서가 되고 소저는 앵앵이 되셔서 고운 언약을 맺어 백년 해로함이 어떠하오리까? 소생의 소원이로소이다."

"………"

채봉은 아무 말도 하지 않고 고개만 숙이고 있었다. 그때 추향이가 채봉을 쳐다보며 말했다.

"아가씨께옵서는 소녀의 말을 한 번 들어보시옵소서. 오늘 일이 삼생(三生)의 기연(奇緣)이 아니면 어찌 이같이 되오리이까? 지난 날 수건을 잃어버리신 것도 우연한 일이 아니오며 또한 그 수건이 강상공께 들어가게 된 것도 하늘이 시키신 일이오라, 사람의 힘으로는 할 수 없는 일이옵니다. 아울러 강상공댁 문벌과 아씨댁 문벌이 서로 비슷하오며, 강상공께서 오늘까지 아내를 얻지 아니하심도 아가씨를 기다리신 것이오니 이 어찌 천생연분이 아니라 하오리까? 아씨께서 한 말씀만 해 주시오면 백 년 대사가 정해지는 것이옵니다."

"……."

채봉은 여전히 묵묵부답으로 고개만 숙이고 있었다. 그러자 강도령이 다시 허리를 굽히면서 말하였다.

"이처럼 말씀이 없으심은 소생을 추하다 하시고 용납치 아니하심이오이까?"

"……."

"소저께서 정 이렇게 아무런 말씀이 없으시면 소생은 이 가련한 목숨을 세상에서 버리고자 하나이다. 부디 무슨 말씀이든지 한 말씀만 해 주시옵소서."

강도령은 채봉의 앞으로 바짝 다가서며 재촉을 하였다.

채봉은 아미를 숙인 채 겨우 모기만한 소리로 말하였다.

"지난 날 군자께옵서 보내주신 싯귀도 잊지않고 있사오며 또한 추향에게 들은 말도 있사온즉 어찌 다른 말씀이 있사오리까? 군자께서는 댁으로 돌아가셔서 매파를 보내셔서 통혼하심이 좋을 듯하옵니다. 어서 댁으로 돌아가시고 내일 매파를 보내소서."

말을 마친 채봉은 곧장 초당 안으로 들어가 버렸다.

강도령은 넋빠진 사람처럼 초당을 끝없이 바라보고 있었다. 그 형상은 마치, 혼백은 채봉에게 실려가고 속빠진 껍질만 남아있는 것 같았다. 그렇게 한참을 서 있다가 밤이 이슥해서야 집으로 돌아갔다.

이 때 채봉의 어머니 이씨가 달빛을 따라 초당으로 나왔다가 채봉과 추향이 다 함께 없으므로 이상하게 여기어 후원으로 나왔다. 마침 바람결에 웬 남자의 목소리가 실려왔다. 크게 놀라고 한 편으로는 이상한 생각이 들어서 이씨 부인은 몸을 숨겨 엿보았다. 자세히 들어보니 틀림없는 채봉이와 추향이가 웬 소년과 수작을 하는 소리가 역력했다. 웬 일인지를 몰라 밖으로 나서지는 못하고 몸을 숨긴 채로 엿보니, 백옥같은 풍채를 가진 소년과 채봉이 함께 달빛을 받고 서 있는 모양이 참으로 한 쌍의 원앙이었다. 부인은 계속 숨어서 이들이 하는 수작과 이야기를 엿듣고 있는데 딸 채봉이 추향을 데리고 초당으로 들어오는지라 급하게 초당 마루로 달려가 태연히 앉아 있었다.

채봉과 추향은 이런 줄도 모르고 초당으로 들어와 그 어머니 이씨 부인과 만났다.

"얘야, 어딜 갔다 이렇게 늦게 오느냐?"

어머니의 물음에 채봉은 스스로 부끄러워 얼른 대답을 못하였다. 곁에 서 있던 추향이가 대신 대답하였다.

"달이 하도 밝기에 후원에서 놀다가 들어오는 참이옵니다."

"어린 것들이 무섭지도 않느냐? 요즘 들은즉 후원 담터진 곳에 사람의 발자취가 있다고 하니, 앞으로는 밤늦게 후원으로 가지 말도록 해라."

"네."

채봉은 가만히 있었고 추향이가 대답을 했다. 그러자 이씨 부인이 다시 입을 열었다.

"그런데 채봉아!"

"네."

"내가 지금 듣자하니 후원에서 남자 소리가 들리는 것 같던데 누가 후원엘 들어왔더냐?"

어머니에게 이 말을 듣고 채봉은 깜짝 놀랐다. 감히 대답을 하지 못하고 추향이 또한 당황하여 어찌할 줄 몰랐다. 이들의 거동을 본 이씨 부인은 속으로 심히 괘씸해서 약간 언성을 높여 재차 물었다.

"왜 대답들이 없느냐? 나는 너희들이 남자와 같이 얘기하는 것을 보고는 웬 남자가 들어와서 이를 책망하여 내보낸 줄 알았는데 이제 너희들의 행색을 보니 무슨 사연이 있는 것임에 틀림이 없구나. 이 일을 진사님이 아시기 전에 사실대로 말하면 내가 조처를 취하려니와 만일 나를 속인다면 진사님께 말씀을 드려 집안이 시끄럽게 될 것이니 숨김없이 사실대로 말하여라. 내가 알아서 잘 처리할 터이니 어디 추향이 네가 곁에 있었으니 한 번 얘기해 보아라. 만약 너마저 시침을 떼면 너부터 다스리겠다."

어머니 이씨 부인의 말을 들은 채봉은 더욱 더 당황해서 어찌할 바를 몰랐다. 추향은 마음 속으로 바른대로 말하는 것이 좋으리라 생각하고, 이씨 부인의 앞으로 나와 앉으며 말했다.

"마님께옵서 이같이 하문(下問) 하시오니 어찌 속임이 있으오리까? 이는 모두 소비(小婢)의 죄이오니 만 번 죽어 마땅하옵니다."

"그래, 네가 나선 일이라면 어떻게 된 사정인지 자세히 말해 보아라."

추향은 처음에 채봉과 함께 꽃구경을 갔던 일과 담장 밖의 소년을 보게 된 일, 그리고 수건을 떨어뜨린 일과 그로 인하여 빚어진 사연들을 차근차근히 말하였다. 그리고 나서 마지막으로 강도령을 칭찬하는 것을 잊지 않았다.

"강상공을 뵈온즉 가위 옥같은 사람이라 아가씨의 배필이 되기에 부끄럽지 않았사옵니다."

추향의 말을 듣고 난 후 한참 동안을 잠잠히 있던 부인은 무엇을 생각했는지 걱정스러운 말투로 입을 열었다.

"만약 이 일을 진사님께서 아신다면 큰 일이 날 것인즉, 이 일을 어찌 처리하면 좋단 말이냐?"

그러자 추향이 이씨 부인의 눈치를 살피며 대답하였다.

"무사히 처리하시려고 하옵신다면 그리 어려운 일이 아닌가 하옵니다."

"어떻게 하면 되겠느냐?"

추향은 이씨 부인의 귀에다가 입을 대고는 한참 동안 무엇이라 소근대었다. 그리고 나서는,

"그와 같이 하오시면 이 사정을 누가 알 것이오며, 일이 오히려 잘될 것이옵니다."

"네 말도 맞긴 하다만, 대체 그 강씨의 문벌은 어느 정도나 된다 하더냐?"

"청하여 물어보시오면 아실 것이옵니다만, 강상공의 외갓댁이 바로 앞집인 김첨사댁이라 하시니 댁과 상응하지 않겠나이까?"

"혼인이란 것은 결코 사람의 힘으로 어찌할 수 없는 것이니라. 만약에 서로 인연이 안될 것 같으면 비록 한 방에 있어도 멀리 떨어져 있음과 다름이 없고, 만약에 서로 인연이 있다면 먼 곳에 떨어져 있다 할지라도 자연히 만나게 되기 마련이니 어찌 사람의 힘으로 이를 조정할 수 있겠느냐? 이미 일이 이렇게 된 마당이니 네 말대로 주선은 해 보겠거니와 대체 그 강씨의 글씨는 어디에 있느냐?"

추향은 옷장을 열고 수건을 꺼내 놓았다.

이씨 부인도 학문이 모자라지는 않았기 때문에 강도령의 글씨를 한 번 보자 그 문장의 유려함에 칭찬이 자자하였다. 그리고는 채봉을 돌아보며 걱정스레 말하였다.

"애야, 네 마음을 이제 짐작을 하였으니 다시 말할 것도 없지만, 한 가지 염려가 되는 것은 네 부친께서 혼사 때문에 서울로 가셨는지라 만일 혼처를 정하시고 내려오시면 어찌한단 말이냐?"

이 말을 들은 추향은 걱정없다는 듯이 한 걸음 앞으로 다가 앉으며 말하였다.

"마님께서는 별 걱정을 다하시옵니다. 진사님께옵서 아무리 정하고 내려오신다 하더라도 예단(禮單)을 받으신 것은 아니오니 파하면 그 뿐이 아니옵니까? 파하기가 무엇이 어렵다고 그토록 걱정을 하시나이까?"

"할 수 없구나. 비록 예단을 받아 가지고 오신다 하더라도 파하는 수 밖에는 없지."

이런 저런 이야기를 하다가 이씨 부인은 밤이 이슥한 연후에야 안채로 돌아갔다.

한편 강필성은 채봉과 은근히 백 년 가약을 맺기로 맹세를 하고 집으로 돌아가 그의 어머니 되는 최씨 부인에게 말하였다.

"옛글에 이르되, '나라가 위태로울 때는 충신이요, 집안이 어려울 때는 현처(國亂思忠臣家貧思賢妻)'라고 하지 않았사옵니까? 지금 소자의 나이 이구(二九 : 18세)가 되었사와도 모친을 봉양할 처속이 없고 가세는 점점 기울어져 가오니 어찌 민망하지 아니하오리까? 소자가 듣자오니 김진사댁 규수가 근동에서는 가장 현숙하다 하오니 매파를 보내시어 통혼하여 보옵소서."

"네 나이 지금 열 여덟이라 물론 그런 생각도 들겠지만 김진사 집과 우리 집과는 문벌은 비슷하나 빈부(貧富)가 너무 차이지니 즐겨 우리와 친분을 맺고자 하겠느냐?"

"모름지기 일을 만드는 것은 사람의 손에 달려 있고, 일이 이루어지는 것은 하늘에 달려 있다 하니 통혼이야 못할 것도 없지 않사옵니까?"

"통혼이야 해 보겠다만 글을 전혀 몰라서 하는 말이다."

하고는 곧장 매파를 보내어 김진사집으로 통혼을 하였다.

이 때 이씨 부인은 홀로 앉아 채봉의 혼사에 관하여 이 궁리 저 궁리 별스런 궁리를 다 하고 있는데 매파가 들어와 인사를 하자 반색을 하였다.

"오, 중매할멈 오는가? 요즘 도무지 볼 수가 없는 걸 보니 재미가 좋은 모양이구만."

"아이구, 재미가 다 뭡니까? 요새 같아서는 목구멍에 거미줄치기 딱 알맞겠습니다요."

"그래서야 쓰겠나? 하도 안 들리기에 난 또 재미를 보느라 그런줄 알았지. 그런데 오늘은 웬 바람이 불어 우리 집엘 다 왔나?"

"참한 신랑이 있기에 왔습죠."

"어떤 신랑인데?"

"다른 신랑이 아니라 대동문 밖 강진사의 아드님인데 인물은 관악 같고 풍채는 두목지 같으며 문장은 이태백 같고 필법은 왕희지 같사오니 가히 댁 소저의 배필 되기에 부끄럼이 없사옵니다. 제가 수삼 년씩 돌아다니며 보았으되 평생 처음 보는 신랑감이옵기에 드리는 말씀이오니 연을 맺으시오면 두 댁에서 함께 이 매파의 생각을 하실 것이옵니다."

"나도 이미 신랑이 훌륭하다는 말을 들었네만 내가 한 번 친히 보고자 하니 어느 날이고 내 집으로 한 번 데리고 오게."

"그렇게 하옵지요. 내일 신랑을 데리고 오겠나이다."

하고, 매파는 김진사집을 물러나와 곧장 신랑되는 강도령 어머니에게로 가서 김진사댁 이씨 부인의 말을 전하였다. 강도령의 어머니 최씨 부인은 이 말을 듣고는 너무 뜻밖이라 기뻐서 어쩔 줄을 몰라했다. 그 이튿날 아들을 김진사댁으로 보내기 위하여 옷가지를 모두 새로 입혔다.

새옷으로 갈아입은 강도령의 모습은 과연 신선의 풍채와 도인(道人)의 골격을 갖춘 듯하였다. 그 뛰어나게 나타나는 인물은 글로써 나타내기 어려울 정도였다.

강도령이 매파를 따라 김진사댁으로 오니 이씨 부인은 안방을 말끔히 치워놓고 기다리고 있다가 강도령을 안방으로 안내하였다. 강도령은 매파와 함께 안방으로 들어가 이씨 부인에게 절을 하고 뵈오니 이씨 부인도 답례를 하고 나서 앉기를 권하였다. 그리고 나서 강도령의 사람됨을 유심히 뜯어보며 크게 기뻐하면서 말하였다.

"여보게, 내가 이미 자네의 청혼을 알고 있었네만, 오늘 자네를 보니 기꺼운 마음 이루 헤아릴 수가 없네. 하지만 우리 내외가 나이가 많아 오십이 되도록 슬하에는 오직 딸 하나 뿐이라 별로 배운 게 없어 미흡하기가 한량없는데 댁에서 소문을 들으시고 통혼을 하시니 감히 거역치 못하는 바이니 사주단자(四柱單子)나 걸어 놨다가 신부의 부친이 내려오시는 대로 곧 혼례를 치를 터이니 그리 알고 말씀을 올리게."

하며, 희색이 만면하여 수건 하나를 내보이며 물었다.

"자네가 이미 공부를 많이 하였다니 이 글이 누가 지은 것인지 짐작하겠는가?"

강도령이 고개를 들어 바라보니 이는 자기가 채봉에게 지어보낸 예의 그 수건이었다. 속으로, 이 일이 벌써 탄로가 났구나 생각하고는 공손히 대답하였다.

"어찌 모르오리까? 존문을 더럽혔사오니 다만 황송무지로소이다."

"내가 이미 이런 것을 알았으니 어찌 다른 마음이 있겠는가? 아무 염려말고 학문에 힘써 남자의 할 바를 잊지 말게."

"삼가 말씀대로 따르겠나이다."

이씨 부인이 하인을 시켜 채봉과 추향을 불러오게 하였다.

이 때 추향이가 안채로 들어왔다가 이씨 부인과 강도령이 주고받는 말을 듣고는 급히 초당으로 달려가 채봉에게 일렀다.

"아씨, 아씨, 강상공이 지금 안에 오셔서 마님과 이야기를 하시는데 만사가 다 타협되었사오니 어찌 즐겁지 않겠사오리까? 술 석 잔은 틀림없이 먹게 되었나 봅니다."

하고, 수다를 떨고 있는데 하인이 초당으로 들어와 말하였다.

"추향아, 추향아. 마님께서 아씨를 모시고 안채로 들어오라 하시니 어서 서둘러라."

"신랑되시는 양반은 가시었소?"

"아직 계시다만, 너는 아씨 혼인하는 것이 그렇게도 좋으냐? 싱글벙글 요동을 치게."

"밤돌이 어머니는 싫으실 것 있소? 어서 먼저 들어가시오. 내가 아씨를 모시고 들어갈 터이니……."

하고는 채봉을 쳐다보며,

"아마 마님께서 두 분 다 앉혀 놓으시고 은경을 보고자 하시는 것 같사오니 함께 들어가시지요?"

"예끼, 요년, 공연히 실실거리지 말고 들어가고 싶거든 너나 들어가거라. 나는 몸이 괴로와 못 가겠다."

하고 채봉이 거절하니, 추향은 몇 번이고 함께 들어가기를 권하였으나 채봉이 끝끝내 마다하므로, 할 수 없이 혼자 이씨 부인에게로 갔다. 채봉이 안들어오는 것을 보고는 이씨 부인은 속으로 짐작되는 바가 있어 추향을 시켜 음식을 마련하게 하여 강도령을 대접하여 보냈다.

호사다마(好事多魔)란 말이 옛부터 있기는 하지만 채봉에게 만고풍상이 닥쳐올 줄이야 그 누가 알았겠는가?

이 때 김진사는 사위감도 구할 겸 벼슬길도 찾고저 많은 재산을 가지고 서울로 올라와 세력있는 사람을 수소문하여 찾아 다녔다.

당시에 권문세가(權門勢家)로서 가장 으뜸가는 사람이 허씨라는 사실을 알게 되자, 김진사는 허씨집에 출입하는 가까운 사람과 친하게 되었다.

이 사람은 김양주라는 사람으로서 사람의 됨됨이가 아첨하기를 좋아하는 소인배(小人輩)였다. 허씨의 비위를 맞추어 양주목사까지 지내었고, 벼슬을 팔고 사는 허씨의 거간꾼으로 재산도 크게 모은 사람이었다.

김진사가 거액의 재물을 가지고 벼슬을 사고자 서울로 올라왔음을 알고는 금혈(金穴)이라도 얻은 양 기뻐하여 가깝게 지내면서 평양으로 비밀리에 사람을 보내어 김진사의 형편을 알아보게 한 후,

"옳지, 금년 운수가 대통이라더니, 내 금혈(金穴)을 만났구나."

하고는 희색이 만면하였다.

그러던 어느 날이었다. 김양주는 김진사를 보고 말하기를,

"여보, 종씨! 서울에 온 지도 어언 한 달이나 되었는데도 일은 이루어지지 않고 비용만 쓰게 되어 남의 일 같지 않게 딱하구려."

"비용 들어가는 것은 괜찮소만, 종씨가 너무 애를 써 주시니 오히려 불안하오이다."

"무슨 별 말씀을, 하지만 좋은 방법이 있을 듯 한데 한 번 해 보시겠소?"

"무엇인지요?"

"진사로만 있는 몸이니 우선 출륙(出六)은 해야 될 게 아닌가요?"

"그렇지요."

"우선 돈 천 냥만 주시구려. 이태조의 묘인 건원릉(建元陵) 정자각(丁字閣) 수리별단에 출륙(出六)을 하실 수 있도록 하리다."

김진사는 출륙을 할 수 있다는 말에 입이 벌어졌다. 곧장, 백목전에

서 찾을 천 냥 어음표를 내어주며 물었다.

"출륙을 하게 되면 수령쯤 하기는 쉽겠지요?"

"그거야 식은 죽 먹기죠. 벼슬이란 것은 단계가 있어서 군수를 하려면 우선 출륙부터 해야 하지요. 만약 출륙을 못한다면 오백 날이 가도 군수되기는 어렵지요."

"저야 시골 사람이라 무얼 압니까? 모든 것은 종씨가 하시기에 달렸지요."

"염려 푹 놓으시구려. 내가 다 알아서 할 터이니 뒤나 잘 대시오."

"그런 염려는 마시고 주선이나 잘해 주시구려."

"돈은 얼마큼이나 있나요? 허판서 욕심이 보통이 아니라서 웬만한 돈 가지고 안된다오."

"내가 이번에 가지고 온 돈은 한 오천 냥쯤 되지요."

"그 정도 가지고는 안되고 적어도 만 냥 정도는 가져야 현감(縣監)이라도 얻을 수 있다오."

"그렇다면 우선 표라도 써 놓고 내려가서 치루게 하면 안될까요?"

"그래도 상관없겠지요. 아무튼 사흘 안으로 출륙 칙지(勅旨)를 갖다 드릴 터이니 한 턱 내시구려."

"한 턱 뿐이오이까? 서너 턱이라도 내지요."

"그럼 잘 계시오. 내 칙지를 가지고 다시 오리다."

김양주는 어음표를 가지고 일어서서 나갔다. 서로 단단히 약속한 후 김양주를 보내고 나서 김진사는 돈을 변통할 궁리를 하면서 잠도 제대로 자지 않고 김양주가 오기만을 기다렸다.

사흘 째 되는 날 김양주는 분말과 칙지를 가지고 왔다. 그리고는 김진사를 보고,

"이번 출륙은 정말 만 냥 짜리요. 아무튼 칙지 같은 것은 아무나 받을 수 없는 것이니 모대관복(帽帶冠服)을 하고, 북향사배(北向四拜)한 다음 깨끗한 소반에 받는 것이니 예절대로 하시오."

"관대(冠帶)가 없으니 어찌하지요?"

"참, 관대가 없겠구먼. 잠깐 계시오, 내집에 있으니 가져오라고 하여 입도록 합시다."

김양주는 하인으로 하여금 모대관복을 가져오게 하여 김진사에게 입혔다. 김진사는 모대관복을 차려입고 북향사배한 후 칙지를 받고 나서 김양주에게 사례를 하였다.

"종씨의 수고가 아니었던들 어찌 오늘 천은을 입사오리까?"

"나야 다만 심부름을 할 뿐이지 무슨 힘이 있나요? 모든 주선이 다 허판서 대감의 힘이지요. 그러나 가지고 온 사람에게는 예단으로 필육 끝을 주십시오. 으레껏 있는 법이니까요."

"참 종씨께서 일러 주시지 않으셨더라면 실례할 뻔하였군요."

하고는, 명주 한 필을 주어보낸 다음 김양주를 쳐다보며 말하기를

"종씨께도 출륙턱을 아니할 수 없으니 어디로든 가서 소리나 듣고 약주라도 한 잔 잡수십시다."

김양주는 속으로 돈 백 냥이나 선심을 쓸 줄 알았더니 술로 때우려는 것을 보고는 헛배짱을 피웠다.

"종씨, 천만의 말씀이오. 한 턱이 다 무어요? 일전의 말은 다 농담이었는데 그걸 진담으로 들으셨소이까?"

"진담이든 농담이든 가십시다. 내가 서울에 올라온 뒤 기생집이라곤 구경도 못했으니 구경좀 시켜 주시구려."

"그야 어려울 게 없지만, 난 또 종씨가 너무 과용하실까 해서 하는

말이라오."

"그토록 위해 주시니 감사하오. 아무튼 가보시지요."

"정 그러하시다면 가 봅지요."

"어느 집이 좋을까요?"

"산홍이도 좋고 옥희도 좋고 난홍이도 좋으니 마음에 드는 집으로 골라 잡으시지요?"

"어디든 소리 잘하는 곳으로 가십시다."

"그러시다면 오궁골 난홍이 집으로 가 봅시다."

두 사람은 곧 오궁골 난홍이 집으로 가서 김진사는 뒤 편에 서있고 김양주가 앞에 서서 대문을 두드리며 불렀다.

"이리 오너라, 이리 오너라."

그러자 안에서 웬 여자가 대답하기를,

"기생은 놀러 나가고 없소."

이 대답을 들은 김양주는 김진사를 돌아보며,

"우리가 아마 난홍이와는 인연이 없는 것 같소이다. 그렇다면 남문동 산홍이 집으로 가 봅시다."

김진사는 절에 간 색시마냥 김양주를 졸졸 따라갔다. 김양주는 남문동으로 들어가 어느 집 대문 앞에서,

"이리 오너라, 이리 오너라."

고 큰 소리로 불렀다. 그러자 오궁골에서 대답하듯 안에서 들려왔다.

"들어 오시구랴."

김양주는 김진사를 돌아보며 눈을 한 번 찡긋 하고는,

"산홍이는 있나 보구려. 들어가 봅시다."

하고, 대문을 열고 먼저 안으로 들어갔다.

방안에는 웬 사람들이 빽빽이 둘러앉았고 기생은 아래목에 앉아 있었다. 김양주가 방 안으로 들어서며,

"평안, 무사한가?"

하니, 기생이 일어서며,

"평안하신가요?"

하였고, 앉았던 사람들은 소리를 모아,

"네, 평안하오."

하였다.

김양주는 방안을 주욱 둘러보며,

"자리 좀 좁힙시다."

하니, 여러 사람들이 어린 아이들이 기름을 짜듯 조금씩 자리를 좁혀 앉으니 두 사람이 겨우 앉을 만큼의 자리가 생겼다.

김양주와 김진사는 빈 자리에 앉아 곰방대에 담배를 담고 불을 당겨 빽빽 빨면서 연기를 뿜어대니 방안은 금새 용문산에 구름이 끼듯 천정이 보이지 않도록 연기가 자욱하여 사람들의 골머리를 때렸다. 방안에 앉아있던 사람들이 얼굴을 찡그리고 앉았다가 결국은 하나씩 둘씩 밖으로 나가 버렸다. 만일 허술한 사람이 이같은 실례를 범하였다면,

"네놈들의 명색이 뭐냐? 너같은 오입장이는 처음 보것다. 당장 나가거라!"

하고, 불호령을 내렸겠지만, 허판서와 가까와 도처에 세력을 부릴 수 있는 김양주인지라 눈치만 보다가 슬금슬금 나가 버리니 결국에 남은 사람은 기생 산홍이와 김양주와 김진사, 이렇게 세 사람 뿐이었다. 김양주는 호탕하게 웃으며,

"허허, 그 오입장들은 우리가 오자말자 왜 그렇게들 모두 가버리는 것일까?"

산홍이가 생글생글 웃으며 애교있게 하는 말이,

"신입구출(新入舊出)이 아니오이까?"

"가히 오입장이 순라로구나. 그건 그렇고 산홍아!"

"예?"

"어서 요리를 좀 준비해 오도록 해라."

"예."

산홍이는 미닫이문을 열고 큰 소리로 외쳤다.

"오빠!"

그러자 어떤 사내 하나가 건넌방에서 나오는데 그 모습을 보니 의복은 이도령 당년에 어사출도를 하던 의복같이 입고 이마에는 망건 자리가 없이 머리는 수양버들 같이 귀 뒤로 축축 늘어졌고 얼굴은 아편장이마냥 누렇게 떠서 보기에 과히 좋을 게 없는 위인이었다.

"왜 그러냐?"

그 위인이 눈을 샐죽하니 치뜨면서 말하였다. 그러자 산홍이는,

"어서 약주상 좀 봐와요."

하니, 그 위인은 뒤축도 없는 미투리를 찍찍 끌면서 밖으로 나갔다.

이윽고 주안상이 들어왔다. 산홍이는 주전자를 들어 술잔 가득히 따루어 놓고는 김양주를 보며 눈을 약간 흘기는 듯 애교섞인 목소리로,

"영감 술잔을 받으소서."

김양주는 웃으면서,

"어떻게 먹으란 말이냐?"

"어떻게 먹긴요? 마시면 되지 않사옵니까?"

"누가 마실 줄 몰라서 하는 소리냐? 너의 집에 와서 술을 마실 때는 볼 일이 있어 온 것이 아니겠느냐? 다시 말해 소리(歌曲) 한 번 듣자는 얘기다."

산홍이는 이말 저말 다 물리치고 잔을 들고는 한 곡조 뽑아대기 시작했다.

이 술은 술이 아니라
불로초로 빚었사오니
이 술 한 잔 드시오면
천 년 만 년 사시리라

노래가락에 맞추어 김양주가 쭈욱 들이키자, 산홍이는 또 한 잔을 가득 부어 김진사에게 권하며 물었다.

"먼저 권주가(勸酒歌)를 하였으니 이번엔 다른 노래를 불러볼까요?"

"오냐, 맘대로 하려므나."

산홍은 다시 잔을 높이 들고 노래를 부르기 시작하였다.

창 밖 뜰 아래 국화를 심어
국화 밑에 술을 빚어 두니
술 익자 국화 피고 벗님 오자
달이 또한 돋아오네
아이야 거문고 내어 맑게 쳐라

이내 벗님 대접하리라.

김진사는 술을 받아 단숨에 들이키고 나서 얼굴 가득 기쁨을 담고,

"야아, 그 노래 한 번 좋다. 가경(佳境), 묘경(妙境), 선경(仙境), 신경(神境)이로구나."

하고 칭찬하여 마지 않으니, 김양주도 가만히 있질 않았다.

"얘, 산홍아. 수고한 김에 한 가지 더 하려므나."

"황송한 말씀이옵니다만, 줄수록 양양이라더니 들을수록 양양이시오이까?"

"예끼, 요년아! 서방을 떼어 놓을까 보다. 그게 무슨 버릇없는 소리냐?"

"영감과 흉허물이 없기에 응석삼아 올린 말씀인데 그리 노하셨나요?"

"허허, 그 계집애 참. 나는 정말인줄 알았더냐? 곁에 처음 뵙는 친구가 계신데 그런 소릴 한단 말이냐?"

"소첩이 실수하였나이다. 한 가지 더 하시라니 마저 하고 속죄를 할까요? 하지만 요즘 목이 쉬어서 목청이 잘 나와야지요."

하고는 소금을 조금 집어 먹은 후에 기침을 한두 번 하고 나서는 노래를 부르기 시작했다.

진국명산 만장봉(震國名山 萬丈峯)이 청천삭출 금부용(青天削出 金芙蓉)이라. 거벽(巨壁)은 흘립(屹立)하여 북주 삼각(北周三角)이요, 기암(奇巖)은 첩기(疊起)하여 남안 잠두(南岸蠶頭)로다. 좌룡낙산 우호인왕(右虎仁旺) 서색(西塞)은 반공운상궐

(半空雲上蹶)이요, 숙기(淑氣)는 종령출인걸(從嶺出人傑)하니 미재(美哉)라. 동산하지고 여성대의관태평문물(東山何地高 如聖代衣冠 太平文物)이 만만세 지금탕(萬萬歲 至今湯)이로다. 연풍(年豐)코 국태민안(國泰民安)하며 인류이봉무(麟遊而鳳舞)커늘 구추황국 단풍절(九秋黃菊 丹楓節)에 면악등임(面岳登臨)하여 취포반환(醉飽返還)하오면서 감군은(感君恩)이샷다.

"산홍이 수고했다."

김양주는 칭찬을 아끼지 않았다. 김진사를 쳐다보며,

"종씨, 어떻소이까?"

"여러 달 객중(客中)에서의 회포가 울적하더니 오늘에야 심신이 즐겁소이다."

"아닌게 아니라 울적할 때 이런 노래를 들으면 정신이 맑아집니다. 어쨌든 오늘은 맘껏 취해 봅시다."

하고는 잔을 거듭하여 마신 후, 김양주는 더욱 헛소리가 나오고 김진사는 더욱 김양주와 친한 듯한 생각이 들었다.

"종씨, 어쨌든 허씨 댁만 잘 다니면 삼상육경(三相肉卿)이라도 할런지 모르니 나 하라는 대로만 따라 하시오."

이 말을 들은 김진사는 입이 쩍 벌어졌다.

"나는 오직 종씨만 태산같이 믿고 있소이다."

"내일 당장 허판서를 뵈오러 가십시다."

"종씨가 있는데, 내가 가서 뵈오면 뭐하오?"

"그래도 한 번 찾아가 뵙는 것이 후일에 좋은 일이 많을 것이요."

"그렇다면 종씨 하라는 대로 하지요."

하면서 두 사람은 주거니 받거니 술을 마셨다. 시간 가는 줄도 모르고 정신을 차리지 못할 정도로 진탕 마시고는 자리에서 일어났다.

두 사람을 밖 까지 전송해 주고 들어온 산홍이는 고개를 모로 젖히며 생각하기를,

"거참, 김양주 말이 이상한데? 지금 허씨가 아무리 세도가 높다고는 하지만 삼상육경이란 임금 아니고서야 내지를 못할 터인데 잘 다니기만 하면 삼상육경을 할런지도 모른다고 하니 무슨 역적 모의를 하고 있는 게 아닐까? 제 마음대로 삼상육경을 시킬 수 있다고 ……?"

김양주의 말을 이상히 여긴 산홍이는 그 뒤로 김양주의 뒤를 살폈다.

김양주와 김진사는 다음 날 일어나서 세수를 하고는 곧장 서로를 찾았다.

김진사가 묵고 있는 곳은 양주현이고 김양주의 집은 사직동이었다. 집에서 나온 그들은 내수사 앞에서 서로 만났다.

김양주는 김진사를 보고는 크게 반색을 하였다.

"종씨, 밤에 혹시 병환이라도 나지 않으셨소? 나는 하도 궁금해서 종씨에게로 찾아가는 길이요."

그러자 김진사도 기꺼운 얼굴로,

"나야 괜찮소만 종씨께서도 아무 일 없으셨습니까? 나 역시 궁금하여 종씨께 찾아가는 길이었지요."

"그럼 우리 기왕 나선 김이니 허판서나 뵈오러 갈까요?"

"그러지요."

김진사는 끌려가는 색시마냥 김양주를 따라 사직동으로 갔다.

김양주가 허판서댁 사랑으로 쑥 들어가더니 잠시 후에 다시 나와서 김진사더러 들어오라고 하였다. 김진사는 옷매무새를 고치고 김양주를 따라 안으로 들어갔다. 큰 사랑을 지나 후원 별당으로 갔다. 별당 앞에 이르니, 김양주는 김진사에게 방 안으로 들어가 뵈오라고 하였다.

김진사는 허판서에게 절을 하고 뵈오니, 허판서는 김양주를 보고,

"이 사람이 그저께 출륙한 사람인가?"

김양주는 허리가 땅에 닿도록 몸을 구부리며,

"네, 그렇사옵니다."

하고 대답하였다. 허판서는 다시 김진사를 보고,

"사람됨을 보아하니 단아한 선비로구먼. 그래 수령 한 자리 하기가 원이라지? 우선 시험 삼아 조그마한 과천 현감을 한 번 해볼까? 아닌게 아니라 과천이 좋기는 하지. 울며 들어가 웃고 나온다는 곳이 바로 그곳이니까."

김진사는 허판서의 말뜻을 몰라 묵묵히 있었다. 그러자 김양주가 가로채고 나섰다.

"지금 과천에 수령(守令)이 비어 있나이까?"

"음, 과천 현감이 청원을 했지."

"값은 어느 정도나 예산하고 계시옵니까?"

"한 만 냥쯤 있어야 될 것일세. 내 생각 같아서는 사람을 택하는 처지에 돈이야 별로 관계가 없네만 다른 사람이야 어디 그런가?"

하면서 자기가 가장 청백한 체하는 것을 보면서 김진사는 정말로만 알고 오직 고맙게만 여겨질 뿐이었다.

"대감께옵서 은혜를 베푸시와 출륙을 시켜 주시옵고 또한 현감까

지 맡기시니 하늘같은 은혜 백골난망이로소이다."

"무슨 별소릴. 오늘 별단에 시켜줄 것이니 돈표를 써놓고 가게."

허판서의 말이 떨어지자, 김양주가 급히 벼루집을 열고 먹을 갈려다가 연적에 물이 없는지라 몸을 일으켜 현령(懸鈴)줄을 흔들었다. 그러나 누가 알았으랴? 가련하게도 오백 여리 밖에 있는 채봉이가 만고풍상을 겪을 일이 이 때부터 시작되었음을.

현령줄 소리가 댕그랑 나자, 안에서 열 여섯 살 가량의 미동(美童) 하나가 소리를 길게 빼며,

"예이——"

대답을 하면서 별당으로 나왔다. 김양주는 연적을 미동에게 주면서 일렀다.

"연적에 물이 없으니 가지고 가서 물을 담아 오너라."

미동이 연적을 받아가지고 별당 대석으로 내려가는데 그 모습은 가히 남자라고 하기에는 너무나 아름다왔다. 얼굴은 가을 하늘에 두둥실 걸린 명월이요, 풍채를 보니, 김진사는 문득 집에 있는 채봉이 생각났다. 그리하여 문득 옆에 사람이 있다는 것조차 잊어버리고,

"그 아이 신통하게도 예쁘게 생겼구나. 언제나 저런 사위를 얻어 짝을 지어 줄꼬?"

김진사의 이 혼자말을 허판서와 김양주가 똑똑히 들었다.

이윽고 미동이 연적을 갖다놓고 들어가는데 김진사는 넋을 잃고 미동이 가는 곳만 뚫어지게 쳐다보고 있었다. 이 미동은 허판서의 미동으로 허판서 눈에 꼭 들어 세상 남녀간에 이 미동 만한 인물이 없다고 허판서는 항상 입에 침 마르는 줄 모르고 칭찬하던 터였다. 그러다가 김진사의 말을 듣고는 속으로 딴 생각을 갖게 되었다.

김양주가 먹을 다 갈고 나서는 김진사의 어깨를 탁 치며,

"무얼 그렇게 넋 빠지게 보고 있소? 어서 어음을 써서 바치고 나갑시다."

"네, 쓰지요. 그런데 오천 냥은 지금 가지고 있습니다만, 나머지 오천 냥은 평양으로 기별을 해서 가지고 오든지, 아니면 내가 내려가서 가져와야겠는데 어떻게 하면 좋으리까?"

이 말을 들은 허판서는,

"오, 그런가? 오천 냥 찾을 표는 나를 주고 나머지 오천 냥짜리 표는 어음만 써 놨다가 나중에 들여놓도록 하게나."

김진사는 돈표 오천 냥 어음을 내놓고 또 오천냥 표를 써서 주니 허판서가 받아 연상에 넣고 나서는 웃는 얼굴로 김진사를 바라보며 말하였다.

"내일이면 과천을 할 터이니 이제부터는 김과천이라고 불러야겠구먼, 김과천!"

"황송하옵니다."

"내일이면 될 일인데 아무렴 관계 있나? 그건 그렇고 아까 우리 상노놈을 보고 뭐라고 했지?"

"하도 생김새가 얌전하여 칭찬을 하였나이다."

"글쎄, 칭찬한 줄은 알겠는데, 사위 어쩌고 하지 않았나?"

허판서는 꿍꿍이 속이 있어서 묻는 말이었으나 김진사는 그 속셈을 알 리가 없는지라 조금치의 속임도 없이 사실대로 대답하였다.

"소인에게는 아직 철이 안든 우둔한 여식 하나가 있사온데 사람됨이 과히 미련하지는 아니하므로 신랑감을 찾아 주려 하던 중, 아직껏 열 여섯이 되도록 시집을 못보내고 있었사옵니다. 그러던 차에

오늘 대감댁 상노를 본즉 서로 알맞겠기에 무심코 중얼거린 말을 대감께서 들으신 것 같사옵니다."

이 말을 들은 허판서는 불같은 욕심이 치밀어 올라와 체면도 돌아보지 않고 껄껄대며 한바탕 크게 웃고 나서는,

"김과천, 나는 상노놈과 등물이 어떠한가?"

"황송하옵니다."

"황송 황송 할 것이 아니라 내가 김과천에게 청할 말이 있으니 들어줄텐가?"

"이 몸이 죽는다 하여도 피하지 아니할 것이온데 어찌 감히 듣지 않겠사옵니까?"

"나의 청이란 다른 것이 아니라 내 말 한 번 들어보게. 김양주가 여기 앉아 있지만 김양주는 내 속을 다 알 것이네. 내가 작년에 별실(別室 : 첩)되는 사람을 죽이고 지금까지 마땅한 사람이 없어 그냥 있어 왔네만, 자네 딸을 나를 줄 것 같으면 자네 딸도 호강을 시키겠거니와 자네도 작은 고을 수령으로만 다니겠나? 감사(監司)라든지 대신(臺臣)은 못할라구."

김진사는 허판서의 말을 듣고 생각하였다. 채봉의 사람됨이 녹녹치를 아니하니 팔자가 세어서 재상의 별실이나 그렇지 않으면 남의 재취나 될 테니 차라리 재상의별실로 주어 부원군(府院君) 부럽지 않게 벼슬이나 얻어서 하리라, 하고는 즐거운 낯으로 말하였다.

"미천한 여식을 추하다 아니하시고 이같이 거두어 말씀하시니 어찌 감히 거역하오리까만, 미거한 여식이 감당할른지 그것을 몰라 염려가 되나이다."

"허허, 별 소릴 다하네 그려. 내 듣자하니 평양 사람들은 남녀간에

숙성하다고 하던데 뭘 그런가? 언제쯤 떠나겠나?"

"내일 내려가서 데리고 오겠나이다."

"그렇다면 기왕 빨리 데리고 올라 오게. 그 동안 나는 자네 일을 주선해 놓겠네."

다음날 김진사는 허판서에게 작별 인사를 하고 서둘러 평양으로 내려갔다.

이 때 이씨 부인은 채봉의 혼인을 강도령과 확정해 놓고 김진사가 내려오기를 기다리며 혼수 일체를 준비하고 있었다.

김진사가 터덜거리며 들어와서는,

"여보, 어디 갔는가?"

하고는 마루에 걸터 앉았다.

방안에서 채봉의 예복을 준비하고 있던 이씨 부인은 김진사가 온 것을 알자 손에 든 가위를 집어던지고 급히 마루로 뛰어나오며 말하였다.

"당신이 오셨군요. 왜 그리 늦으셨나요? 나는 그 동안 애기의 혼인을 정하고 당신 내려 오시기만 기다리고 있었다오."

딸의 혼인을 정했다는 말을 들은 김진사는 깜짝 놀랐다.

"혼인을 정했다니, 누구와 정했단 말이요?"

"노독(路毒)도 계실 터이니 우선 방으로 들어 오셔서 쉬시도록 하세요. 이야기는 차차 할 테니까요."

"난 괜찮소. 우선 급하니 혼인 정한 얘기부터 해 보시오."

"혼인 정했단 말을 듣고 왜 그리 놀라세요? 어서 방으로 들어가세요. 이야기는 나중에 얼마든지 할 수 있잖아요?"

"아니요, 그게 더 급하니 어서 말해 보오."

"아이 참, 급하기도 하셔라. 대동문 밖에 사는 강진사댁 아들과 정했다오."

"대동문 밖 강진사라면 강선천이가 아니요? 거지가 다 된 것하고? 흥! 내가 지금 기막힌 사위를 정하고 내려왔으니 우리 곧 서울로 올라갑시다."

이 말을 들은 이씨 부인은 눈을 둥그렇게 떴다.

"기막힌 사위라니, 도대체 어떤 사위란 말이요?"

"알고 나면 기가 막히지. 장차 내 사위가 누구인고 하니 이 조선 천지에 세도가 쟁쟁한 허판서 대감이야."

"허판서라면 정실(正室)일 턱은 없고, 그럼 부실(副室)이란 말인가요?"

"정실도 아니요 부실도 아닌 별실이라오."

"난 그리 못하겠소. 허판서 아니라 허의정이라도……"

"왜 못해?"

"당신도 서울 가시더니 환장을 하셨구려. 전날엔 항상 얌전한 신랑을 골라 슬하에 두고 걱정 근심 안 시키자고 말씀하시더니 그래 그것을 금이야 옥이야 길러서 남의 첩으로 준단 말씀이오?"

"남의 첩 되어도 호강하고 몸 편하면 그만이지."

"남의 눈에 가시가 되어 무슨 욕을 당할른지 모르는 바늘 방석에가 앉아도 호강만 하면 제일강산이란 말씀이시오? 나는 죽는 한이 있더라도 그런 호강은 안 시키겠소."

이 말을 들은 김진사는 화가 벌컥 나서 주먹을 쥐고 마루청을 탕 쳤다.

"그래, 그런 곳이 싫어? 조런 복없는 여편네좀 보게. 내말 잘 좀 들어봐요. 우선 춤출 일이 있으니."

"무엇이 그리 좋아서 춤을 춘단 말이요?"

"우선 허판서 주선으로 과천 현감을 할 테지. 이제 채봉이가 그 영감 밑에 들어가 살면 감사또도 있고 대신도 수두룩한즉 그 때엔 정경부인은 우리집 말고 갈 데가 없으니 이런 경사가 또 있겠소? 두말 말고 곧장 데리고 올라갑시다."

이씨 부인도 그 소리에는 역시 귀가 솔깃한 모양이었다.

"당신이 정히 하시려 들면 전들 어떻게 할 수 있으리오만, 애기가 들을런지, 그것이 걱정이오."

이 때 채봉이는 추향을 옆에 앉혀 놓고 열녀전(烈女傳)을 읽다가 부친의 음성을 듣고는 책을 덮고 일어났다. 추향이를 데리고 나오다가 부모의 대화가 자기의 혼사 이야기인지라 걸음을 멈추고 끝까지 들었다. 그리고 이야기가 끝나기를 기다려 아버지 앞으로 나와 날아갈듯 절을 하고 나서,

"아버님, 원로(遠路)에 안녕히 다녀 오셨사옵니까?"

김진사는 채봉을 보니 귀여움이 넘쳐나서 채봉의 등을 어루만지며 말하였다.

"오냐, 그래 잘 있었느냐? 그 동안 글 공부도 더 하고 바느질 솜씨도 더 익혔느냐?"

그러면서 이씨 부인을 쳐다보며 말하였다.

"참, 여보 애기는 이제 바느질 같은 것은 배우지 않아도 되고구려. 침모가 다 해다 바칠테니."

이 말을 들은 채봉은 얼굴을 붉히었다. 김진사는 다시 채봉을 바라보며 말하였다.

"아가, 너는 재상의 소실이 좋으냐, 아니면 여염집 부인이 좋으냐? 아비 어미 부끄러워 말고 네 생각대로 말해 보려므나."

이같은 말에 부끄러움이 왈칵 밀려와 무엇이라 대답할 말이 있을까만, 채봉은 원래 배운 바가 있는 데다가 부모가 지금껏 한 얘기를 듣고난 후라 망설이지 않고 대답을 하였다.

"차라리 닭의 입이 될지언정 소의 뒤가 되기는 싫사옵니다."

"허허, 네가 남의 별실 구경을 못해서 그런 소리를 하는가 보다만, 그것보다 더한 호강이 세상엔 다시 없느니라."

옆에서 듣고 있던 이씨 부인이 나섰다.

"아무튼 우선 방으로 들어가세요. 마루에서 무슨 이야기를 길게 하시나요?"

"그럼 들어갑시다. 아가, 넌 네 방으로 돌아가거라."

채봉을 초당으로 내보내고 두 내외는 서울로 올라갈 의논을 하느라 부산했다.

채봉은 자기 방으로 들어와 추향을 보고는 탄식하며 말하였다.

"추향아, 이 일을 어찌하면 좋겠느냐?"

"글쎄올습니다. 마님께서 솔깃해 하시니 진사님께서는 마음을 돌릴 것 같지가 않던데요?"

채봉은 말없이 앉아서 깊이 생각에 잠겼다가 혼잣말로 중얼거렸다.

"박명(薄命)한 채봉이 이제부터 온갖 풍상 다 겪겠구나!"

어느 사이에 채봉의 볼에는 두 줄기 눈물이 주루룩 흘러내렸다. 추향은 이 모양을 보고 다정한 말로 위로하였다.

"아씨, 우지 마세요. 이렇든 저렇든간에 좋은 경사인데 울긴 왜

우시나요?"

이 말을 들은 채봉은 추향을 바라보며 크게 꾸짖었다.

"발칙한 년, 네년이 어찌 나에게 그런 말을 감히 할 수 있단 말이냐? 이게 무슨 경사냐? 아무리 무식하다 하지만 내 말 한 번 들어보아라. 옛 말에 이르기를, '사람은 믿지 아니할진대 들이지 말라' 하였거늘, 사람이 신의가 없으면 무엇에다 쓴단 말이냐? 너도 한 번 생각해 보아라. 전날 후원에서의 일은 네가 다 소개한 일인데 이제 네가 어찌 다른 마음을 먹는단 말이냐?"

"아씨의 뜻은 그러하오나 부모가 하시는 일을 자손된 도리에 어찌 거역한단 말씀이오이까?"

"여심(女心)에 한 번 정함이 있으면 비록 천자(天子)의 위력으로도 빼앗을 수 없거늘 부모님께서 어찌 하신단 말이냐?"

하고는 추향의 귀에다 대고 무엇인가를 한참 속삭였다. 그리고 나서는,

"추향아, 이런 소리는 입 밖에 내지 말고 너만 알고 있어야 한다."

"그러시면 어떻게 하시려고요?"

"어쩌는 수가 있겠느냐? 다만 모면을 하고 보아야지."

하면서 채봉은 무엇인가를 마음 속으로 굳게 다짐하고 있었다.

이튿날부터 김진사는 전답(田畓)과 집을 거간꾼에게 놓아 팔기 시작했다. 전재산을 모두 팔아 계산해보니 거의 만 냥 가량 되었다.

김진사는 허판서에게 갚을 오천냥은 단단히 봉해서 짐꾸러미 속에 깊이 넣고, 나머지 오천 냥은 따로 두어 노자로 쓰기로 하였다. 가마꾼 셋을 얻어 하나는 자기가 타고 나머지엔 이씨 부인과 채봉이 각각 하나씩 타기로 했다. 추향이는 저의 집으로 돌려 보내기로 하였다.

추향은 울면서 김진사 댁 세 식구와 절하며 헤어졌다.

"안녕히들 올라가셔요. 친부모님처럼 모시고 지내왔으며, 아씨와는 비록 상하의 구별은 있사오나 친형제나 다름없이 정이 들었는데 오늘 이렇게 헤어지게 되었구먼요. 언제 또 다시 뵈옵게 될른지요?"

"오냐, 잘 있거라. 올라가서 형편 보아 널 다시 데려 가겠다."

이씨 부인이 이렇게 말할 때 채봉은 아무 말없이 추향을 눈짓으로 불러내어 뒤쪽으로 데리고 갔다.

"나는 어떻게 해서든지 중도에서 몸을 피할 터이니 어디까지든지 뒤를 좀 밟아 오너라."

"그러시면 진사님과 마님께서 오죽하시겠어요? 자손 되어서는 부모님을 봉양함이 도리이오니 올라가셔서 부모님의 뜻을 받들면 그것이 큰 효도이오니 뜻을 돌리소서."

"알겠다. 그렇다면 그만 두어라. 네가 있든 없든 내 몸은 서울까지는 가지 않을 것이다."

"정 그러하오시면 어멈과 뒤를 따르겠나이다."

채봉은 주머니에서 돈 오십 냥을 꺼내어 주었다.

"길을 가려면 노자(路資)가 필요할테니 이 돈으로 쓰면서 오너라."

이렇게 거듭 부탁을 하고는 가마에 올라 앉으니, 김진사와 이씨 부인은 그런 줄도 모르고 채봉이가 마음을 돌렸다고 좋아했다.

이날은 이것 저것 짐을 챙기느라고 자연히 시간이 걸려 정오쯤이나 되었다. 다음 날 떠나도 좋으련만 김진사는 하루라도 빨리 서울로 가고자 하여 기어이 그날로 출발을 감행하였다.

중화지경으로 들어서서 만리교(萬里橋)에 이르자 어느덧 해가 저물었다. 조용한 주막을 얻어 이씨 부인과 채봉은 안으로 들어가고 김진사는 밖에서 쉬었다.

밤이 삼경쯤 되어서였다. 사면에서 비명 소리가 나며 불길이 하늘로 치솟아 올랐다. 자리에 누웠던 김진사가 깜짝 놀라 밖으로 나와 보니 사방에서 화적(火賊)들이 덤벼들며 사람을 만나는 대로 죽이는 것이었다. 집 안에 있던 사람들은 벌써 어디로 가고 개미새끼 한 마리 볼 수 없었다. 조급한 마음에 허둥지둥 급히 안으로 들어가 보니 이씨 부인과 채봉은 온 데 간 데가 없고 곳곳에서 들리는 것은 비명과 곡성(哭聲) 뿐이었다.

김진사는 그 와중 속에서도,

"채봉아, 채봉아!"

울부짖으니, 어느 사이에 화적들은 가까이로 들이닥치고 있었다. 일이 화급함을 깨달은 김진사는 방에 둔 짐꾸러미도 미처 끌어내지 못한 채 담을 넘어 나와 곡성이 들리는 쪽으로 도망을 쳤다. 한참 달아나다가 뒤를 돌아다 보니 진사가 묵고 있었던 주막은 벌써 불길 속에 싸여 있었다.

김진사는 이미 짐 보따리 속에 든 돈 생각도 둘째 문제요, 부인과 채봉을 찾는 것이 급선무였다.

"채봉아, 채봉아!"

목이 터져라 부르면서 울음소리가 들려오는 곳을 향하여 죽자 살자 뛰었다.

한편, 이씨 부인은 채봉을 데리고 자다가 주인 마누라가 소리치는 바람에 깜짝 놀라 깨어 보니 옆에 누웠던 채봉은 보이지 않고 사방에 불길이 솟아올라 대낮같이 밝은데 들리는 것은 오직 으악 소리 뿐이었다. 주인 마누라가 급히 잡아 일으키며 소리를 질렀다.

"이봐요, 어서 정신 차리고 도망갑시다. 사방에 화적이 들어 큰일났소."

이씨 부인은 그제서야 도적이 든 줄을 알고는 황겁하여 뛰어나오며 채봉을 찾았다.

"채봉아, 채봉아!"

그러자 주인 마누라가 이씨 부인의 입을 틀어막으며,

"소리내지 마시오. 도적에게 잡히면 죽거나 끌려가오."

"죽을 때 죽더라도 우리 영감과 내 딸은 찾아야겠소! 채봉아, 채봉아!"

이씨 부인이 소리를 내자 주인 마누라가 또 입을 막았다.

"소리 내지 말고 어서 갑시다. 따님과 영감님은 벌써 피한 듯하니 이리로 나갑시다."

하고는 이씨 부인을 이끌고 뒤문으로 빠져 나갔다. 앞 길에는 이미 수많은 남녀가 섞여 난을 피해 도망가고 있었다. 이씨 부인은 혹시 저 속에 김진사나 채봉이 섞여 달아나고 있지 않나 하고 채봉을 열심히 불러댔다. 대답이 없으면 김진사를 부르고, 한참을 가다가 듣노라니 뒤쪽에서 채봉을 부르는 소리가 들리므로 걸음을 멈추고 귀를 기울였다. 그러다가 다시 채봉을 부르니 뒤에서 김진사가 듣고는 급히 달려왔다.

"채봉인 어디 갔소?"

김진사는 이씨 부인을 붙들고 다급하게 물었다.

"도대체 이를 어찌하면 좋단 말이요? 나도 당신과 채봉을 찾느라고 여기까지 오는 길인데, 채봉이가 어딜 갔단 말이요?"

"혹시 이 틈에 끼어 있나 찾아 보도록 합시다."

두 내외는 행여나 또 헤어질까 해서 손을 꼭 마주잡고 한 손으로는 가슴을 눌러가며 채봉을 불러댔다. 그러나 채봉은 벌써 평양길을 향해 십리 밖을 걷고 있었으니 어느 누가 대답을 하랴?

지친 두 내외는 땅에 털썩 주저앉았다.

"애고, 이를 어째! 우리 채봉이가 죽었군요. 죽지 않았다면 도적에게 잡혀갔으니 이를 어쩜 좋단 말이요?"

주막집 주인 마누라가 옆에 있다가 말했다.

"우지 마오, 다 팔자소관이외다. 나도 딸을 열 다섯 살이나 키웠다가 오 년 전에 도적놈에게 잃어버리고 찾지를 못했다오. 이제 도적이 물러가면 다시 가서 찾아 봅시다."

김진사 내외는 이 말을 들었는지 안 들었는지 화석처럼 굳은 상태로 불길만을 바라보고 있었다.

한참 지난 후에 도둑들이 평양을 향해 달아나므로 몸을 피했던 사람들이 다시 내려와서 불을 껐다.

김진사 내외는 급히 내려와 주막으로 달려가 보니 채봉은 간 곳 없고 짐꾸러미 속에 넣었던 재산은 도둑들이 모두 가져가고 없었다.

김진사는 마루 바닥에 털썩 주저앉아,

"에구, 에구!"

하고 방성통곡을 하고, 이씨 부인은 채봉의 짐꾸러미를 안고는,

"애고, 채봉아, 채봉아! 졸지의 변괴도 분수가 있지, 순식간에 너는 어디가고 쓰던 세간만 남았느냐? 죽었느냐, 살았느냐? 죽었으면 잊기라도 하지, 도적에게 잡혀갔으면 그 고생 오죽하랴?"

하고, 반은 실성한 사람처럼 울부짖었다.

동네 사람들은 불을 다 끄고 난 후에 김진사 내외의 울부짖는 모습을 보고는 모두들 측은하게 여겨 난리 끝이지만 서로가 얼마씩을 걷어서 노자를 주며,

"이런 일은 모두가 한 때의 액운이라, 가엾은 말씀을 어이 다 하리요? 다른 곳에서 이런 변을 당했다 하더라도 모두들 불쌍히 여길 것이요. 그런 많은 재산을 가지고 올라가시는 줄 알았더라면 통기를 할 걸 누가 알았소. 예전부터 도적이 든다 든다 하는 소문이 들려 우리는 웬만한 재산은 이미 깊이 감추어 두었기로 큰 해는 없었소이다만, 손님만 홀로 따님 잃고 재산 빼앗기고 하셨구료. 우리 동네에 오셨다가 이렇게 된 것이 미안해서 동네가 모두 거두어 드리는 것이니 노자나 하여 올라가시오."

김진사는 당장에 자살이라도 하고 싶었으나, 서울에 이미 오천냥 맡긴 것이 있고, 또한 군수 자리는 정해져 있을 것이니 몸이 귀하게 된 연후에 채봉도 수소문해서 찾고 재산도 다시 모으리라 생각했다. 그리하여 모아주는 돈을 받으며,

"여러분이 난리 끝에도 이같이 후한 대접을 해 주시니 대단히 감사하오."

거듭 사례를 하고 걸어서 서울로 올라왔다. 지난 번에 묵었던 그 객주집을 찾아 임시로 기거할 사관(舍館)을 정하였다.

김진사는 이튿날 허판서를 찾아갔다. 허판서는 김진사를 보고 크게 반겨하였다.

"오, 김과천 오셨나? 그래 올라오시느라 고생이 많았지? 자, 우선 급한 대로 과천 현감 칙지를 구경이나 하게."

하면서 문갑에서 칙지를 꺼내어 주었다.

김진사는 칙지를 보다 가슴이 무너져 내렸다. 혼 빠진 사람처럼 앉아서 눈물만 흘리고 감히 받지를 못하였다.

허판서는 이 모양을 보고는 껄껄 웃었다.

"허허, 왜 그래? 너무 반가와서 그러나?"

김진사는 일어나서 절을 하고 칙지를 받아 앞에 놓았다. 그리고는 목메인 소리로 말하였다.

"대감마님의 혜택으로 천은을 입었습니다만 소인은 운수가 불길하여 올라오던 도중 죽을 풍파를 만났사옵니다. 겨우 올라오긴 하였사옵니다만 대감마님 뵈올 낯이 없사옵나이다."

허판서는 깜짝 놀랐다.

"그게 무슨 얘긴가? 풍파라니?"

김진사는 올라오다가 겪은 사실을 이야기 하였다. 그러자 허판서는 갑자기 눈이 샐죽해지며 조금도 동정하는 기색이 없이,

"허어, 요런 맹랑한 놈 보게, 제가 이미 과천은 할테니까, 내려갈 때는 다 약속하고 지금은 허튼 소리를 하는구나."

하고는, 일부러 더욱 놀라는 체하며,

"퍽이나 놀라운 말일세 그려. 그렇다면 재물은 도둑이 가져갔다 치고, 딸이야 데리고 왔겠지?"

"아무리 찾아 보았지만, 찾을 수가 있어야지요. 대감마님의 힘이나 빌어 찾아볼까 하고 이렇게 올라왔사옵니다."

이 말을 들은 허판사는 갑자기 변색하여 눈을 크게 뜨고,

"이놈! 소위 부모된 자로서 난리 중에 잃은 자식 찾을 생각은 안하고 뉘 힘을 빌어 찾으려고 내버려 두고 왔다고? 맹한 놈?"

하더니, 하인을 불러 잡아 가두게 하고,

"이놈! 네 딸을 데려오든지 그렇지 않으면 돈 오천냥을 마저 바치든지 해야 온전할 줄 알아라. 이놈, 그런 허무맹랑한 이야기를 뉘 앞에서 감히 하느냐? 시골 내려간 뒤 주선을 다 해서 주마고 하였더니, 어쨌든 현감은 할테니까 지금 와서 딴 소리를 해?"

하면서, 김진사가 말 대꾸할 여유도 주지 않고 사옥(私獄)에다 가두어 버렸다.

이씨 부인은 객주집에 혼자 앉아서 채봉을 생각하며 눈물을 흘렸다. 그러면서 김진사가 돌아오기를 기다렸지만 밤이 지나고 또 하루가 지나도 돌아오지 않았다. 괴이한 마음이 들어 사람 하나를 얻어 알아보니 이리저리하여 옥에 갇혀 있다는 말을 듣고는 가슴이 초여름 장마에 토담 무너지듯 하고 눈앞이 깜깜해서,

"애고!"

이 한 마디를 부르짖고는 그대로 엎드려 기절하였다.

객주집 주인이 이 모양을 보고는 크게 놀라 급히 더운 물을 먹이며 한편으로는 온몸을 주물렀다. 이리하여 한 식경 후에는 정신을 차리었다.

이씨 부인은 긴 한숨에 구슬같은 눈물을 비오듯 흘리면서,

"에구, 이게 웬일이냐? 자다가 얻은 병이냐? 졸다가 얻은 병이냐? 이제는 채봉의 소식도 못 알아보고 죽겠구나."

"무슨 일인가요?"

객주집 주인이 물었다. 이씨 부인이 시말(始末)을 이야기하니 객주집 주인은 혀를 휘휘 내두르며 말하는 것이었다.

"에그, 불쌍해라. 이런 일은 돈 주고 얻는 병이군요. 바깥 양반은

좀처럼 풀려나오실 수 없을 것입니다. 이런 일이 한두 번이 아니오이다. 아무래도 돈을 마련하든지 아니면 따님을 데려가든지 해야만 나오시지 그러기 전에는 어찌할 수 없을 것입니다요."

이 말을 들은 이씨 부인은 눈물을 칠팔월 장마초에 소낙비 퍼붓듯 흘리면서,

"그러면 돈도 만들 수 없고 딸도 찾을 수 없으니 다된 거로군요?"

"안됐소이다만, 세상 일은 알 수가 없으니, 혹시 따님이 평양으로 도망을 했는지도 모를 일이오니 평양으로 내려가 찾아 보시지요? 여기에는 아무리 있어야 소용 닿는 일이 없을 것 같군요."

이씨 부인은 가만히 생각해 보니 그도 그럴 듯하여,

"주인님 말씀도 옳습니다만, 노자가 없으니 어떻게 오백여리 길을 갈 수가 있겠나요? 미안한 부탁이지만 이걸 좀 팔아 주십시오."

이씨 부인은 머리에 꽂고 있던 패물을 빼서 내주었다. 객주집 주인도 부인의 딱한 사정을 동정하여 머리에 꽂았던 패물을 팔아다 주었다. 이씨 부인은 그 돈을 받아가지고 다시 평양으로 내려갔다.

한편 채봉은 추향이더러 뒤따라 오라고 약속한 후 만리교 주막집에서 이씨 부인이 잠든 틈을 타서 도망하였다. 뒤따르던 추향과 추향 어미를 데리고 평양으로 다시 내려와 추향의 집에 있으면서 부친의 소식을 기다리고 있었다. 채봉은 만리교 마을에 화적이 들이닥치기 두 시간 전에 이미 그곳을 빠져나왔으므로 김진사가 화적에게 당하여 그 지경이 된 줄은 꿈에도 모르고 있었다.

원래 평양이라는 곳은 색향(色鄕)으로 유명한 곳이었다. 채봉의 인물과 서화(書畫)가 뛰어나므로 엉뚱한 생각을 가지고 소위 기생 어미들이 추향의 집으로 모여들어, 채봉의 인물 구경을 한답시고

복작거렸다.

채봉은 이 꼴을 보고 기가 막혀서 추향 어미를 보고 물었다.

"어멈, 기생 어미들이 무슨 일로 이렇게 모여드나?"

"아씨의 성명을 듣고 구경도 할겸 그림이나 글자 중에 무엇이든 좀 물어보고 싶어 그렇게 찾는 것이옵니다."

"나는 그게 귀찮을 뿐만 아니라, 또 내가 규중 여자의 몸으로 어찌 함부로 수필(手筆)을 돌릴 수 있겠소? 앞으로는 그러지 말도록 일러주게."

추향 어미는 모여드는 기생 어미들에게 채봉의 말을 전하였다. 그러자 기생 어미들은 말하기를,

"채봉같은 인물이 만약 기생만 된다면 평양 바닥에선 딴 기생이 견딜 수가 없을텐데."

하고는 칭찬만 늘어 놓다가 돌아갔다.

한편 이씨 부인은 밤과 낮을 합하여 열흘만에 평양에 도착했다. 그러나 이미 집 없는 몸이어디로 갈 것인가? 그리하여 속으로 생각하기를, 만약에 채봉이가 평양으로 살아 돌아왔으면 분명히 추향의 집으로 갔을 것이라고 짐작했다. 추향의 집으로 찾아 들어 가기 위해 대동문을 들어서서 좌우를 돌아보니 자기의 신세가 너무나 기막힌지라 탄식의 소리가 저절로 나왔다.

"산천과 물색은 달라진 게 없는데 나는 불과 한 달만에 행색이 이토록 초라해졌단 말이냐?"

걸음 한 번에 탄식과 한숨을 번갈아 하면서 이씨 부인은 애련 당골에 자리잡고 있는 추향의 집으로 들어섰다.

이 때 채봉은 추향이와 함께 마주 앉아 앞일을 걱정하고 있는데

갑자기 문밖에서 '추향아, 추향아!'하는 이씨 부인의 목소리가 들려오는 것이었다. 부인은 미처 채봉은 보지 못한 채 앞서서 나오는 추향이를 보고,

"추향아, 우리 채봉이가 혹시 오지 않았느냐?"

하고는 다급하게 물었다. 채봉은 급히 어머니 앞으로 뛰어나가며 그 손을 잡고 울면서,

"어머니, 저 여기 있어요."

하니, 부인은 채봉을 얼싸안고 흐느껴 울면서 탄식하였다.

"도대체 이 일을 어찌하면 좋단 말이냐? 이같이 갑작스레 망할 줄을 그 누가 알았더냐?"

채봉은 어머니의 말에 소스라치게 놀라며 물었다.

"망하다니요? 혹시 저 때문에 무슨 변고라도 있었나요?"

이씨 부인은 마음을 억누르며 채봉을 이끌고 방으로 들어갔다.

"너는 어떻게 되어 여기까지 왔느냐?"

채봉은 어머니의 행색이 너무 초라한지라, 어머니의 묻는 말에 대답은 하지 않고,

"글쎄 어머니, 제가 여기에 온 것은 천천히 말씀드릴 테니 먼저 어머니 이야기부터 해 주세요. 아버지는 어떻게 되셨으며 왜 어머니 혼자만 이렇게 오셨나요?"

이씨 부인은 만리교 주막집에서 화적떼를 만난 일과 서울 올라갔다가 허판서가 김진사를 옥에 가두고 위협하더란 말을 한 다음,

"이 일을 도대체 어떻게 하면 좋겠느냐? 오천 냥을 만들든지, 아니면 너를 데려오든지 하라니, 이런 기막힐 데가 어디 있느냐?"

하면서, 채봉을 흘끔 한 번 보고 나서는 또 말하기를,

"채봉아, 그러니 네 아버지를 살리려거든 나와 함께 서울로 가자."

채봉은 어머니의 말을 듣고 자기가 추향이와 약속하여 밤중에 도망쳐 나온 일을 대강 이야기하였다. 그리고는,

"저는 죽는 한이 있어도 서울 가기는 싫사옵니다."

이 말을 듣고 이씨 부인은 크게 낙심했다.

"네가 서울로 가지 않는다면 네 아버지는 그냥 돌아가시란 말이냐?"

"제가 올라가서도 또 돈을 내어놓으라고 하면서 아버지를 계속 가두어 두면 또 어떻게 하실 작정이십니까?"

"돈 아니면 너라니, 일단 너라도 가야 하지 않겠느냐?"

"그러면 돈을 만들어 드리면 되오리까?"

"그 많은 돈을 네가 어떻게 만든단 말이냐?"

"그건 제게 맡기시고 며칠만 기다려 주옵소서."

채봉은 하염없이 눈물을 흘리면서 탄식하였다.

"슬프구나. 나 채봉은 전생에 무슨 죄를 지었는가? 송나라 진희라는 놈은 백성을 너무 괴롭혀서 후생에 세 번을 기생이 되었다더니, 내가 바로 그 꼴이로구나!"

하면서, 추향을 돌아다보며 말하였다.

"추향아, 어멈은 어디 갔느냐?"

"어멈은 지금 봉선네집에 갔사옵니다."

"어거 가서 불러 오너라."

추향은 밖으로 나가서 한 식경이 지난 후에야 어멈과 함께 돌아왔다. 추향 어미는 이씨 부인을 보자 깜짝 놀랐다.

"에그 마님, 웬일이시옵니까?"

이씨 부인은 또 한 번 한숨을 쉬며 넋두리를 쏟았다.

"우리 집은 졸지에 기둥 뿌리 하나 없이 이 꼴이 되었으니 말이 안 나오네."

"벼슬하러 올라가신다고 하시더니, 왜 그렇게 되셨나요?"

도무지 이해할 수 없다는 표정을 지으며,

"그나 저나 오죽 시장하시겠나이까?"

하고는, 밖으로 나가 밥을 지어 들어왔다. 채봉은 추향 어미를 보고,

"자네가 나보다는 낫네. 나는 걱정 중에 시장하실 생각은 하지도 못했는데.그리고 어멈한테 부탁할 일이 하나 있는데 힘좀 써 주게."

"무슨 일이신데요?"

"부끄럽기 그지 없네만, 나를 좀 팔아주게."

추향 어미는 이 말을 듣고 펄쩍 뛰었다.

"그게 무슨 말씀이오이까? 공연한 말씀 마옵소서."

"농담이 아닐세."

하고는 전후 형편을 이야기하였다. 이야기를 듣고 난 추향 어미는 눈물을 흘리며,

"댁이 어쩌다가 오늘 이런 변을 당하셨나요? 그리고 아씨가 팔리신다니 그게 말이나 되는 일이옵니까?"

"돈이 빨리 될 수 있도록만 힘써 주게."

"기생이 되신다면야 돈이 쉬이 될 것이지만……"

"박복한 인생이 무엇을 가리겠나? 기생이라도 좋으니 적당한 곳만 있으면 주선해 주게."

"그렇지만 어떻게 기생이 되십니까? 자리가 있기는 합죠만."

"그곳이 어딘가?"

"지금 봉선네를 갔더니 봉선 어미가 기생을 못 사서 안달을 합디다만."

"왜, 거긴 봉선이가 있지 않는가?"

"봉선이는 서울로 갔습지요."

"그럼 빨리 주선을 해 주게."

옆에서 이 모양을 지켜보고 있던 이씨 부인은 억울하고 기가 막혔다. 채봉을 바라보며,

"애고, 답답하구나. 나는 도무지 네 맘을 알 수가 없다. 재상가의 별실 되기는 싫고 기생은 소원이란 말이냐? 네가 세 살 되던 해에 의주에서 이리로 온 것은 평양에 인물 많고 살기가 좋다 하여 왔는데,네 신랑감은 못 얻고 기생을 만든단 말이냐? 다시 한 번 생각하고 나와 함께 서울로 올라가자."

"나는 기생이 될지언정 남의 별실로 가는 것은 싫사옵니다."

"아씨, 무슨 맘을 그리 이상하게 잡수시요? 그러시지 말고 마님 따라 서울로 가시옵소서."

추향 어미의 말에 채봉은 의연히 말하였다.

"나는 평양을 떠나지 않겠네. 살아도 평양, 죽어도 평양, 다른 마음은 추호도 없으니 부질없이 권하지 말게."

채봉은 생각하는 바가 있어 이렇게 말하였지만 이씨 부인과 추향 어미는 오히려 언짢게 생각하였다. 다만 추향이만 채봉의 속 마음을 짐작할 뿐이었다.

추향 어미는 하는 수 없이 봉선네 집으로 가서 봉선 어미에게 채봉

의 이야기를 하였다. 봉선어미는 크게 기뻐하였다.

"그게 정말이오?"

"그럼 내가 좋은 밥 먹고 할일 없이 거짓말 하고 다니겠소?"

"정말이면 이보다 더 좋은 일 평양천지에 또 있겠소? 그런데 돈은 얼마나 달라고 합니까?"

"그런 것은 서로 만나서 이야기하도록 하구려. 헌데 봉선이는 얼마에 팔았소?"

"칠천 냥에 데려갔다우."

"어쨌든 가서 얘기나 나누어 봅시다."

추향 어미가 봉선 어미를 데리고 오니 채봉이 반갑게 맞이하였다.

"어서 오세요, 봉선 어머니. 추향 어미를 보낸 것은 내가 기생이 되고자 함인데 어떠하리까?"

"좋기는 하지만 정말인지 알 수가 있어야지요?"

"사실이오. 추향 어미한테 대강 이야기는 들으셨지요?"

"대강 듣기는 하였는데 돈은 얼마나 쓰려고?"

채봉은 속으로 잠시 생각하였다.

"육천 냥만 주시구려."

"그러면 오늘로 줄까?"

"그렇게 하세요."

봉선 어미는 기분이 좋아서 혼자 껄껄 웃으며 중얼거리는데,

"봉선이가 가고 채봉이가 오니, 봉하고는 단단히 인연이 있는 모양이로구만."

하고는, 집으로 돌아가 곧장 육천 냥을 가지고 와서 이씨 부인의 표를 받아갔다.

이씨 부인은 너무나 어이가 없어서 속으로는 '저런 복없는 년이 어디 있나? 에라, 난 모르겠다. 나중에 개를 베고 죽든지, 원'하면서도 모정의 정인지라 채봉의 손을 붙잡고 울면서 말하였다.

"아가, 네 맘을 나는 알다가도 모르겠구나. 평양 강씨를 지키겠다 하더니, 오늘 너의 행동은 어디 강씨를 지키는 것 같냐?"

"어머님은 제 생각 마시고 어서 서울 가셔서 아버님이나 나오시게 하소서. 저는 만리교에서 불에 타 죽었다고 하소서."

채봉은 돈 오천 오백 냥을 이씨 부인에게 주었다.

"오천 냥은 아버님 나오시게 하시고 오백 냥은 아버님 나오시거든 노자하여 돌아오시도록 하소서. 오백 냥은 제가 써야겠나이다."

이씨 부인은 일이 이쯤 되고 보니 우선 김진사나 구해내고 차차 조치를 취하리라 생각하고는 마음을 굳게 먹었다. 끝없이 눈물을 뿌리면서 서울로 올라와 허판서에게 오천 냥을 풀어놓으며 김진사를 내어달라고 하였다.

허판서는 오천 냥을 받고 나서는 과천 현감은 파격시키고 또 트집을 잡았다. 무단히 양반을 속였으니 딸마저 데려오지 않으면 내놓지를 않겠다고 위협하였다.

이씨 부인은 기가 막혔다. 평양으로 내려가 채봉에게 이런 말을 해봤댔자 아무런 소용이 없는 일이라 단념하고 죽든 살든 이곳에서 끝장을 보리라 생각했다. 남의 집 방을 얻어놓고 바느질 품을 팔아서 김진사의 옥중 뒷바라지를 했다.

한편, 채봉은 어머니 이씨 부인과 헤어지고 난 후 봉선어미에게로 가서 우선 관례(冠禮)를 하고 기생 이름을 송이(松伊)라고 지었다.

채봉이 스스로 송이라고 이름을 지은 것은 절개를 지키자는 뜻에서였다. 채봉의 뜻을 모르는 사람들이야 기생이 절개가 다 무엇이냐고 비웃을 일이었다. 평양 젊은이들은 송이라는 기생이 새로 나왔는데 인물이 똑똑할 뿐만 아니라 서화(書畫)에도 뛰어나다는 소문을 듣고 너도 나도 한 번 보기를 원하였다.

하지만 기생 송이는 찾는 사람을 다 만나지 않고 한 가지 조건을 내세웠다. 그 조건을 이행하는 사람이라면 만나기도 할 뿐더러 몸까지도 허락한다는 조건이었다.

그 조건이란 무엇인가? 그것은 다름아닌 강도령에게 보낸 답시(答詩)인 '수줍은 마음 무릅쓰고 전하오니 / 부디 그대는 허망한 양대(陽臺)의 꿈을 버리시고 / 모든 힘 기울이고 기울여 / 앞날에 한림학사(翰林學士) 되옵소서'란 싯귀를 써서 방문 위에다 붙여놓고, 이 시는 어떤 편지 시문(詩文)의 답시인데 어떤 편지 시문의 답시인가를 알아내라는 조건이었다. 전날 채봉과 편지를 주고 받은 강필성 도령이 아니고서야 어찌 이런 글 뜻을 알아낼 사람이 있으랴?

젊은 오입장이들은 그것만 알아내면 송이란 기생이 만나도 주고 몸까지 허락한다는 바람에 너 나 가리지 않고 그 글을 알아내려고 저마다 애를 쓰고 또 썼건만 모두가 헛수고 타령이었다. 하지만 송이를 손아귀게 넣고 싶은 평양의 오입장이들은 이 사람 저 사람에게 물어보기에 정신이 없었다.

한 사람이 열 사람에게 물어 보고 열 사람이 백 사람에게 물어보게 되니, 오입장이거나 오입장이가 아니거나 모두들 평양에 사는 젊은이들은 한결같이 채봉이 쓴 답시를 중이 나무아미타불 외우듯 줄줄 외우게끔 되었다.

기생 어미는 이 때문에 봉이 걸려들지 못할까 하여 염려하였으나,

채봉에게 서화를 받아가는 사람이 많아 그 수수료가 적지 않으므로 송이를 괄시하지 않았다. 그러면서도 한편으로는 글씨를 받아가는 것만으로도 수입이 이렇게 많으니 누군가가 나타나 글귀를 풀어서 한 번 머리를 얹어 주기만 하면 그 후에 벌리는 돈이 적지 않을 터인데, 평양 바닥에는 이토록 글 잘 아는 사람이 드물단 말인가 하고 채봉의 속도 모르고 은근히 안타까와하는 것이었다.

한편, 강도령은 김진사가 서울에서 내려오면 장가를 들겠거니 여기고 기다리고 있었다. 그런데 김진사가 내려와서는 아무말도 없이 식구를 모두 데리고 서울로 이사를 가버렸다는 소문을 듣고는 크게 낙심하여,

"세상 인심은 가히 알 수가 없구나."

하고는 탄식하며, 마음을 단단히 먹고 채봉을 잊어버리려고 노력하였다. 그러나 때때로 채봉이 보내준 답시를 펼쳐보고는 우울한 감회를 이기지 못하곤 하였다.

그러던 어느 날이었다. 한 친구가 찾아와서 평양 바닥 오입장이들이 외우고 다니는 싯귀의 이야기를 하면서 한 번 연구를 해보라고 권하였다.

"이런 싯귀가 옛글에 있기는 한가?"

강도령은 친구가 내어놓은 쪽지를 보니 바로 채봉이가 자기에게 준 싯귀와 같은 문장이 아닌가?

'이것은 채봉이가 나에게 준 글인데 세상에 이 글귀가 돌아다닌다 하니 거참 희한한 일이로구나. 이는 반드시 무슨 곡절이 있음에 틀림없다. 내가 한 번 알아보리라.'

하고 생각하며, 친구에게 모르는 채 말하기를,

"글쎄, 잘 모르겠는데."

하고는 친구를 보내놓고, 곧장 송이란 기생의 집으로 찾아갔다.

강도령은 기생 어미를 보고,

"내가 그 문제를 풀면 어찌하겠소?"

하고 장담하였다.

기생 어미는 이 일로 밤낮 근심으로 소일하다가 강도령의 이 말을 듣자 크게 기뻐하였다. 그러나 강도령의 행색을 유심히 살펴보니 의복이 초라한지라 마음에 탐탁치가 않아서 담담히 물었다.

"처음 뵙는 분인데 댁은 뉘시요?"

"나는 대동문 밖에 사는 강서방이요."

기생 어미는 강도령의 모습이 하도 초라하여 그다지 마음이 내키지는 않았으나, 송이가 내건 조건이 하도 까다로우므로 그것을 풀어본다 하니 그 끝을 보고 싶어서 강도령을 송이의 방으로 데려다 주었다.

강도령이 방으로 들어가다가 문 위를 보니 필적이 영락없는 채봉의 것이라 더욱 이상한 생각이 들었다. 그때 기생 어미가 방으로 들어가며 큰 소리로 말하였다.

"송이야, 대동문 밖에 사는 강서방이 네가 내건 문제를 맞히겠다 하시니 청해서 들어보아라. 옳은 해석인지."

송이는 무료함을 달래기 위해 먹을 갈아놓고 매란(梅蘭)을 그리고 있다가 대동문 밖 강서방이라는 소리에 그만 부끄러워 고개를 숙이었다.

강씨란 말에 자기의 소원이 이루어지기는 했으나 전날을 생각하고 오늘을 생각하니 분한 마음이 앞서고 무안한 생각이 불처럼 솟아올랐다.

그러나 어찌할 것인가? 찾아온 강도령을 만나지 않을 수도 없는 일이 아닌가? 송이는 벌떡 일어나서 목소리를 가다듬어,

"그리시면 들어옵시라고 하세요."

강도령이 방으로 들어섰다. 아랫목에 앉아있는 송이를 보니 틀림없는 김진사의 딸 채봉이었다. 송이 또한 방에 들어온 사람이 지금까지 기다리고 기다리던 강필성 도령임을 알았다.

두 사람은 잠시 무색한 얼굴로 앉아 있었다. 이윽고 송이가 먼저 입을 열어 나오지 않는 목소리로 말했다.

"글 사유를 푸신다 하오니 말씀해 보옵소서."

옆에 기생의 어미가 있는지라 사실을 밝히지 못하는 송이의 마음을 강도령은 직감적으로 알았다.

"내 의견대로 말하는 것이라 기생의 뜻에 맞을런지는 모르오."
하고 나서는 수건에 써서 추향에게 주면서 하던 그 때의 사연들을 달리 비유하여 말하였다. 송이는 눈물을 머금으며,

"바로 맞히셨나이다."
하였다.

기생 어미는 두 사람 사이를 모르는지라 옳게 맞춘 것만 다행히 여겨 잠자코 있었다. 그러나 강도령과 채봉만은 서로가 서로의 마음을 이해할 수 있었다. 그러면서도 강도령은 한편으로 채봉이 무슨 까닭으로 송이가 되어 이곳에 앉아 있는지 궁금해서 견딜 수가 없었다.

송이는 기생 어미를 보고 말했다.

"어머니, 제가 할 말도 있고 또 오늘은 강서방님을 모실 것이오니

장국이나 장만해 주세요."

기생 어미는 급히 밖으로 나가 음식을 장만하며 속으로 생각하기를, '강서방이 겉으로 보아 넉넉치 못한 것이 분명하니 마수거리는 헛탕이겠구나. 하지만 헛탕도 좋다. 앞으로는 트집 잡지 않고 오입을 하고 손님을 받을 것이니 강서방이 바로 봉이나 다름없다'고 하면서, 서둘러 음식을 장만하여 가지고 방으로 들어갔다.

"세상엔 학문이 보배로군요. 오늘 강서방께서 이런 꽃같은 기생을 학문이 아니었더라면 어찌 머리를 쪽지어 주시겠나이까?"

하고는 밖으로 나가 버렸다.

송이는 더욱 고개를 수그리며 얼굴을 붉혔다. 장국 한 그릇을 땅에 내려 놓으며,

"서방님께옵서는 전날 생각을 잊지 아니하셨는지요? 첩은 오늘 기생의 몸이 되었사오나 조금도 절개를 잃지 않았사오니 추하다 마시고 장국을 잡수신 후 오늘 가약을 맺도록 하옵소서. 첩이 오늘 이같이 된 사연은 이따가 밤에 자세히 말씀 드리오리다."

강도령은 송이가 내려 놓은 장국을 다시 올려 놓으며 말했다.

"지난 일은 말할 것 없이 그대가 이렇게 됨은 모두가 나의 불행이오. 정다운 이야기는 이따가 하려니와 이제는 서로 풍속을 지키지 말고 함께 먹읍시다."

송이는 두 눈에서 쏟아지는 눈물을 억제하며 두어 숟갈 뜨고는 상을 물리었다.

이슥고 밤이 되었다. 때는 삼라만상이 새롭게 거듭나는 춘삼월 따스한 시기였다. 만물이 화락하므로 사람의 흥이 절로 나는 계절이었다. 특히 이날 밤은 삼오야(三五夜; 음력 보름날 밤)라, 밝은 달이

동천(東天)을 대낮같이 밝히고 동산에서 지저귀는 두견새는 불여귀(不如歸)를 화답하고 있었다.

강도령과 송이는 너무나 반가운 나머지 서로가 할 말을 잃고 있었다.

한 동안을 서로가 마주보고 앉았다가 강도령이 먼저 물었다.

"예전에는 규수라 함부로 말을 못했지만 오늘은 기생 송이로 대접할 밖에 없네."

강도령이 신분을 따라 대접하려고 하니, 송이는 이 말을 듣고 가슴이 미어지는 듯 했다. 그러나 몸이 팔려 기생이 되었으니 비록 매음(賣淫)은 하지 않았지만 신분이 채봉으로 있을 때와는 천지 차이라, 분하고 억울한 생각이 치밀어 올라와 뜨거운 눈물이치마자락을 적시었다.

강도령은 이 모양을 보고는 송이의 마음을 짐작하고 가엾은 마음이 들어 좋은 말로 위로를 하였다.

"여보게, 자네 몸이 오늘은 기생이 되었다 하나 나는 지난 날 화원에서 맹세한 마음을 변치 않을 것이니, 안심하고 이렇게 되기까지의 사연을 말해 보게."

"군자께서 그와 같이 말씀하시오나 그것은 합당하지 못하옵니다. 첩이 지난 날에는 규중의 몸이라 정실(正室)로 맞이하려 하시었거니와 오늘은 기생의 몸이 되었사오니 어찌 정실로 인정하시오리까? 나의 몸은 비록 티없이 깨끗하다 하오나 첩은 부모 때문에 몸이 기생으로 팔렸사옵니다. 이 몸이 일만 번 죽어 물불에 뛰어들지라도 수절만은 지키겠사오니 부디 버리지 마시옵고 부실(副室)로 정한다 하시어도 은혜를 잊지 못하겠사옵니다."

"자네는 염려 말게. 자네 마음이 그같이 굳을진대 나도 남자를 지켜 서로 저버리지 아니할 것이요, 바록 자네 몸이 한 때의 액운으로 기생이 되었다 하나 내가 정실로 맞이하겠네. 그러나 한 가지 걱정은 내 집 형세가 넉넉치 못하니 자네 몸을 빼낼 수가 없네그려. 어찌하면 좋을까?"

"그것은 너무 염려 마옵소서. 첩이 형편을 보아 추신하겠사옵니다."

시간이 지남에 따라 처음의 서먹함은 사라지고 이야기가 풀려 정담(靜談)을 주고 받으니 두 사람의 사이는 마치 몇십 년을 살던 부부와도 같이 정다왔다.

"자네가 이리 된 연유를 알고 싶네. 나는 처음에 서울로 이사를 간다는 소문을 듣고는 속으로 세상 인심은 믿을 바가 못된다고 탄식했었다네."

"처음에 군자께 말씀을 드리지 않았음은 군자의 마음을 알지 못했기 때문이옵니다만, 이제 마음을 알았으니 못할 말이 뭐가 있으오리까?"

송이는 그 동안 일어났던 변화에 대해 자세히 이야기해 주었다.

김진사가 서울에서 내려와 하던 말이며 이씨 부인과 자기는 반대하였던 일, 또한 이씨 부인이 호강한다는 말에 마음이 솔깃하여 서울로 데리고 가려 하므로, 안 간다고 할 수가 없어서 따라가는 체하다가 추향과 약속하고 중화 만리교 부근의 주막에서 야밤에 도망쳐 나온 일을 말하였다. 그리고 김진사 내외는 도적을 만나 전 재산을 빼앗기고 서울로 올라갔다가 허판서에게 붙잡혀 돈이냐 채봉이냐 하고 위협한 일이며, 어쩔 수 없이 자기 몸을 팔아 서울로 올려보낸 이야기를 낱낱이 해 주었다. 그리고 지금 돈을 가지고 서울 올라간지가 달포나 되었는데 아무런 소식이 없어 걱정이라고 했다. 송이의 이야기를 다 듣고 난 강도령은,

"그런 줄도 모르고 분하고 야속한 마음을 품었던 내가 잘못했네."

밤이 깊도록 이야기를 나누다가 촛불을 끄고 금침 속으로 들어가니 붉은 꽃밭에 호접이 날고 녹수(綠水)에 원앙이 깃드는 것과 같았다.

강도령과 송이는 이같이 삼 일 동안을 함께 지내었다. 그리고 나서 송이는 돈 백 냥을 내어 강도령에게 주었다.

"어미에게 화채(花債)라는 것을 안 줄 수 없사오니 이 돈을 주시고 내일 다시 오시옵소서."

강도령이 돈을 받아넣고 있다가 기생 어미를 불러 돈을 주었다. 기생 어미는 생각지도 않고 있다가 뜻밖에 많은 돈을 주니 크게 기뻐하며, 특별히 대접해 주었고, 뒤에도 강도령이 자주 송이를 찾아와도 싫은 내색을 하지 않았다.

그러던 어느 날이었다. 어떤 사람이 와서 놀음을 받으라고 하므로 기생 어미는 좋아라고 승낙하고 송이에게 그 말을 전하였다.

송이는 크게 놀라며 돈 삼백 냥을 기생 어미에게 내어 놓고,

"강서방께서 아까 한 달만 저와 함께 지내시겠다고 이 돈을 내어놓고 가셨는데 진즉 어머니에게 말씀드리지 못하였으니 그 사람은 물리치십시오. 선후의 차이가 있지 않사옵니까?"

"암, 선후가 있지. 난 그럴 줄고 모르고……."

돈 삼백 냥에 입이 벌어진 기생 어미는 서둘러 놀음을 물리쳤다.

이날부터 강도령은 한 달 동안 송이와 함께 숙식을 하였다.

송이가 가끔 얼마씩 강도령에게 돈 주어 기생 어미에게 인심을

쓰게 하니 기생 어미는 진짜 봉을 잡았다고 마냥 입이 벌어져 있었다.

착한 사람에게는 복을 주고 악한 사람에게는 벌을 주는 것이 하늘의 섭리라, 송이의 고결하고 착한 뜻을 하늘이 어찌 무심할손가?

이 때 평양 감사 한 분이 새로 도임해 오는데 명성(名聲)과 인망(人望)이 조야(朝野)에 떨치고 있는 이보국이라는 사람이었다. 나이 팔십에 지내보지 않은 벼슬이 없었건만은 웬일인지 이 나이가 되도록 평안감사만은 못 지내었으므로 물색도 구경할 겸 수석이 좋다는 말을 듣고 을밀대 아래에다 별장을 어마어마하게 지어놓고 평안감사를 일부러 자청하여 내려와 지내었다. 하루는 송이의 서화가 유명하다는 말을 듣고 송이를 불렀다.

감사의 부름을 받은 송이는 생각하기를, '오늘이야말로 이 어려운 경지를 벗어날 수 있는 기회로다'하고는 데리러 온 하인을 따라가서 이감사에게 절을 하고 뵈었다. 송이를 본 이감사는 붉은 얼굴에 흰 수염을 어루만지며,

"오, 네가 송이로구나. 오늘 보니 소문과 같구나. 그런데 듣자 하니 네 서화(書畵)가 썩 뛰어나다 하니 과연 그러하냐?"

송이는 두 손을 모으고 공손하게,

"변변치 못하온데 헛소문이 났나 보옵니다."

"내가 보면 아느니라."

하고는 지필묵(紙筆墨) 일체를 내어 놓는데, 남표 벼루에 수양매월 먹이며 산호 연적이며 청황무심필(靑黃無心筆)에다 백몽운 회지였다.

송이는 거절하지 못하고 가냘프고 고운 손을 들어 붓대를 잡았다.

먹을 진하게 갈아서 종이 위에 단숨에 글을 쓰니 한 글자 한 글자가 주옥같이 잘 써져 흠잡을 데가 없었다. 이감사가 보더니 저윽이 놀란 표정으로 송이에게 물었다.

"이제 글씨를 보고 너를 보니 과연 헛수문이 아니었구나. 너의 사람됨을 보나 글씨의 품격을 보아 기생이 될 아이는 아닌데 어찌 하여 오늘 기생의 몸이 되었느냐?"

감사의 말에 송이는 눈물을 머금고 조용한 음성으로 대답을 하였다.

"고향은 원래 의주이오나 평양으로 와서 사옵다가 부모의 빚을 갚기 위해 몸을 스스로 팔았사옵니다."

"허허, 거참 효녀로구나. 그렇다면 내가 나이가 많아 눈이 어둡기로 공사(公事)가 들어오면 직접 보지 못하고 집안 사람더러 대신 보라고 하는데 역시 믿을 수가 없으니 네가 마음을 정히 가지고 내 앞에서 앞뒤를 살펴 나를 돕겠느냐?"

송이는 이 말을 듣고 마음 속으로 크게 기뻐하여, 곧장 일어나 절을 하고,

"천한 기생의 몸을 불쌍히 여기시와 이처럼 천은을 베푸시오니 백골난망이오나, 몸값이 있사오니 봉행(奉行)키가 어렵사옵나이다."

"허허, 이놈아. 내가 너를 쓰고자 할진대 몸값 쯤이야 주고 데려와야지, 그냥 데려올까 보냐? 그래 네 몸값이 도대체 얼마나 되느냐?"

"본전이 육천 냥이옵니다."

"오냐, 걱정하지 말아라."

이감사는 즉시 사령(使令)을 시켜 기생 어미를 불러오게 하였다. 그리고는 돈 칠천 냥을 주며,

"내가 송이를 쓰고자 하여 본전 육천 냥에다가 천 냥을 더 얹어서 칠천 냥을 주는 것이니 네 생각은 어떻느냐?"

기생 어미는 싫었지만, 그렇다고 어찌하랴? 돈을 받으며 말하기를,

"사또께옵서 몸값을 하나도 아니 주시고도 바치라 하시면 거역하지 못할 것이온데 하물며 이같이 베풀어 주시니 망극할 뿐이옵니다."

하고는 돈을 챙겨 돌아갔다. 송이는 이감사가 있는 별당 건넌방에 홀로 거처하면서 이감사 앞에서 이것 저것 시키는 일을 명령대로 하게 되었다.

송이는 기생 신세를 면하게 된 것은 더없이 기쁘고 다행한 일이었지만, 부모의 소식이 궁금하고 또한 강도령을 만나지 못하는 것이 주야로 괴롭히는 걱정거리였다. 그러나 이감사 앞에서는 감히 내색하지 못하였다.

이 때 강도령은 자기 집에 들렀다가 이틀만에 송이집에 와 보니 송이가 없었다. 송이는 평소에 나들이를 하지 않았는지라 강도령은 이상히 여기고 기생 어미에게 물어 보았다. 기생 어미는 강도령에게 그 동안의 이야기를 자세히 들려주었다.

강도령은 송이가 기생을 면하게 된 것은 다행이었지만 다시 만날 수 없음에 안타까왔다. 그리하여 자세히 수소문해 본 결과 송이가 이감사 앞에서 감사의 지위를 받아 공사를 처리한다는 말을 듣고는 송이를 만나려면 이방(吏房)을 다니는게 상책이라 싶어 어떻게 운동

을 하여 감사에게 현신(現身)하게 되었다. 이감사가 강도령을 한 번 보고는 크게 기뻐하며,

"허허, 얼굴이나 성질이 옥과 같이 깨끗하고 흠이 없구나. 이방이라는 것은 원래 책임이 중대하니 아무쪼록 일심봉공(一心奉公)하여 백성의 원망이 없도록 하라."

하고는, 이방을 시키니 강도령은 몸을 굽혀 삼가 명을 받고는 다음부터는 공사를 가리며 매일같이 드나들며 송이의 소식을 알고자 하였다. 그러나 그게 어디 쉬운 일인가? 송이는 별당에서 이감사가 들어와 공사를 쓸 것을 주면 쓰고 제사를 내라면 내었다. 그런데 하루는 강도령의 글씨를 보고는 속으로, '참 이상하기도 해라. 필적이 강서방님의 것과 똑 같으니 혹시 공청(公聽)에라도 드나드시는 걸까?'하고, 감사에게 물었다.

"요즈음 공사 들어오는 것을 보면 예전 분의 글씨와는 다르온데 이방이 갈리었나이까?"

"으응, 갈려서 요즘은 강필성이란 아이가 하게 되었다. 그 글씨 잘 쓰지? "

감사의 말을 들은 송이는 속으로 크게 기뻐하였다. 어떻게 해서든 한 번 만나 보든지 아니면 서신 왕래라도 할 수 없을까 하고 기회를 얻고자 노력하였으나 좀체로 기회를 얻기가 힘들었다. 사람을 시키다가 만일 대감에게 들키는 날에는 무슨 책망이 내릴지 몰라 그렇게 할 수도 없었다.

강도령이나 송이는 서로의 글씨만 보고 지내기를 육 개월 동안이나 하게 되니, 두 사람이 다 상사병(相思病)이 될 지경이었다.

그러던 어느 날이었다. 때는 추구월 보름께라 달빛은 밝고 창연하

여 남창에 비치었고 하늘에서 떼기러기는 길게 울며 짝을 찾아 날아가고 동산 소나무 숲 사이에서는 두견새가 슬피 울었다. 무심한 사람이라 할지라도 마음이 산란해지는 밤이었다. 하물며 홀로 앉아 빈 방을 지키는 송이의 마음이야 오죽하겠는가?

송이는 모든 잡념을 잊고자 책상 머리에 앉아 잠깐 졸다가 기러기 소리에 놀라 눈을 떴다. 남창에 밝은 달이 은은히 비치고 있었고, 쓸쓸히 낙엽지는 소리가 슬픈 심사를 돋구어 주는지라 서글픈 눈물이 무심히 떨어져 내렸다.

송이는 남창을 가만히 열고 내다보며 탄식을 하였다.

"심량강에서 비파를 타던 하막녀는 만고 문장 백낙천(白樂天)을 만나 저 달 아래에서 마음 속에 쌓인 감회를 죄다 말로 나타냈지만 나는 저 달 아래에서 마음에 쌓인 것을 모두 말로써 나타내지 못하니 이 어찌 가련하지 않으랴? 말할 상대가 없어 못하는 것이니 차라리 심중사(心中事)를 종이 위에다 나타내 보리라."

하고는 지필묵을 꺼내어 먹을 많이 갈고 청황모무심필에 먹을 흠씬 적셔 백룡화세주지를 책상 위에 펼치더니, 고운 손으로 붓대를 쥐고 마음을 돌려 하늘에 높이 솟은 달을 몇 번 쳐다보더니 첫 머리에 '추풍감별곡(秋風感別曲)'이라는 다섯 자를 써 놓고는 붓끝을 쉴 새없이 움직이며 써내려 갔다.

어제밤 바람 소리 금성(金聲)이 완연한데
홀로 외롭게 누워 상사(相思)의 꿈을 언뜻 깨어
죽창(竹窓)을 반쯤 열고 망연히 앉았노니
머나먼 저 하늘에 여름 구름이 흩어지고

천 년 강산에 서늘한 기운이 새롭구나
마음도 외롭고 슬픈데 물색인들 오죽하랴
정원수(庭園樹)에 부는 바람 헤어진 한(恨)을 어루는 듯
가을 국화에 맺힌 이슬 이별의 눈물 머금은 듯
남쪽 다리에 남은 버들 봄바람에 춘앵(春鶯)은 스스로 돌아가고
맑은 달은 동쪽 산마루를 밝게 비추는데
붉게 물든 산봉은 높고, 파도 이는 물(水)은 깊어,
그 봉(峯) 무너진 줄 몰랐으니 그 물(水) 끊어질 줄 알았으랴
좋은 일에 마(魔)가 많음은 옛부터 있건마는
이 모든 비극은 또한 조물(造物)의 탓일레라
갑자기 부는 바람 꽃무리를 요동(搖動)하니
벌 나비는 어이하여 슬프게도 흩어지는가
깊은 장막에 감춘 행복 훔쳐낼 길 바이 없고
금롱(金籠)에 잠긴 앵무 다시 희롱 어렵구나
지척의 동방도 바라보면 천 리인 양 아득하고
애연(愛戀)의 다리 끊겼으니 건너갈 길 막연하구나
그리운 정 끊겼다면 차라리 잊으련만
아름다운 그이 모습 눈과 귀를 떠나지 않으니
못잊어 원수 되고 못 만나서 병이로다
오랜 세월 쌓인 한은 끝끝이 가득한데
이제 또 소슬거리는 가을 바람은 슬픈 심회를 북돋아 주니
눈 앞의 만사(萬事)가 다 한가지로 시름이라
바람따라 지는 낙엽 풀잎에 우는 벌레
무심한 가슴에는 한낱 소음에 그치련만

겹겹이 맺힌 시름 어찌하여 씻어낼까
아이야 술 한 잔 다오 혹시라도 회포를 풀까,
잔마다 가득 부어 취하도록 마신 후에
노을 진 산길을 걸어 을밀대 올라가니
풍광(風光)은 예의 풍광이로되 감회는 예의 감회 아니로다
능라도(綾羅島) 시든 버들 무성한 가지 쓸쓸하고
울긋불긋 수 놓은 나무에 서리 내려 더욱 외롭다
인간 만사 무상함을 또 일러서 무엇하랴
슬프도다, 눈을 들어 사방을 둘러보니
저 멀리 흐르는 물결 슬픈 심회처럼 애잔하구나
용산(龍山)의 늦은 경치는 침울함이 내 마음과 같으니
보통문 송객정(送客亭)에 이별 아껴 설워마라
초패왕 장한 뜻도 죽고 나니 이별이 서러워
슬픈 노래 높이 불러 만인이 애통해 하여도
오강(烏江) 비바람 속 그 이별에 울었던 말은 못들었네
세상 이별 남녀 중에 나같은 이 또 있을까
수로문에 떠가는 배는 어느 곳으로 가려는가
애타는 이 슬픔 모아 싣고 천 리 먼 곳 건너가서
우리 님 계신 곳에 잊지 말고 풀어주오
성마루에 늦은 경치 서둘러 못볼세라
긴 탄식 짧은 숨결로 슬픈 노래 지었으니
바람결에 울어예는 이 종소린 또 어느 절(寺)에서 나오는가
신발을 떨쳐 신고 서둘러 일어 걸어
영명사(永明寺) 찾아가서 스님에게 물어보리

인간의 이별을 만드신 부처는 어느 탑전에 앉으셨는가
임을 위한 일편단심 불전(佛前)에 발원하여
임을 다시 못볼시면 차라리 목숨을 끊어
백골은 흙이 된다 해도 혼백은 높이 날아올라
임 계신 난간에 닿아 못다한 사랑 이루어 보리라
다시금 생각하니 이 또한 운명이로다
죽장(竹杖)을 고쳐 짚고 부벽루에 올라보니
들 밖의 산봉우리는 구름 속에 아득히 솟아 있고
맑은 강 흐르는 물은 가을 하늘과 한 빛이라
밤 밝히려 돋는 저 달은 시름없이 비치는데
쌓인 상사(相思) 회포 중에 님의 얼굴인양 반겼더니
홀연히 구름 한 점 나타나 밝은 빛을 가리웠네
오호, 이 웬 일인가, 조물(造物)의 뜻일레라
저 구름 언제 걷혀 님의 얼굴 다시 볼까
낙엽을 깔고 앉아 금주전자를 다시 들어
한 잔 한 잔 또 한 잔에 취기 가득 오르도다
짧은 탄식 긴 한숨에 또 다시 일어나서
정처없이 가는 길에 애연당(哀然堂)은 또 왜 가는가
부용(芙蓉) 한 가지 꺾어 쥐고 정(情)을 담고 돌아보니
물 위에 비친 꽃은 님이 나를 반기는 듯
잎 사이로 내리는 비는 이내 심정 대신하듯
물 위의 짝 지은 백구(白鷗) 꿈 속으로 왕래하고
연못의 쌍쌍이 노니는 원앙은 푸른 물 속을 헤엄한다
가련토다, 이 인생 미물만도 못하구나

모든 것 다 떨치고 백마를 채찍하여
산인들 구름인들 어디인들 가려 하나
이내 마음 걷잡을 수 없어 갈 곳 또한 아득하다
못내 탄식하며 다시금 집으로 오니
가는 곳 뵈는 물색마다 마음만 산란하다
뜰 아래 핀 황국(黃菊)도 담장 밑의 단풍조차도
임과 함께 볼 양이면 아름답다 하련만은
이토록 애가 타는 우울한 심사에는 도리어 슬픈 빛이라
무정한 세월은 변함없이 흐르건만 근심은 나날이 깊어가네
지는 달 새는 밤에 잠시도 쉬지 않고
긴 탄식 짧은 숨결 애절히 슬피 울어
아직껏 남은 간장 어이 이토록 썩히는가
촌가(村家)의 닭마저 더디 울어 밤이 아직 깊었구나
서리 위에 부는 바람 적막한 허공을 높이 날아
밤을 새워 긴 소리로 짝을 찾아 슬피 우는
두견새 울음 소리 구슬픈 이밤이여
긴 긴 정(情) 타는 마음 차마 어이 들을소냐
미물도 한갓 저리 슬피 울면 내 운명과 같은지라
그 누가 너를 위해 애곡간장 태워주며
뉘라서 이내 마음 천추에 맺힌 한을 올올이 풀어주랴
꽃 그림 한 폭 펼쳐 놓고 이내 사정 세세히 그려내어
밝은 달 비단 창 적적한데 임께 갖다 드리오면
목석(木石)이 아닌 다음에야 임도 응당 느끼리라
길고 긴 이내 이별 생각할수록 아득한데

인연이 없어 못보는가, 유정(有情)하여 못 잊는가
인연이 없었던들 유정 또한 있을손가
유정이 없을진대 그립긴들 어이할까
연분도 없지 않고 유정도 하련마는
그리운 님 앉아 계실 북촌(北村) 하늘 밑을
푸른 하늘 높이 걸린 저 달은 하마 보고 있을까
마음 속에 쌓이고 쌓인 그리운 정은
언제까지 이대로 꿈 속에만 그릴 것인가
창문을 열고 무심한 하늘을 바라보니
나그네마냥 뜬 구름만 끊겼다가 다시 잇네
나의 님 계신 곳은 저 구름 아래건만
가깝고도 먼 그곳 무슨 강(江)이 놓였길래
두 곳이 막막하여 편지마저 끊긴단 말인가
의지할 곳 없는 이내 마음 무엇을 붙들고 지접(止接)하랴
벽 위에 그린 오동 억지로 내려 놓고
슬픈 노래 한 곡조를 시름삼아 길이 타니
남은 음(音)이 떨리어서 원망하는 듯 한(恨)하는 듯
상여(相如)의 옛곡조는 아직도 남아 흐르건만
탁문군(卓文君)의 맑은 소리는 너무 깊어 자취 없다
총총한 이별이여 잊히기도 어렵구나
전생 이생 무슨 죄로 우리 둘이 태어나서
인간 백 년 얼마기로 서루가 나뉘어 애태우는가
수양 매월(梅月) 흠뻑 갈아 황모필 덥석 찍어
사군자를 그려낼 때 달(月)도 함께 그려 넣고

밝은 달 창가에 앉아 임이 오길 기다리네
상사(相思) 두 글자는 나를 위해 생겨났나
마음 속 끝없이 맺힌 애수는 나혼자만 가졌는 듯
점점 더 심난한 중에 해는 또 시간을 재촉한다
들새는 깃을 치며 잠자리로 돌아가고
밤빛(夜色)은 창연한데 나무 그림자 또한 희미하다
누누히 흐르는 빛, 세월은 그 속에서 수를 놓고
적적한 빈 방을 지키는 외로운 나그네는 또 슬픔을 갈아
지난 일 풀어내고 오는 설움 감아내니
생각은 불꽃이 되고 기다림은 파도가 된다
오시는 님은 아직 멀어 구름같이 아득한데
애타는 가을 밤 긴간 적막 속을 차마 어이 견디리
못내 다시 잠이 들면 꿈 속에서 또 만날까
원앙은 어디로 흩어지고 비취는 또 왜 이리 차가운가
저 달이 없었던들 임을 어이 만났으랴
어제를 돌아보고 오늘 다시 생각하니
어느 뉘 붙들고 이내 심정 토(吐)하리까
부모님 날 기르실제 애지중지 하셨거늘
그 뜻 받들어 스스로 몸을 사루어서
일만 근심 홀로 안고 끝끝내 견디면서
부모님께 효도(孝道)하고 임께는 정절(貞節) 지켜
한 번 세운 굳은 뜻을 두고 두고 펴리라
생시에 못 뵈올 임이면 꿈에라도 만나리까
오작교 끊긴 난간 왜 아직 몰랐는가

적막 강산 별이 뜨면 서둘러 날아올라
청청한 하늘 밟고 끊긴 다리 다시 놓아
못 오실 임이라면 이내 몸이 찾아가서
백 년 상사(相思) 애련한 그 목숨을
임의 품에 묻어 두고 그리운 정(情) 풀어 헤쳐
일신(一身)이 다하도록 가이없이 즐기면서
흉년이든 풍년이든 시절이야 관계 말고
오손도손 살아가면 그 아니 좋을손가
상사(相思)는 끝없는 연줄을 타고
창(窓)을 넘고 담을 넘고 저 푸른 창공을 넘어
임 계신 마을 향해 불원천리 달리건만
한 줄기 부는 바람 소슬하여 눈을 뜨면
어느새 꿈은 가고 적막한 밤 뿐이구나
그리운 임의 얼굴 달빛에 어려 아득하니
저 달을 우러르며 천지신명(天地神明)께 합장하면
꿈엔 듯 생시엔 듯 하마 만나 뵈올까
소슬한 낙엽 소리 임의 숨결 듣는 듯이
가슴에 쌓인 회포 낱낱이 풀어내어
하늘이 정(定)한 연분 순리대로 따르리라.
한 번 맺은 굳은 언약 목숨으로 지키면서
독수공방(獨守空房) 홀로 앉아 이리 뒤척 저리 뒤척
밝은 달빛 남은 불빛에 꿈을 부르기도 어렵구나
남은 촛불 벗을 삼아 뒤척이며 잠 못 이룰 때
앉았다가 누웠다가 다시금 일어나 앉아

이리 헤도 저리 헤도 운명이 원수로다
고진감래(苦盡甘來) 흥진비래(興盡悲來) 인간의 상사라지만
저 하늘이 감동하고 귀신이 뜻을 도와
남교에 질긴 풀로 끊긴 인연 다시 맺어
봄바람 가을 달에 거울 보듯 마주 앉아
온갖 시름 다 털어 일 만 근심 다 지우고
백 년이 다 되도록 끝없이 즐기다가
아들 딸 잘 낳아 걱정없이 지낼 때에
인정이 변하여 어느 누가 시비커든
가을 바람 저문 날에 옛 추억 높이 띄워
어디론가 정처없이 흘러흘러 가다가
물 좋고 산 좋은데 아무데나 내려서
그림 같은 집을 짓고 한 평생 살고 지고
돌밭(石田)을 깊이 갈고 초식(草食)을 먹을망정
이내 목숨 다하도록 이별 없기 원하노라
상사(相思)의 깊은 병을 어이하여 고칠손가
그리운 정 애닯은 가슴을 책상 머리에 고이 받치고
보고픈 우리 님을 꿈 속에서 잠깐 만나
슬픔도 기쁨도 한가지로 모아 긴긴 이 밤이 다하도록
정다운 얘기 끝없이 주고 받으며
처량한 곡조일망정 임을 위해 노래 부르리

쓰기를 다 마치고 붓대를 던지고는 정신없이 앉아서 다시 들여다보며 소리를 삼키고 흐느끼다가 다시 책상 머리에 엎드려 잠이 들었

다.

낮 동안 생각한 것은 반드시 밤에 꿈에 나타난다는 말과 같이 송이가 사모하는 마음에 피곤하여 잠깐 조는 사이에 꿈을 꾼 것이다. 몸이 나비가 되어 두 날개를 떨치고 바람을 따라 중천에 떠가며 사면을 살펴보니, 자나깨나 잊지 못하던 강도령이 빈 방에 홀로 앉아 지난 날의 답시(答詩)를 내어놓고 한 번 읊어보고 또 한 번 읊어보고, 두 번 세 번 읊기를 마지 아니하는 것이었다.

송이는 왈칵 달려들어 마주 붙들고 울었다. 강도령도 함께 울었다.

사람이란 늙어지면 누구나 상하를 막론하고 잠이 없어지는 법이다. 이감사는 나이가 많을 뿐만 아니라 관찰사의 몸이라 밤낮으로 어떻게 하면 백성의 입에서 원성이 나오지 않도록 하고 어떻게 하면 국은(國恩)을 갚을까 하고 마음을 썼다. 이날도 밤이 이슥하도록 이일 저일을 생각하고 있는데 갑자기 송이 방에서 흐느껴 우는 소리가 들려왔다.

이감사는 송이의 나이 열 일곱이라 필시 무슨 사정이 있어서 우는 것이리라 생각하고 방에서 나와 보았다. 송이의 방을 바라보니 남창을 열고 책상머리에 엎드려 있는데 불은 켜놓은 채였고 책상 뒤쪽에는 무엇인가를 써서 펼쳐 놓은 것이 보였다. 이감사는 이상한 마음이 들어 가만히 송이의 방으로 들어가 그 글을 들여다 보았다.

"허어, 이런 사정이 있는 줄을 내 미처 몰랐었구나."
하고는, 송이를 흔들어 깨웠다. 송이는 깜짝 놀라 눈을 떠보니 대감이 옆에 있는지라 소스라쳐서 벌떡 일어섰다.

이감사는 송이가 쓴 글을 돌돌 말아서 쥐고는 말했다.

"애야, 놀라지 말아라. 비록 상하의 차별은 있으나 내가 너를 친딸같이 귀엽게 여기고 있으니 무슨 사정이든 숨기지 말고 말해라. 그러면 내가 다 주선해 주리라. 이놈아, 네가 어찌 나를 몰라보고 이같은 한을 가슴에 품고 있었단 말이냐?"

송이는 너무 급작스러운 일이라 어찌할 바를 모르고 있다가 겨우 입을 열어 말하기를,

"소녀의 죄는 만 번 죽어 아깝지 않나이다."

"애야, 그런 소리 하지 말고 네 사정을 얘기해 보아라."

"이처럼 하문(下問)하시오니 어찌 감히 숨기오리까?"

송이는 그 동안의 자초지종을 이야기하기 시작했다.

김진사가 서울에 올라가 벼슬을 구하다가 허판서에게서 과천현감을 얻었단 얘기며, 허판서가 송이를 별실로 달라는 것을 김진사는 허락하였으나 송이는 강도령과의 사연이 있어서 강씨를 지키느라고 만리교에서 도망하였던 일이며, 그 후 모친이 내려와서 이리저리 함으로 몸을 팔아 올려보내고 기생이 된 후에 다시 이리저리하여 강도령인 강필성과 만나 몸을 허락한 일이며, 그리하여 강도령이 지금의 이방이 된 것 같다는 얘기를 한 후에,

"대감의 하늘같은 은혜는 죽어서 혼령이 되어 갚는다 해도 다 갚지 못할 것이옵니다."

하고는 엎드려서 흐느껴 울었다.

이감사는 송이의 등을 어루만져 주면서 위로하였다.

"송이야, 우지 마라. 네 사정이 그러한 줄은 몰랐구나. 이제 알았으니 어찌 네 소원을 못풀어 주랴? 내가 우선 내일 강필성을 불러오게 하리라. 그건 그렇거니와 네가 만일 허씨와 결친 하였더라면

너의 집이 멸문(滅門)당할 뻔 하였구나. 네 효열(孝烈)이 가상하구나. 어찌 밝은 하늘이 무심하겠느냐?"

송이는 울면서 엎드려 절하였다.

"다 죽은 목숨을 살리시와 하늘과 해를 다시 볼 수 있도록 하여 주시오니 그 은혜는 삼생보은(三生報恩)한다 하여도 만분지 일도 갚기 어려울 것이옵니다. 여쭙기는 황송하오나 허씨댁이 어찌 되었사옵니까?"

"나라의 일을 내가 어찌 알겠느냐만 허가가 역적 모의를 하다가 형벌에 복종하여 죽음을 당하였단다. 그집 문객(門客)은 귀양을 가고 친척들도 모두 화를 면치 못하였느니라."

"그러하오면 소녀의 아비는 화를 면하였사옵니까?"

"네 아비야 무슨 관계가 있겠느냐? 어서 자거라. 내일 강필성도 부르고 네 아비 소식도 알아보마."

이감사는 송이를 달래고는 안방으로 건너가 자리에 누워서 다시 또 '추풍감별곡'을 읽어보고는 감탄하여 마지 않았다.

"정말 자자주옥(字字珠玉)이고 귀귀관주(句句貫珠)로구나. 이제 스물도 안된 여자 아이가 어쩌면 이리도 글을 잘 지을까? 과연 천재로구나."

다음 날 이감사가 강필성을 부르자 강필성은 마음 속으로 이상하게 생각하였다.

'지금까지 사또께서 부르시는 일이 한 번도 없었는데 무슨 일로 이같이 부르시는 것일까?'

강필성이 이감사 앞에 나아가 문안 인사를 드리자, 이감사는 기쁜 얼굴로 별당으로 들어오라고 하였다. 강필성은 더욱 이상히 여기며 별당으로 들어간즉 이감사는 방으로 불러들여 앉히고는 송이를 불렀다.

송이는 발소리를 낮추어 건넌방에서 나와 사또 방으로 들어와 강도령가 마주 앉았다. 두 사람의 마음은 두 사람이 알고 있는지라, 감사 앞이라 감히 말은 못하였으나 그 모양은 어떠했을 것인가?

이감사는 크게 웃고 나서 강도령을 보고는,

"필성아, 너가 송이를 보고자 이방이란 비천한 일을 자원(自願)하고 들어온 지가 육칠 삭이 되어도 못 보다가 오늘에야 송이를 보니 심사가 어떠냐?"

강도령은 일어나 다시 절을 하며,

"황송하옵니다."

할 뿐이었다.

"너희 두 사람을 앉혀놓고 보니 어찌할 수 없는 천정(天定) 배필이로구나. 너희들의 정의(情誼)가 어찌 가상치 아니하랴? 내 오늘 송이를 내어줄 것이니 그리 알라. 네가 송이 수건에 써준 시를 보니 비록 송이가 기생으로 있을 때 몸을 허락하였다 하나 옛말에 '혼사(婚事) 앞 동방(同房)'이란 말이 있듯이 이미 너희는 혼일을 아니할 수 없으니 송이 부모를 내려오게 한 후에 내가 중매가 되어 혼인을 돕겠노라. 그러나 그 동안 서로가 정화(情話)가 그리웠을 것인즉 잠시라도 함께 있도록 하여라. 어서 건너방으로 건넌들 가도록 해라."

설상가상의 반대말도 있을 법하지 않는가? 한 번 본 것만도 감개무량하거늘 건넌방으로 가서 그 동안의 정회를 풀도록 하시니 가히 금상첨화라는 표현이 옳을까? 반가운 생각이야 어찌 말과 글로써 나타낼 수 있을까마는 우선은 그리운 정(情)보다도 이감사의 은덕(恩德)부터 사례하는 것이 도리가 아니겠는가?

"사또께옵서 저희들의 일을 어떻게 아시옵고 이같은 은덕을 베풀어 주시오니 백골난망이로소이다."

강도령이 배례하니 이감사는 껄껄 웃었다. 곁에 있던 송이가 공손히 말하였다.

"어제밤 달이 하도 밝아 이러이러한 것을 쓰고 여차여차한 꿈을 꾸어 서방님과 마주 붙들고 마주 울다가 내쳐 울었는데 그 울음소리를 들으시고 오셔서 하문(下問)하시와 오늘 이같이 된 것이옵니다. 이 망극한 은혜를 어찌 갚아야 좋을지 모르겠사옵니다."

그러자 이감사는 크게 웃으며,

"이 얘들아, 그런 얘기 그만 하고 건넌방에 가지 않으려거든, 필성이 너는 어서 가서 공사를 보아라, 허허허."

강도령은 아쉬운 마음을 안은 채 송이의 손을 잡고 작별을 하니 그 원수놈의 이별 별자가 또 두 사람을 갈라놓는구나. 그러나 이 이별 별자는 미워하지 마라. 이같은 이별 별자는 경사로운 이별이요, 다시 만날 이별이요, 백년 해로할 이별 별자니 그 누가 당해 내랴?

송이는 강도령의 손을 부둥켜 잡으며,

"이제는 우리가 원을 풀었사오니, 바라옵건대 내일 그만 둘지라도 공사에 조심하옵소서. 행여 실수하실까 염려되나이다."

강도령은 웃으면서 대답하였다.

"그대가 부탁한 말은 마음에 깊이 새겨 잊지 아니할 터이니 하루바삐 장인 장모 오실 수 있도록 힘써 주오."

만덕산에 가득한 아침 안개가 태양빛에 스러지듯 얼굴에 가득하던 수심의 빛이 말끔히 사라지고 희색이 가득하여 명랑하게 작별하고 물러나오니, 하여간 이별 별자는 섭섭한 별자임에 틀림이 없었다.

한편, 허판서는 김진사를 옥에다 가두고 딸을 찾아오면 석방한다고 하였으나, 이 때는 일이 어차피 어긋난 때라 김진사는 처음에는 두려워하다가 나중에는 악이 나서 두려운 줄 모르고 말을 함부로 하였다.

"내 딸은 죽었은즉 나를 죽이든지 살리든지 마음대로 하시오."

이 말을 듣고 허판서는 옥귀신을 만들리라 하고는 계속해서 옥에다 가두어 두었다. 그런데 허판서가 너무 욕심이 과한지라 분수에 넘치는 마음을 먹다가 발각이 나서 죽임을 당한 후 조정에서는 허씨의 삼족(三族)을 멸하고 문하(門下)에 드나드는 사람은 죄의 경중을 따라서 중한 사람은 교수형에 처하고 가벼운 사람은 멀리 외딴 섬으로 귀양을 보내었다. 김진사를 못살게 했던 김양주는 중죄인으로 벌을 받아 죽었다.

김진사 역시 조사를 받았다. 그러나 비록 허판서의 주선으로 과천 현감이 되었다고는 하나 그것은 돈으로 한 것이고 또한 딸을 달라고 하는 것을 주지않아 오륙 개월을 옥 속에서 고생한 것 등을 참작하였다. 그때 평안감사인 이사또가 김진사는 허씨와 관계가 없는 사실을 들어 변명서를 조정에 올리므로 조정에서는 더이상 의심하지 않고 무죄 석방을 하였다.

김진사는 천은(天恩)을 축수(祝壽)하고 옥문을 나섰다. 이씨 부인이 옥문 밖에서 기다리고 있었다. 두 내외는 반가이 이씨 부인의 거처로 돌아와 서로 붙들고 대성통곡하였다.

"채봉이가 만일 고집을 부리지 않고 허판서와 결친을 했더라면 우리 가문이 화를 면치 못하였을 터인데 이런 다행한 일이 또 어디 있겠소? 그러나 아무리 아버지와 딸 사이라지만 나는 채봉이 볼 낯이 없구려."

한참을 울고 나서 김진사가 이렇게 부인에게 탄식을 하였다. 그러자 부인이 울음을 멈추고 말하기를,

"이 일도 운수요, 저일도 운수이오니 아무쪼록 지나간 일은 잊으시고 평양으로 어서 내려가 채봉의 몸이나 빼낼 연구를 하셔야지요."

울음을 거두고 두 내외는 곧장 걸어서 서울을 출발하여 열흘만에야 평양에 도착하였다.

정든 평양 땅이라 오기는 왔지만 역시 그들이 갈 곳은 추향의 집 밖에는 달리 없었다. 어정어정 추향의 집으로 찾아들어가니 추향 모녀가 맨발로 뛰어 나오며 반갑게 맞이하였다.

김진사는 다른 인사는 다 제쳐두고 오직 궁금한 게 딸의 소식인지라 추향에게 채봉의 소식부터 들었다.

"아가씨는 잘 있느냐?"

"예, 잘 계시나이다."

하고는, 그 동안 송이로 이름을 바꾸고 기생이 된 일이며, 강도령과 만날 일, 이감사에게 발탁되어 이감사가 몸값을 물어주고 송이를 데려다가 공사를 맡긴 일 등을 자세히 말하였다.

김진사 내외는 추향의 말을 듣고는 너무나 기뻐서 어찌할 줄을 몰랐다. 흥분을 참으며 이씨 부인이 또 물었다.

"그 동안 아가씨를 만난 적은 없었느냐?"

"이감사댁으로 들어가신 후로는 외인 출입금지라 감히 들어가 뵙지를 못했나이다."

김진사 내외는 선걸음으로 곧장 발길을 재촉하여 이감사댁으로 갔다.

이감사는 김진사 내외를 보자 마치 옛 친지를 만난 듯 반갑게 대하였다. 서둘러 별당으로 안내하여 송이를 만나게 하여 주었다.

사람이란 너무 기뻐도 눈물이 나오게 마련이다. 세 가족은 서로 붙들고 한바탕 실컷 울었다. 이윽고 송이가 이감사의 은덕을 말하자 두 내외는 다시금 일어나서 큰 절을 하고 그 은공을 감사하였다.

"대감의 하늘 같으신 은혜를 어찌 다 갚사오리까? 다만 백골난망이로소이다."

김진사의 사례에 이감사는 호쾌하게 웃으며 위로하였다.

"이런 조그만 것을 가지고 뭘 은혜랄 것까지야 없지 않소이까? 이런 것이 다 전생의 보은(報本)이 아니겠소? 그건 그렇거니와 먼저 송이의 혼인을 서둘러야겠소."

하고는 즉석에서 길일(吉日)을 택하였다. 그리고 혼인은 이감사 집에서 지내게 하였다. 김진사 내외는 이감사의 하해같은 은혜를 무수히 고마와 하였고, 이웃은 물론 근처에 있는 고을에서까지도 이 소문을 듣고 이감사의 덕망(德望)을 칭송하는 소리가 드높았다.

김진사 내외는 사위 강서방을 보자 사뭇 부끄러운 마음이 들어 말할 바를 찾지 못하였다.

김진사는 얼굴을 숙인 채 사위더러 말하기를,

"자네 보기가 실로 면구스럽네. 하지만 지난 일은 다 집안의 운화(運禍)요, 이 못난 노부(老父)의 망령이니 조금도 마음에 담아두고 언짢아 하지 말게."

강서방으로서는 처음에는 원망스러운 사람이 김진사요, 미운 사람도 또한 김진사였으나 이미 지나간 일이고 또한 신부를 보아서라도 어찌 감히 내색할 수가 있겠는가? 일어나서 공손히 절을 하고는 목소리를 가다듬어 장인에게 여쭙기를,

"이미 다 소저(小姐)의 불미한 탓이온데 그 누구를 원망하오며 또한 그 누구를 미워하오리까? 불초한 소저가 다만 황송할 따름이옵니다."

이 때 옆에 있던 이씨 부인도 얼굴이 붉어지며 사위를 보고 한마디 하였다.

"자네가 그렇게 말하는 것은 오히려 우리 내외의 허물을 꾸짖음이라 더욱 면구스럽기 그지 없네."

그후 두 내외는 사위를 한층 더 아끼고 사랑했다. 이에 강서방 내외의 기쁨이야 일러 더 무엇하랴?

그후 이감사는 강필성의 사람됨을 사랑하여 나라에 적극 천거하니, 조정에서는 이감사의 뜻을 살펴 강필성으로 하여금 당하관(堂下官)이 되게 하였다. 그후 강필성과 김채봉 두 내외가 지복(至福)을 누리며 백년해로하였음은 더 말할 나위가 없다.

이춘풍전
李 春 風 傳

◇ 작품 해설 ◇

우리 국문학사상 풍자와 해학문학(諧謔文學)으로서는 뭐니뭐니해도 「배비장전(裵裨將傳)」과 「이춘풍전(李春風傳)」을 들지 않을 수 없다. 두 작품은 시대적인 배경과 주인공의 행색은 각기 다르나, 작자가 의도하는 바 중류계급의 무분별한 생활 양태와 이를 배경으로 한 기녀(妓女)들의 서식행위에 대한 사회적인 고발사항은 같다고 볼 수 있다.

이 작품에서 한 가지 특이한 것은 이춘풍의 아내가 남복(男服) 차림을 한 비장(裨將)으로 활약한다는 사실이다. 남존여비의 사상이 특히 두드러지게 나타났던 이조 시대에 여인(女人)의 몸으로 관가의 행정을 직접 다룬다든가, 혹은 불가능한 사법상(司法上)의 옥사(獄死)를 판결하는 것과 같은 사례는 극히 보기 드문 현상이다.

따라서 이 작품은 그 쓰여진 시기가 이조 말기로 추측되며 작자(作者)의 부류상으로도 서민계층이나 또는 여류(女流) 문장가에 의해 쓰여졌을 가능성이 농후하다.

「배비장전」과 마찬가지로 문장 자체가 처음부터 끝까지 풍자와 해학으로 일관되어 있기 때문에 독자에게 지리한 감을 주지 않는다. 국문학사상 빼어 놓을수 없는 우리의 대표적인 고전문학이라 할 수 있다.

이춘풍전(李春風傳)

숙종대왕 즉위 초는 인심 좋고 세상이 온화하여 나라가 태평하고 백성들이 아무런 근심없이 잘 살았다. 비(雨)가 순조롭고 바람이 조화를 이루고 집집마다 넉넉하여 산에는 도적이 없고 길에 떨어진 남의 물건을 주워갖는 사람이 없으니, 이 때가 바로 요순(堯舜)시절이었다.

이 때 서울 다락골에 한 사람이 있었으니 성은 이(李)씨요, 이름은 춘풍(春風)이었다. 집안 살림이 넉넉하여 장안에서도 소문나 거부(巨富)였으나 다만 혈육이라곤 춘풍 뿐이었다. 금지옥엽이라, 부모가 늘 사랑하여 교동(嬌童)으로 길러내니 인물이 옥골(玉骨)이요 나무랄 데 없는 풍채라, 범인(凡人)과는 달라 못할 것이 없었다.

이와 같이 지내다가 양친이 갑자기 구몰(俱歿)하니 춘풍이 망극하여 삼년상(三年喪)을 마친 후, 가까운 친척이 없어 아무도 춘풍을 경계할 사람이 없으므로, 춘풍이 밖으로 나돌아 다니며 하는 일마다 방탕하고 집안에 있는 모든 재산을 아낌없이 뿌리며 남북촌 외입장이

들과 함께 어울려 다니며 호강하여 밤낮으로 노니는데, 모화관(慕華館) 활쏘기와 장악원(掌樂院) 풍류하기, 산영에 바둑 두기, 장기, 골패, 쌍륙, 투전, 육자배기, 사시랑이, 동동이, 엿방망이 하기와, 아이 보면 돈 주기, 어른 보면 술 사주기와 고운 양자 맑은 소리, 꿀맛같은 일년주(一年酒)며 벙거짓골 열구지탕(悅九之蕩), 너비할미 갈비찜에 종일토록 취하여 노닐고 보니, 청루미색 달려들어 수천금을 순식간에 없이하니 천하 거부 석숭(石崇)인들 그 무엇이 남아나랴.

티끌처럼 없어지고 진토처럼 다 마른다. 전에 놀던 청루미색 나를 보면 피해간다.

춘풍이 하릴없이 제집에 돌아와 아내더러 하는 말이,

"가난한 집안에 사현처(思賢妻)라, 옛 글에 일렀건만 애고 이제 어찌해야 할꼬?"

가련토다 춘풍 아내 하는 말이,

"여보, 내말 한 번 들어보오. 대장부로 태어나서 문무간(文武間)에 힘을 쌓아 춘당대 알성과에 장원급제하여 계수화 숙여 꽂고 청라삼 받쳐입고 부모님전 영화뵈고 후세에 이름 남겨 장부의 할 일을 하면 집안이 망할지라도 무엄치나 아니할꼬. 그리하지 못할진대 치산을 그리말고 농사에 힘써서 가솔을 굶기지 말고 의식이나 호강으로 지내다가 늙어지면 자식에게 농사 기술 가르쳐 주어 우리 내외 종신토록 환력평생한다면 그도 아니 좋겠소? 부귀 공명 다 뿌리치고 이녁이 어찌 굴어 부모의 세전지물 하루 아침에 다 없애고 수다한 노비 전답 누우에게 다 넘겨 주고 처자식을 돌보지 않고 주지탐색 수투전 밤낮으로 방탕하여 저렇듯이 되었으니 이제 어찌 살꼬? 마오 마오 그리 마오, 주색잡기 하지 마오. 자고로 외입한 사람 치고 탕패(蕩敗)하지 않는 사람 뉘있던가? 내 말 한 번 들어 보오. 미나리골 이패두(李牌頭)는 청루미색 즐기다가 결국은 신세 다 망치고, 동문 밖의 오청두(吳聽頭)도 투전 잡기 즐기다가 늙은 후에 걸인 되고, 남산골목 화전이도 부모 유산 물려받아 주색잡기 즐기다가 말년에 비참히 죽고, 모시전 김부자(金富者)도 술 잘 먹고 허랑하기 장안 천지 유명터니 수만금을 다 없애고 기름장사 되었네. 이런 것을 보더라도 주색잡기 다신 마오."

이처럼 만류하니 춘풍 양반 하는 말,

"자네는 내 말 한 번 들어보소. 사환 대실이는 술 한 잔 못 사먹어도 여직 돈 한 푼 못 모으고, 이각동이는 오십 평생 주색을 몰랐어도 남의 집 사환 신세 못 면하고, 탑골 복동이는 투전 골패 인연 없어도 수천금을 다 날리고 굶어 죽었으니, 이것을 볼작시면 주색잡기 하면서도 못사는 이 별로 없네. 자네 잠간 내 말 좀 들어 보소. 술 잘 먹는 이태백은 앵무잔으로 백 년 삼만 육천 일 하루 삼백 잔으로 매일 취하게 마셨어도 한림학사 다 지내고, 자골전 일손이는 주색잡기 하였어도 나중에 잘 되어서 벼슬이 일품(一品)이나 올랐으니, 이것을 보더라도 주색잡기 좋아하는 건 사내의 할 일이로다. 나도 이처럼 노닐다가 나중에 일품 벼슬하고 이름을 후세에 남기리라."

이와 같이 허랑하고 끼니를 이을 수 없을 만큼 탕진한지라, 춘풍이 할 일이 없어 그제서야 스스로 과거를 뉘우치는 마음이 절로나서 아내에게 사과하고 진심으로 비는 말씀,

"여보 여보, 자네는 부디 노여워 마오. 여보 여보, 자네는 부디 서러워 마오. 어제 일 생각하니 이제는 슬픔 뿐이로세. 이왕지사

고사하고 가난하여 못 살겠네. 이제 어찌하면 좋단 말인가? 오늘 이 시각부터 모든 집안 일을 자네에게 맡길 것인즉 자네 뜻대로 결정하여 끼니나 거르지 말게 하소."

춘풍의 아내 눈물짜며 하는 말이,

"부모 유산 수만금을 주색잡기에 다 날리고 이 지경이 되었으니, 이 후에 혹시 바느질 길쌈이라도 하여 돈푼을 모을진대 그 무엇을 아끼리요?"

춘풍이 정색하고 대답하되,

"자네 말이 나를 믿지 못하니, 앞으로는 절대로 주색잡기 않기로 내 각서(覺書)를 써 줌세."

지필을 내어 각서를 쓰는데,

〈모년 모월 모일 기위전각서(記爲傳覺書)라. 우각서(右覺書) 단(段)은 외입 방탕하여 부모 유산 누만금을 청루잡기에 다 날리고 지금에 이르러 지난 일을 뉘우치는 마음 절실하여, 오늘 이후로는 집안의 모든 일을 김씨(金氏)에게 위임하여 물려 주노라. 김씨가 재산을 맡아 관리한 후로는 누만금의 재산이라도 모두가 김씨의 재산이요, 가부(家夫) 이춘풍은 단돈 일 푼이라도 손대지 않을 것임에 여기 각서하오니, 앞으로 만약 주색잡기를 하는 때에는 이 각서를 가지고 가서 관가에 송사(訟事)할지라. 증필(證筆)에 가부 이춘풍이라.〉

각서를 써서 주니, 춘풍 아내 읽어보고 하는 말이,

"각서 말씀이 각서를 가지고 가서 관가에 송사(訟事)하라고 하였으나, 지아비 걸어 송사할 수 있겠소?"

춘풍은 이 말 듣고 각서받아 다시 고치는데,

〈추가 김씨전 각서라. 앞으로 만약 잡담(雜談)하거든 가위(可謂) 더러운 사내의 자식이라, 이 문서를 가지고 비웃으라.〉

하고 다시 써 주니, 김씨가 받아 장롱 속에 넣어두고 이날부터 집안을 맡아 관리한다.

바느질 길쌈 능란하구나. 닷 푼 받고 새버선 짓기, 서 푼 받고 새김볼 박기, 두 푼 받고 한삼 짓기, 서 푼 받고 헌옷 깁기, 네 돈 받고 장옷 짓기, 닷 돈 받고 도포하기, 엿 돈 받고 천익(天翼) 짓기, 일곱 돈 받고 금침하기, 한 냥 받고 돌찌누비기, 두 냥 받고 바지 누비기, 세 냥 받고 긴옷 누비기, 네 냥 받고 관복 짓기, 겨울이면 무명 나며, 여름이면 삼베 길쌈, 가을이면 염색하기, 이렇듯 사시장철 밤낮으로 쉴 새없이 사오 년을 모은 돈을 장변 월수로 불려 수천금을 이루었겠다. 의식이 넉넉하고 집안이 풍족하여 남 부러울 것이 전혀 없다.

이 때에 춘풍 양반 아내 덕에 의복관망 차려입고 고량진미에 늘 포식하며 제집 술로 날마다 취하여 사는구나.

가래침 고두 받고 온몸이 기름지니 마음이 교만해져 옛날 행실 절로 나온다.

큰 소리 치면서 내달아서 호조(戶曹)돈 이천 냥을 이자돈으로 얻어내어 방물군자(方物君子)인 체하고 평양으로 장사를 가려고 하니, 춘풍 아내 거동좀 보소. 이 말 듣고 크게 놀라 춘풍더러 하는 말이,

"여보 여보 서방님, 내 말 한 번 들어 보소. 이십 전에 부모 유산 탕진하고 그 동안 오년 간을 끊고 앉았다가 물정도 어두운데 평양 장사 가지 마오. 평양 물정 내 다 들었소. 번화 사칙하고 분벽사창 청루미색 단순호치(丹脣皓齒) 반개하고 청가일곡(清歌一曲)으로

교태 부려 돈많고 허랑한 자는 모두 세워두고 벗긴다는데 평양 물정 이러하니 장사 부디 가지 마오."

지성으로 만류하는 아내보고 춘풍 양반 하는 말씀,

"나도 무릇 사람인데 이심전심 집안 망하고 원통하기 뼈 속에 사무쳤기로 천금 진산 환부래(千苓盡散還復來)라 하였으니 난들 매양 집안 망할까? 내 속속히 다녀옴세."

그래도 안심이 안되어 춘풍 아내 하는 말이,

"연전에 치패(致敗)한 후 단돈 일 푼도 손대지 않는다고 더러운 자식의 아들놈이라 각서까지 써서 내 장롱 속에 넣었건만 어느 사이 잊었나요? 끼니 걱정 내게 맡기고 편안히 앉아서 먹고 제발 부디 가지 마오."

춘풍이 이 말 듣고 크게 노하여 어질고 착한 아내 머리채를 휘잡아 선전시전(縇廛市廛) 비단 감듯, 상전시전 연줄 감듯, 사월 파일 등대 감듯, 뱃사공의 닻줄 감듯 칭칭 감아쥐고 이리 받고 저리 치며,

"원정 천 리 장사길에 요망한 계집년이 잔소리를 이리 하니, 이런 부정탈 일이 또 있나?"

제 아내 욱박지르고 집안 재산 털어서 말에 싣고 떠나는데 가련하다. 춘풍 아내 제아무리 여러 말로 말리어도 소용없어라.

이 때 춘풍이 이천 오백 냥을 삯말 내어 싣고나서 떠나가는데 좋은 말 반부담에 골고루 차려 호피돋움 높이하고 출발한다.

평양을 향해 의기양양 내려갈 때 연소문(延紹門) 얼른 지나 무학재 빨리 넘어 청석골 다다르니, 정신이 쇄락하여 좌우 산천 바라보매, 때는 춘삼월 호시절이라. 고을마다 꽃은 휘날려 물결에 떨어지고 수양버들 늘어진 가지마다 황앵(黃鶯)이 날아드니 지화자 좋구나

온갖 산수 구경한다. 황성 천도 벽사월에 창오원 중 늙은 고목, 주유낙일 절벽 간에 임 그리워 상사나무, 옥조중랑 축분 춘아 이월중난 계수나무, 층암절벽에 펑퍼진 반송나무, 늘어진 버들가지는 봄바람에 흥이 겨워 우쭐우쭐 춤을 춘다. 또 한 편을 바라보니, 무슨 짐승 보이더냐? 춘알 새랑 창경새는 피는 꽃을 따려 들고 옥동도화(玉洞桃花) 만수춘(萬樹春)은 가지마다 봄빛이라. 활짝 핀 꽃 푸른 잎은 산등을 가리우고 나는 나비와 우는 새는 봄 날씨를 희롱한다.

동선령(洞仙嶺)을 바삐 넘어 황주병영을 구경하고, 중화(中和)로 평양을 바라보며 형제교를 빨리지나 섭리장림을 거쳐 대동강에 다다라서 모란봉을 쳐다보니 그 아래로 부벽루가 둘러 있고 경개가 좋을시고, 대동강 연광정(練光亭) 제일 강산이 여기로구나. 기자 단군 이천 년의 보통문(普通門)이 여직 있고, 정자도 좋거니와 영명사(永明寺) 더욱 좋다. 성안으로 들어가니 인가(人家)도 번성하고 물색도 번화하구나.

춘풍나리 거동좀 보소. 최성루를 돌아들어 좌우산천 구경하고 또 다시 바라보니 옛 마음이 절로 난다. 이런 변이 또 있는가? 청루 앞을 썩 지나쳐서 여관 방에 자리잡고, 열두 바리 실어온 돈 차례로 들여놓고 삼사일 유숙하며 물정을 살피더니, 하루는 난간에 기대어 서서 한 집을 바라보니 집 모양도 좋거니와 저 집 주인 거동 좀 보소. 일색 추월이로다. 얼굴도 일색이요, 노래 또한 명창이오, 나이 십오 세쯤이라. 성 안의 호걸 손님과 팔도의 소년 한량이 한 번 보았다 하면 수삼백 석 쓰기를 물같이 하는구나.

이 때 서울의 부상대고(富商大賈) 이춘풍이 수천 냥을 싣고 와서 뒷집에 유숙하고 있다는 말을 듣고, 추월이 넌지시 춘풍을 홀리려고 벽계수 청류상에 비단창을 반쯤 열어 놓고 갖은 교태 다부려 녹의홍상 다시 입고 천연히 앉은 모양 춘풍이 언뜻 보니 얼굴 자태는 푸른 하늘 밝은 달덩이 같고 모란꽃 아침 이슬에 절반쯤 핀 형상이요, 그 절묘한 맵시야 말로 해당화는 그늘 속의 그림이요, 월궁항아가 바로 제일러라.

그녀의 자태인즉 앵도화가 무르녹고 아미산 조각달이 밝은 강에 비친 것 같고 서시가 살아나고 양귀비가 다시온 듯, 청루상에 홀로 앉아 오동나무로 만든 거문고를 무릎 위에 얹어놓고, 탁문군(卓文君)을 홀려내던 사마상여(司馬相如)의 봉황곡을 둥흥동동지동당 타는 소리에 그만 춘풍의 심신은 노곤하고 황홀하여 미친 생각 절로 난다. 본디 계집이라고 하면 화약 한 섬을 지고 모닥불에 보금자리 치고 괴발에 덮석일지라. 한 몸의 정신이 있는 대로 모두 그리로만 간다.

춘풍 양반 거동 좀 보소. 좋은 의복 금사전의(錦紗氈衣)에 혼반(婚班) 찾듯, 자미시에 걸승(乞僧) 찾듯, 삼국 풍진 요란할 때 한나라 유황숙이 와룡선생 찾아가듯, 서왕모(西王母) 요대(瑤臺)에 주목왕(周穆王) 찾아가듯, 위수변의 강태공을 주문왕이 찾아가듯, 제갈량이 청병하러 강동으로 찾아가듯, 도연명이 심양을 찾아가듯, 벌나비가 꽃밭을 찾아가듯, 맹상군의 갈짓자 걸음으로 추월이네집 중문 안에 딱 들어섰겄다. 어매, 추월이 거동 좀 보소.

춘풍이 오는 것을 얼른 보고는 옥안을 상긋 들고 층계 아래로 내려서서 춘풍의 나삼을 휘어잡고 난간에 올라서서 좌우를 살펴본즉 거참 집치레 한 번 황홀하구나. 사면팔자(四面八字) 입구(口)자로 육간대청 전후 퇴(툇마루)에 이층 난간 맵시 있구나.

방 안을 휘둘러보니 각장(角壯) 장판 소란(小欄) 반자 국화새긴 완자창과 산수병풍 미인도가 특히 아름답다. 묵화로 대나무를 그려 벽창문에 붙여 두고 원앙금침 잣베개를 자리장에 개어 놓고, 사방 벽을 둘러보니 동중서(董仲舒)의 책문(策文)이며 제갈량의 출사표며, 적벽부 양양가를 곳곳마다 붙였구나. 놋촛대 불 밝혀서 여기저기 놓여 있고 요강이며, 재떨이며, 청동 화로, 수박 화로, 삼층짜리 화류장은 듬성듬성 벌여놓고, 벼루상의 양무머리 장목비며 용담 백담 화문석에 계자다리 옷걸이며, 좋은 옷가지 내려두고 추월의 거동좀 보소.

눈웃음 살짝 짓고 영접하여 앉은 모양 월궁 항아 그대로세. 고운자태 팔자청산(八字青山) 두 눈썹에 반분대(半粉黛)를 다스리고, 삼단 같은 머리 채를 휘휘슬슬 흘러벗겨 금비녀로 단장하고 의복치레 볼라치면 백방사(白紡紗) 수화주(水禾紬)로 긴 바지, 무명 주단으로 지은 단속곳, 세백 수화주 너른 바지며, 통명주 깨끼 적삼에 남대단 홋단치마 잔주름 잡아 떨쳐입고, 노리개인들 범연하랴? 이궁전 인물향과 밀화(密花) 불수(佛手) 금도끼를 줄룩줄룩 얽어차고 백주(白紬) 화주(禾紬) 겹버선에 도리불숙꽃 당혜(唐鞋)를 날출자로 멋들어지게 신고, 붉은 입술 반쯤 벌려 웃는 모양 춘풍도리 화개시에 반만 핀 홍련(紅蓮)이로다.

옥같이 고운 손으로 전라도 진안초(鎭安草)에 평안도 삼등초(三登草)를 설설펴서 사뿐 담아 청동화로 백탄 숯불에 불을 붙여 춘풍 나리께 드리오니 향내가 그윽하여 춘풍 양반 받아들고 하는 말이,

"나도 서울에서 자라나서 청루미색 결연하다가 이곳에 내려와서 객지의 감회가 적막하기로 오늘 밤 이곳에서 잘 터이니 창가소부

(倡家少婦)로 소청들게 하지 말라. 동작의 생황진을 네듣겠느냐?" 하므로, 추월이 생긋 웃고 여쭙기를,

"경성 먼 곳에서 편안히 오시므로 뒷집에 자리 잡고 사오 일 유숙하시면서 어이 그리 더디 오시었나요?"

이말 저말 백말 천말 다 버리고 추월이 분부하여 주찬을 차려오는데 국화를 새긴 통영 쟁반에 주전자를 받쳐 놓고, 조로록 엮은 홍합, 생선찜, 오화탕(五花糖), 사탕, 귤병, 당대추며, 반달 같은 계피떡과 먹기좋은 꿀합떡과 보기좋은 화전에 산승웃기로 고여놓고, 꺽꺽우는 산꿩을 잡아 정월 만배 영계찜을 곁들이고, 겨자 초장 생청을 중간중간 끼워 놓고, 청실례 홍실례 벗긴 생율접은 준시(蹲柿) 은행 대추 청포도 흑포도며, 머루 다래 유자 석류 감자 능금 참외 수박, 없는 과일이 없구나.

병치레를 한 번 볼것 같으면 벽해상(碧海上)의 거북병과 목 움츠린 자라병과 만경창파 오리병, 왜화병, 당화병, 일출병, 월출병을 모두 갖추어 벌려놓고 술치레 또한 장관일세. 이태백의 포도주로, 도연명의 국화주로, 안기생(安期生)의 과하주(過夏酒)로, 석달 열흘 백일주로, 소주 황소주 일년주로, 계당주(桂當酒), 감홍로(甘紅露), 향기 물씬 연엽주(蓮葉酒)로, 산중처사 송엽주로, 가지가지 안 갖춘 것 하나 없구나. 노자작(鸕鷀杓) 앵무잔에 고운손 상큼 들어 졸졸 퐁퐁 가득 부어 춘풍 나리께 올리거늘, 춘풍나리 하는 말이,

"평양은 소강남(小江南)이라 하니 어디 권주가나 한 번 들어보세."

추월이 붉은 입술을 반쯤 열어 청가 일곡으로 권주가를 부르는데,

"드사이다 드사이다, 이 술 한 잔 드사이다. 백 년 삼만 육천 일

산다해도 걱정과 즐거움을 나누면 백 년이 못되나니 권할 때에 드사이다. 일생 백 년 못살 인생 아니 놀면 어이하리. 이 술은 술이 아니라 한무제의 승로반에 이슬 받은 것이오니, 쓰나 다나 다 드시오. 역려(逆旅)의 건곤에 풀잎 이슬 같은 우리 일생 한번 돌아가면 뉘라서 한 번 먹자 하오리, 살았을 때 드사이다."

춘풍은 주는 대로 다 받아 마시고 흥에 겨워 노는구나.

"추월 춘풍 연분 맺어 우리 함께 놀아볼까?"

추월이 맞장구를 치는데,

"이백도홍유록시(李白桃紅柳綠時)에 춘풍도 좋거니와 노백풍청황국시(露白風清黃菊時)에 추월이 밝았으니, 춘풍이 좋을시고, 참으로 그렇다면 어디 한 번 추월 춘풍 연분 맺어 놀아볼까?"

춘풍이 추월의 뒷 말을 이어 받기를,

"아미산 반륜월(峨眉山半輪月), 도기영문 양추월(到記迎門良秋月), 북당야야 인사월(北堂夜夜人事月), 동정월(同庭月), 관산월(關山月), 황산릉명월(黃山陵明月), 오주여견월(吳州如見月), 이월 삼월 뿐이로구나. 달 밝고 바람 맑은 이렇듯 좋은 밤에 나는 춘풍 너는 추월 우리 둘이 배필 되면 천지가 변하기로 풍월이야 변하겠느냐?"

추월이 또한 대답하되,

"서방님은 월자운(月字韻)을 달았으니 나는 풍자운(風子韻)을 달아볼까? 수수산(水水山)에 서북풍, 낙양성에 견추풍(見秋風), 만국병전(萬國兵前) 초목풍, 무협장취 만리풍, 양류수사(楊柳垂絲) 만강풍(滿江風), 취적강산(吹笛江山) 낙원풍, 삼월에 화신풍, 동지섣달 설한풍, 이제는 풍자 풍자 다 버리고 추월 춘풍 배필되어 대동강이 마르도록 추월이야 변하리까, 좋을시고 청풍명월 깊은 밤에 양인(兩人)의 마음 양인(兩人)이 아는지라. 꽃버들에 벌나비니 이 좋은 연분 어이 이제 만났는가?"

춘풍이 크게 기뻐하여 생증장액 수고란 호취개렴 접쌍연이라. 허랑한 이춘풍은 장사에 마음이 없고 이날부터 이천 오백 냥을 제멋대로 쓰는구나. 장취불성(長醉不醒) 고운 소리 듣기로 일삼으며 밤낮으로 노닐거늘 추월이는 수천 냥을 홀리려고 갖은 교태 다짓는다.

"통당한 쌍문초(雙文綃), 도리 불수(佛手) 능라단, 초록 저고리감만 날 사주오. 은죽절 금비녀 같은 노리개 날 사주오. 두리소반 주전자 화로 양푼 대야 날 사주오. 동래반, 안성유기 구첩반상 실굽다리 날 사주오. 요강, 타구, 새옹 남비, 청동 화로 날 사주오. 백통대 은대 금대 수복 담뱃대 날 사주오. 문어전복 편포 안주삼게 날 사주오. 연안배천 상상미로 밥쌀하게 팔아주오. 동래울산 장곽해의(長藿海衣) 날 사주오."

수만 가지로 헤어대니 허랑한 이춘풍이 털끝만큼이나 사양할까? 수천여 냥 돈을 시시각각 내어주니 청산유수 아닐진대 어이 배겨내리? 일 년이 채 못되어 돈주머니가 비었구나.

추월의 거동좀 보소. 춘풍의 재물을 모두 빼앗고는 괄시하여 내쫓으니 춘풍의 슬픈 신세 참으로 가련하다.

"내 눈에 꼴도 보기 싫다."

석경 면경 닥치는대로 홱홱 던지고 생화를 내어 구박하는데, 성안성 밖 한량에게 의논하는데 즐경막의 장작인가, 전당포의 은촛댄가, 썩은 나무 박힌 뿌리 아니런가. 진즉 왜 이러한 줄 몰랐던가.

"어디로 가시려오? 노자돈 부족할 시면 한 때나 보태시구랴."

돈 한 돈 쑥 내어주며 어서 나가라 재촉하니, 춘풍의 거동좀 보소. 분한 마음 폴폴 나서 추월더러 하는 말이,

"우리 둘이 서로 만나 원앙금침 마주 누워, 언제까지고 헤어지지 말자 굳은 언약 태산같이 하더니만, 대동강이 마르도록 떠나지 말자 다짐 다짐 또 하더니만, 이렇듯 깊은 맹세 농담인가 진담인가? 이게 정말 웬말인가?"

추월이 이 말 듣고 얼굴색을 변하여 하는 말이,

"이 양반아, 내 말좀 들어보게. 그대는 청루물정 몰랐던가? 장난부 이낭청도 동가식 서가숙(東家食西家宿)하고, 노류장화(路柳墻化)는 인계가절(人皆家折)이라 평양기생 추월 소문 못들었나? 자네가 가져온 돈냥 혼자 먹던가?"

이와 같이 구박하여 등 밀어대며 어서 냉큼 나가라 하니, 춘풍이 분한 마음에 탄식하며 가운데 기둥에 비켜서서 요리조리 생각하니 불쌍하고 한심하다. 집으로 갈까하니 무면 도강동(無面渡江東)이요, 처자식 보기도 부끄럽고, 또한 관가 호조돈 이천 냥을 빌려다가 한 푼 없이 돌아가면, 금부옥에 가두어 놓고 주장대로 질러대면 꼼짝없이 죽을 판이니 서울에도 못가겠고, 불원 천 리 가자하되 노자 한 푼 없으니 그것도 또한 못할 것이라. 이를 장차 어찌하면 좋으리요? 이렇게 될 줄 왜 몰랐던가, 후회막급 창연하도다. 대동강 깊은 물에 돌멩이 하나 들고 풍덩 빠져 죽자니 그도 또한 못하겠고, 석자 세치 지자수건으로 목 매어서 죽자하니 이도 또한 못하겠네. 답답한 이내 일을 어찌하면 좋을런고?

평양성내 걸인되어 이집 저집 문전걸식 매끼마다 하려드니, 노소인민(老少人民) 아동주졸(兒童主卒) 이놈 저놈 꾸짖으니 걸식 또한

못할래라. 어디로 가잔 말인가? 요리조리 생각타가 추월 앞에 나가 앉아 무릎 꿇고 비는 말이,

"추월아 추월아. 내 말 한 번 들어봐라. 우리 조선이 인정지국(人情之國)이거늘 어찌 그리 박절한가? 날 살려주게, 제발 적선 나좀 살려주게. 내가 자네 집에 다시 있어 물이나 긷고 불이나 때며 사환(使喚)이나 하고 있으면 어떠할까?"

추월이 거동좀 보소. 눈을 흡뜨고 하는 말이,

"여보소, 이 사람아! 자네가 이전 행실 못 고치고 '하게' 소리 하려면 내집에 다시 오지 말게."

이와 같이 구박하니 춘풍이 할 수 없이 '아씨' 말이 절로 나오고 존대말이 절로 나온다.

춘풍이 이날부터 추월이 집 사환이 되었으니, 생불여사라 가련하기 그지없네.

누더기 차림으로 이리저리 다니는데 그 모양을 볼라치면 종로의 상거지라. 아침 저녁 먹는 밥은 이 빠진 헌 사발에 누른 밥 토장덩이가 호식(好食)이라. 수저도 없이 뜰앞 토방이나 부엌에서 먹는 꼴이, 제 신세 스스로 생각하니 목이 메어 못먹겠네.

밤낮으로 한량들은 청산에 구름 모이듯, 수륙제(水陸齊)에 노승들 듯, 개성부에 장사 모이듯, 추월의 집으로 모여들어 와서 온갖 희롱 다하면서, 좋은 술 별미 안주에 상다리가 휘어지며 청가일곡 화답하여 한창 흥에 겨워 노닐 때에, 춘풍의 거동좀 보소. 뜰 아래에서 방안 동정 살펴보니 눈에는 풍년이요, 입에는 흉년일세. 제 신세를 한탄하고 노래 한 곡조 뽑을 때에,

"세상사 가소롭다. 서울 장부로 왈자벗님 취담하여 청루미색 가무

중에 수만금을 낭비하고, 또 왜시골 내려와서 주인을 첩 삼아서 백년 해로 하잤더니 이 모양 이 꼴이 되었으니 세상사 가소롭다."

이 때는 엄동설한이라. 해는 서산으로 떨어지고 바람은 소슬하고 월색은 고요한데,

"울고 가는 저 기러기야. 내 말 한 번 들어보고 내 고향에 전해다오. 우리 처자 그립구나. 나를 그리다 죽었는가 살았는가? 이것저것 생각하니 대장부 애간장이 봄눈 녹듯 하는구나. 이런 정 저런 정 다 버리고 전에 하던 노래나 불러 보세."

하고는 매화타령을 하기 시작한다.

"매화야, 옛 등걸에 봄철이 돌아온다. 피엄즉도 하다마는 백설이 분분하니 피지를 말아라, 어화 세상사 가소롭구나."

이 때 추월의 방에서 놀던 한량들이 춘풍의 노래 소리를 듣고는 의심을 하니 추월이 염려되어 하는 말이,

"내 집의 사환 놈인 이춘풍이라 하는 녀석이 소리를 하니 개의치 마소서."

한량이 그 소리를 듣고는,

"서울 산다 하니 불쌍하구나."

하고는 술 한 잔을 따루어 주니, 춘풍이 백배 사례하며 걸신들린 사람처럼 허겁지겁 받아 먹으니 가련하기 그지 없더라.

한편, 이 때 춘풍의 아내는 가장을 이별하고 백천가지로 생각하며 밤낮으로 탄식하여 하는 말이,

"멀고 먼 길 큰 장사에 소망 얻어 평안히 돌아오시길 천만 축수 기다리나이다."

이렇게 허구헌날 빌어마지 아니하되 춘풍은 아니 오고 바람따라

들려오는 소문에 서울 사는 이춘풍이 평양에 장사하러 가서 추월을 첩 삼아서 호강하고 노닐다가, 수천금 재물 다 날리고 추월에게 구박맞아 사환 노릇 한다하니, 춘풍 아내 이 말 듣고 가슴을 두드리며 통곡하는 말이,

"애고 애고 이 말이 웬말인가? 슬프도다, 가장 양반 나와 같이 만났건만, 왜 그리도 허랑한가? 청루미색에 한 번 망하는 것도 어렵거늘 관가의 국전(國錢)을 이자돈으로 내어 가지고 천 리 타향에 가서 또 낭패한단 말인가? 애고 애고 답답한지고. 이젠 뉘를 바라고 산단 말인가? 전생에 무슨 죄를 지었길래 여자로 태어나서 가장 한 번 잘못 만나 이 고생을 하는 건가? 어쩌다가 이내 팔자 이렇도록 되었는가? 이젠 어찌 산단 말인가? 박명한 아내 팔자 떨쳐버리기 어렵구나. 종남산 다다라서 물명주 질긴 수건 한 끝은 나무에 매고 한 끝은 목에 매어 죽고 싶구나. 여자로 태어나서 이런 팔자 또 있는가? 염마국(閻魔國) 십전대왕(十前大王) 아귀사자(餓鬼使子) 어서 보내어 이내 목숨 앗아가오."

또한 이를 갈며 하는 말이,

"내 평양을 찾아가서 추월의 집을 찾아 불문곡직 달려들어 추월의 머리채를 감아쥐고, 춘풍에게 달려들어 그 허리띠에 목을 매어 죽으리라."

악을 쓰며 울다가는 다시 고쳐 생각하기를,

"이것 또한 못할 것이다. 어이하여 사잔 말인가? 내 가장을 서울로 데려다 살게 하려도 어찌 할 수 없구나. 아무리 곰곰 생각해도 어찌할 재주 도무지 없네. 어려서 집안이 망하여 한 몸을 돌아보지 아니하고, 밤낮으로 품을 팔아 전곡 빚을 갚은 후에 끼니 걱정

아니하고 우리 두 부부 백년 화락 하겠더니, 원수로다. 평양 장사 원수로다."

이처럼 지내는데 마침 뒷집에 참판댁이 있어, 노대감은 세상을 떠나고 큰아들이 문장으로 소년급제하여 갖은 벼슬 다 지내고 참판으로 근년에 평양감사 부망(副望)으로 머지않아 평양감사 한다는 소문을 듣고 춘풍의 아내가 계교를 생각하더니, 그 댁이 가난하여 국록을 타서 많은 식구가 산다는데, 그 대부인이 있다는 말을 듣고는 바느질감을 얻으려고 그 댁에 들어가니, 뒷뜰 별당 깊은 곳에 참판의 대부인이 평상에 누워 형색이 가난하므로 식사도 형편없고 초췌하였다.

춘풍의 아내가 생각하기를,

'이 댁에 붙어서 가장을 살려내고 추월을 조치하여 보리라.'

마음을 단단히 먹고 바느질 삯으로 힘써 번 돈냥 다 들여서 참판댁 대부인 아침 저녁 진지 차려가니 부인이 뜻밖에 때마다 받아먹고는 감지덕지하여 생각하기를,

"이 깊은 은혜를 어이 갚을꼬?"

밤낮으로 근심하다가, 하루는 춘풍의 아내더러 하는 말이,

"네가 집안 형세도 어렵고 바느질 품일로 살아간다는데, 이렇게 매일 성찬을 지어오니 먹기는 좋다마는 도리어 불안하구나."

이 말을 듣고 춘풍의 아내가 여쭈기를,

"저희 집에 음식이 있어 혼자 먹기가 어렵삽기로, 마나님 잡수실까 하와 올리는 것이옵나니 황송하옵나이다."

대부인은 이 말을 듣고 매일 기특히 여겨 사랑하고, 또한 못내 생각하시었다. 하루는 참판 영감이 문안하고 여쭈는데,

"요즈음 무슨 좋은 일이 계시길래 화기(和氣)가 만안(滿顔)하시나

이까?"

대부인이 말씀하시되,

"앞집에 사는 춘풍의 처가 좋은 음식을 매일 차려오니 내가 기운이 절로 나고, 그 계집의 정성이 너무나도 감격하구나."

참판이 이 말을 듣고, 춘풍의 처를 청하여 보고 칭찬하니 더욱 기특히 보고 날마다 사랑하였더라.

천만뜻밖에 참판영감이 평양감사가 되었구나. 희희낙락 즐거워할 적에, 춘풍의 아내 대부인께 은근히 여쭈기를,

"이번에 하늘이 도우셔서 평양감사 되셨으니 이런 경사 없사옵니다."

대부인이 말씀하시기를,

"내 평양에 가려 하니, 너도 함께 내려가서 네 서방도 찾아보고 구경이나 하는 것이 어떠하냐?"

춘풍의 아내가 여쭈기를,

"소녀는 둘째 치고 오라비가 있사오니, 비장(裨將) 한 몫 주사이다."

대부인이 이 말을 듣고는,

"네 청이야 어찌 거절할소냐?"

하고 감사께 알리니, 감사가 허락하고,

"비장을 할 터이면 바삐 거행하라."

하니, 춘풍의 아내는 없는 오라비 있다 하고, 자기가 손수 가려고 여자 옷을 벗어놓고 남자 옷으로 바꾸어 입었다.

외올 망건 대모관자 당줄 졸라 질끈 쓰고, 깨알같은 제주 탕건 삼백 쉰을 돌린 계양태 제모립에 엿돈 오푼짜리 은귀영자(銀句纓

子) 산호격자 두 귀밑에 달아놓고 통해전의 삼승 버선, 쌍코신에 쥐눈징을 드문드문 그어서 맵시있게 지어 신고, 양색단 윗저고리 자개묘초 양등거리, 양피두루마기 희천주(熙千紬) 겹 창의(敞衣)에 갑사쾌자 장패띠로 융랑을 눌러 띠고 서피(黍皮) 돈피(墩皮)만 선두리 두 귀 담쑥 눌러쓰고 대모장도(玳瑁粧刀) 내외고름 비껴 차고, 소상반죽(瀟湘班竹) 왜금선을 이궁전선 초달과 한삼소매 늘어지게 쥐고 어정어정 걸어가는 모습은 한 눈에 보건대 황홀한 귀남자다.

감사댁에 들어가서 하인을 단속한 후, 날이 어둡기를 기다려서 저녁상을 차려 대부인께 엎드려 여쭙기를,

"춘풍의 처 문안드리옵니다."

부인이 놀라 자빠지면서 말하기를,

"그대가 춘풍의 처라면 그 복장은 뭣인고?"

비장이 여쭙기를,

"소녀의 지아비가 방탕하여 청루에 외입하여 두세 번 집안을 망하게 하고, 호조돈 이천 냥을 이자돈으로 얻어내어 평양에 장사하러 갔다가 추월이란 기생을 첩으로 삼아 밤낮으로 즐기다가, 이천오백 냥 돈을 다른 데는 한 푼도 쓰지않고, 추월에게 다 없애고 추월의 집 사환이 되었다 하오니 소녀의 마음이 항상 절통하옵더니, 하늘의 도우심으로 사또 덕택에 비장이 되어 내려가서 추월도 다스리고 호조돈을 거두어서 지아비를 데려다가 백 년 동거하게 되오면 이 모두가 마나님 덕택이오니 다른 분이 눈치채지 않게 하여 주시옵소서."

대부인이 듣고 나서 크게 웃으며 말하기를,

"네 말을 듣고 보니 불쌍하고 가련하구나. 네 소원대로 해 주마."

이 때 마침 감사가 안으로 들어오다가 이 모양을 보고, 크게 노하여 호령하기를,

"이놈이 어떤 놈이길래 제멋대로 대청에를 출입하느냐? 저놈을 바삐 잡아 묶어라."

벽력같이 분부하니, 대부인이 웃으며 감사에게 춘풍의 아내가 겪은 얘기를 자세히 이르니, 감사가 크게 웃고 당장에 불러들여 칭찬하고 좌우가솔을 불러 이 말이 밖으로 새어나가지 않도록 분부하고, 사흘잔치 연후에 어전에 나아가 현신하니 감사 한 사람뿐 나머지는 모두 초면이라. 주위 모든 사람들이 춘풍의 아내더러 수군수군 하는 말이,

"회계비장은 잘도 생겼다마는, 수염이 없으니 그것이 흠이로구나."

하면서, 칭찬하지 아니하는 사람이 없더라.

이튿날 출발하여 떠날 때는 기구도 찬란하고 위엄도 엄숙하였다. 빛좋은 백마등에 쌍가마, 단가마, 사인교며, 좌우청장 내세우고 호강있게 내려가는데, 앞에도 비장이요 뒤에도 비장이라, 책방까지 내세우고, 호피 돋움 높이 앉아 금선의 이군전은 햇빛을 가리우고 평양을 향해갈 제, 호사도 장하도다. 이방, 호방, 예방, 수배(首陪), 인배(引陪), 통인(通引), 관노역마부(官奴驛馬夫)며, 각청 방자 군노(軍奴) 나장이 좌우에 에워싸고 늘어서서 홍제원을 바라보고, 구파발 막(幕) 숫돌고개 빨리 넘어 파주읍에서 하룻밤 잔 후 임진강 다다라서 전후창병(前後蒼屛) 돌아보니 이곳이 바로 보던 바 제일이라. 임술지추 칠월 기망에 소자첨(蘇子瞻) 놀던 적벽강산 수한경(水閑境) 이곳 저곳 구경하고, 동파역 얼른지나 장단읍에 중화(中火)하고 취석교

건너가서 소파 가서 또 하룻밤 자고, 청석골 다다라서 좌우 산천 구경하니 감사 행군하는 소리 권마성(勸馬聲)에 산천초목 다 울린다.

금천읍에 다다라서 동선령(洞仙嶺) 넘어서 정방산성 바라보니 좌우 산성 경계도 좋을시고, 수목이 우거지고 비금(飛禽)은 날아들고 취타 소리 더욱 좋구나. 황주 병영에서 하룻밤을 자고 다시 말을 몰아 중화읍에서 다시 유숙(留宿)한 후 형제교(兄弟橋)에 다다르니, 영본부(營本部) 관수(官守)들이 기다려서 도임차로 들어간다.

작대 대소관 현신하고 전배비장(前陪裨將) 후배비장(後陪裨將) 앞 뒤로 모시는데 천총(千總) 파총(把總)이 군문에 길게 늘어서서 좌청룡 우백호에 동서남북 청홍흑백 어지럽게 늘어섰고, 길나 장군 악대 세면치는 소리 산천을 뒤흔들고 육각 풍류 취타 소리 더더욱 좋을시고.

월궁항아 동생같은 아름다운 미색들은 녹의홍상으로 좌우에 늘어섰고, 앞뒤의 비장들은 좋은 말에 높이 앉아 법도있게 들어갈 때 장임을 다 지나서 대동강변 다다르니 녹수청과 두교산은 적벽강 큰 싸움에 방사원(龐士院)의 연환계(連環計)로 육지인양 모았는데, 대동문 들어갈 때 전후좌우 구경꾼은 성지 위가 무너질 듯 초성루를 지나 객사에 현알하고, 문에 들어가서 선화당(宣化堂)에 자리를 잡고 앉아 공포(空砲)를 세 번 쏜 후에, 백여 명 기생들이 일일이 현신한다. 사또가 기생에게 분부하기를,

"비장 책방에게 다 현신하라."

하였더라.

하루는 사또께서 회계비장을 불러 농담삼아 조롱하기를,

"각처 비장 책방들이 모두 수청을 두었는데, 자네는 어이하여 평양

같은 물색에 독수공방한다 하니 그 말이 참말인가?"

회계비장이 여쭙기를,

"소인은 소첩으로 사오 년을 단방하였기로 이제는 색에 뜻이 없사옵니다."

회계비장 숨은 눈물을 사또 외에 뉘 알손가? 사또가 기특히 여기더라. 모든 일이 더욱 진실하여 사또가 날로 사랑하여 일마다 앞당겨 맡기어 수십삭에 수만 냥을 상금으로 내리니 만인의 칭찬이 자자하더라.

이 때 회계비장이 춘풍과 추월의 일을 염탐하여 자세히 듣고는 하루는 비장이 사또께 비밀리 알리고 추월의 집을 찾아갔다. 그년의 집 찾아가서 중문에 들어가니, 물통을 진 춘풍을 보니 저놈의 형용 참혹하고 가련하다. 봉두난발 협수룩한 놈 낯짝조차 못씻던가, 추잡하기 그지없구나.

삼 년이나 빨지 않고 덕지덕지 누덕여 입은 옷이며, 웅송그리고 앉은 것이 제 서방인 줄 알거니와, 춘풍이야 제 아내인 줄 어이 알랴? 비장이 슬프고 분한 마음 사려담고 추월의 방에 들어가니 간사한 추월이 회계비장을 또 홀리려고 교태짓고 수작하다가 각별히 진수성찬 주안상을 올리거늘, 비장이 조금 먹는 체하고 사환하는 걸인에게 내어 주며,

"불쌍하구나. 네가 원래부터 걸인이더냐? 네가 어찌 이 꼴이 되었느냐?"

춘풍이 황송하여 엎드린 채 크게 말하기를,

"소인은 원래 서울 사람으로 이곳에 온 사정이야 어찌 다 여쭈오리까? 나으리께서 잡수시던 진수성찬을 소인같은 천한 몸을 주시니

이 은혜 백골난망이로소이다."

비장이 웃으면서 처소에 돌아온 후 며칠이 지나서 사령을 시켜 이춘풍을 잡아들여 형틀에 올려매고,

"이놈, 네 듣거라, 네가 이춘풍이냐?"

춘풍이 대답하되,

"예, 그러하옵니다."

"관가의 호조돈 수천 냥을 가지고 사오 년이 되도록 한 푼도 갚지 아니하니, 호조관자(戶曹官字)를 내어 너를 잡아 참수하라 하였으니, 너는 그 돈을 다 어찌 하였느냐? 매우 쳐라!"

분부하거늘, 사령놈이 매를 들고 십여 개를 세게 때리니 춘풍의 다리에 피가 낭자하여 비장이 보고 차마 더 치지는 못하고,

"이놈, 너는 그 돈을 어디다 없앴느냐? 바른대로 이실직고 하렸다?"

춘풍이 겁에 질려 대답하기를,

"호조돈을 가지고 평양에 와서 일 년 동안 추월과 놀고 나니, 한 푼도 남지 않았사옵니다. 달리는 한 푼도 쓴 일이 없나이다."

비장이 이 말을 듣고 이를 갈며 사령에게 분부하여 추월이 년을 빨리 잡아들여 형틀에 묶게 하고는,

"촌각도 사정없이 매우 쳐라."

호령하여 십여 장을 크게 치고나서,

"이년, 바삐 사뢰어라. 네 죄를 네 모르느냐?"

추월이 정신이 혼미하여 모기만한 소리로,

"춘풍의 돈은 소녀에게 죄가 없나이다."

비장이 크게 노하여 분부하기를,

"네가 어찌 모른단 말이냐? 막중 호조돈을 영문에서 물어줄까? 아니면 본부에서 물어줄까? 네가 먹었는데 무슨 잔말이 그리도 많으냐? 너를 쳐서 죽이리라."

비장이 크게 노하여 호령하되,

"어서 이실직고 하라."

쉬흔 대를 엄히 치며 서릿발같이 호령하니, 추월이 어이없이 질겁하고 죽기를 면하려고 아뢰이되,

"국가의 돈이 가장 중하옵고 관령이 또한 지엄하시니, 영문 분부대로 춘풍의 돈을 모두 물어 바치겠나이다."

"호조에서 관자하여 너를 죽이라 하였으나, 네가 먼저 죄를 알고 돈을 물어 바치겠다고 하니 이번 만은 목숨을 살려 주겠다. 그러니 호조돈을 지체 말고 오천 냥을 바치라."

하거늘, 추월이 여쭈어 가로되,

"열흘 동안 말미만 주시오면 오천 냥을 바치오리다."

각서를 써 올리니, 춘풍과 추월을 형틀에서 내려놓고, 춘풍에게 일러 말하되,

"열흘 안에 오천 냥을 받아 가지고 서울로 올라오라. 내가 일이 바빠 먼저 올러가니 내 뒤를 바짝 쫓아와 집으로 찾아오라."

하거늘, 춘풍이 황공하여 여쭙기를,

"나으리 덕택으로 호조돈을 다 되찾으오니 이 은혜는 만사난망이로소이다. 서울 가서 댁에 먼저 문안 하오리이다."

하고 백배 사례하였다.

일을 마치고 나서 비장은 사또께 아뢰었다.

"추월을 조처하고 춘풍도 찾았사옵고 호조돈도 거두었사오니, 은혜

를 갚을 길이 없는 중에 소인 몸이 외람되이 존귀하신 처소에 오래 있삽기 죄송하와 이만 떠날 줄로 아뢰옵나이다."

감사가 기특히 여기고 허락하니, 이튿날 감사께 하직 인사 올리고 상으로 받은 돈 오만 냥을 환전으로 부친 다음, 평양을 출발하여 여러 날만에 집에 와서 경돈한 후에 환전도 찾은 후 남자 옷을 벗어놓고 춘풍 오기만을 기다리더라.

이 때 사또는 평양 비장에게 회계 비장을 겸하게 하고 분부하여 추월을 잡아들여 돈 오천 냥을 바치라 하시니 뉘 명이라 감히 거역을 할까? 춘풍이 감사 댁에 돈 받아 실어놓고 갓 망건 의복 치레하여 은안준마(銀鞍駿馬) 높이 타고 서울로 올라와서 제 집을 찾아가니, 이 때 춘풍의 아내가 문 밖으로 썩 나서며 춘풍의 소매를 붙들고 깜짝 놀라며 하는 말이,

"어이 그리 더디나요? 장사에 소망 얻어 평안히 오시나이까?"

춘풍이 반겨하면서,

"그 동안 잘 있었는가?"

춘풍이 이십 바리나 되는 돈을 여기 저기 벌려놓고 장사하여 남긴 듯이 의기 양양하니 춘풍의 아내 거동좀 보소. 주찬을 소박하게 차려 놓고,

"잡주시오."

하니 저 잡놈의 거동좀 보소. 없던 자태 지어내어 제 아내를 꾸짖는데,

"안주도 별로 좋지 않고 술맛도 형편없구나. 평양에서는 좋은 안주로 매일 크게 취하여 입맛이 높아졌으니, 평양으로 다시 가고 싶다. 여긴 아무래도 못 있겠구나."

젓가락을 그릇에 쑤셔넣고 고기도 씹다가 뱉어버리며 하는 말이,

"평양 일색 추월이와 진수성찬 호강으로 지내다가 집에 오니 온갖 것이 다 어설프구나. 호조돈이나 갚고 약간의 돈푼을 거두어 전 주인에게 환전 부치고 평양으로 내려가서, 작은 집과 함께 음식을 먹으리라. "

그 거동은 눈 뜨고 차마 못 볼 것이라, 춘풍의 아내 거동좀 보소. 춘풍을 속이려고 상을 물려놓은 후 날이 저물기를 기다려 밖에 나가 비장 복색을 다시 하고, 대문 안에 들아가서 기침을 한 후에,

"춘풍이 왔느냐?"

춘풍이 자세히 보니 평양에서 추월에게 돈을 받아주던 회계비장이라 춘풍이 크게 놀라 버선발로 뛰어 내달아 꿇어 엎드려 여쭈옵기를,

"소인이 오늘 도착하여 날이 저물므로 내일 댁으로 문안코자 하옵더니, 나으리께서 먼저 이렇게 행차하여 주시옵시니 몸둘 바를 모르겠나이다."

"내가 마침 이곳을 지나가다가 네가 왔다는 말을 듣고 잠깐 네집에 들렸노라."

비장이 방 안으로 들어가니, 춘풍이 아무리 제 안방인들 어이하랴. 문 밖에 서 있노라니.

"춘풍아, 이리 들오와서 말이나 하려므나."

"나으리 앉아계신 곳을 소인이 감히 어찌 들어가오리이까?"

"어허, 여러 말 말고 어서 들어오너라."

춘풍이 마지 못하여 들어오니, 비장이 묻기를,

"추월에게 돈을 곧장 받았느냐?"

"나으리 덕택에 곤장 받았나이다. 못 받을 돈 오천 냥을 하루 아침에 다 받았사오니, 그 은혜가 태산같사옵니다."

"그때 맞던 매가 아프더냐?"

"소인에게 그런 매는 상(賞)이옵니다. 어찌 아프다 하오리이까?"

"네 집에 술은 있느냐?"

춘풍이 일어나서 주안상을 꾸미거늘 비장이 꾸짖어 가로되,

"네 처는 어디 가고 네게 일을 시킨단 말이냐? 네 처를 불러 술 준비를 못 시킬까?"

춘풍이 황겁하여 이곳 저곳을 제아무리 찾아본들 있을소냐? 들락날락 찾아봐도 그림자도 없는지라 할 수 없이 자기가 손수 거행하니 비장이 한두 잔 마신 후에 취담으로 하는 말이,

"네가 평양에서 추월의 집 사환 노릇을 할 때 꼴도 참혹하고 걸인 중 상거지였는데, 추월의 하인이 되어 봉두난발하고 헌누더기에 감발버선이 어떻더냐?"

춘풍이 부끄러워하며 제 아내가 문 밖에서 엿들을까봐 가슴이 옥조여오건마는, 비장이 하는 말을 제가 무슨 수로 막을손가? 비장 앞에 엉거주춤 앉아 몸둘 바를 몰라하는 그 모양은 차마 혼자 보기 아깝더라. 비장이 이르되,

"저 남산 밑 박승지댁에 갔다가 술이 취하여 네 집에 들렀더니 배도 고프거니와, 갈증이나 면하게 갈분이나 한 그릇 만들어오너라."

춘풍이 황송하여 문 밖으로 내달아서 제아무리 찾아본들 제 계집이 어디 간 줄 꿈에나 알리요? 머무적 머무적 하더라.

그 모습을 보면서 비장이 꾸짖어 말하기를,

"네 처를 어디다가 숨겨두고 나를 뵈이지 않는고?"

하면서 또한 거듭 나무라기를,

"너는 벌써 잊었더냐? 평양 일을 한 번 생각해 보라! 네가 이제 집에 돌아왔다고 그리 으시대는가?"

춘풍이 갈분을 가지고 부엌에 내려가 죽을 쑤는 꼴은 차마 가관이었다. 한참을 꼼지락거리며 죽을 쑤어 들이거늘, 비장이 조금 먹는 체하다가 춘풍에게 다시 주며,

"이것을 먹으라. 추월의 집에서 이 빠진 헌 사발에 누른 밥 토장덩이에 숟가락도 없이 먹던 것을 생각하며 어서 먹으라."

춘풍이 얼른 받아 황공히 먹으면서 제 아내가 문 밖에서 다 엿듣지 않나하고 속으로 불안해 하더라. 그때 비장이 말하기를,

"밤이 깊었으니 오늘 밤은 네집에서 자고 가겠노라."

하고는 의복을 벗고 갓 망건을 벗으니, 춘풍이 감히 가란 말은 못하고 속 마음으로 오랜만에 그리던 아내 만나서 편히 잘까 하였는데, 비장이 자고 가겠다니 속으로 불안하게 여기더라.

관망탕건 벗어 놓고 웟옷을 훨훨 벗은 후 일어나니 이런 일이 또 있을까? 앞에 선 비장은 바로 제 아내가 아닌가? 춘풍이 경악하여 자세히 보니 틀림없는 제 아내라. 춘풍이 어이가 없어 잠자코 있으려니 춘풍 아내 달려들며,

"여보, 아직도 나를 모르겠소?"

춘풍이 그제서야 자초지종을 깨닫고 깜짝 놀라 두 손을 마주잡으며,

"이것이 웬일인가? 평양 회계 비장이 지금 내 아내 될 줄 어이 알았으랴. 이것이 꿈인가 생시인가? 아니면 귀신이 내 눈을 홀리어

이러한가?"

하며 너무나 기뻐 어쩔 줄 몰라하며 원앙금침에 옛정을 다시 살려 은근한 즐거움이 비할 데 없더라. 이불 속에서 춘풍이 하는 말이,

"자네는 어떻게 평양비장이 되어 내려왔으며, 또한 내가 아무리 잘못하였기로 가장을 형틀에 올려놓고 그렇게도 무지막지하게 볼기를 치니 그때 자네 마음 흡족하던가?"

하니 춘풍 아내가 하는 말이,

"옛날 자청하여 돈 한 푼을 손대지 않겠다고 맹세하고 각서를 써서 장롱 안에 넣어 놓고선, 무슨 미친 바람이 불어 호조돈 수천 냥을 내어 가지고 평양 장사 갈 때 말린다고 이리 받고 저리 치고, 가계도 한 푼 없이 거지꼴이 되었으나, 그후 저는 참판댁과 가까이 지낸 탓으로 참판댁 부인께 바느질하여 모은 돈으로 아침 저녁 진지상을 차려 정성껏 자주 대접하고, 비장으로 내려갈 때는 당신을 만나게 되면 반쯤 죽이려 하였으나 만나보니 차마 불쌍하여 더 치지 못하고 용서하였다오. 사오 년간 고생하던 것을 생각한다면 그때 맞던 매는 깨소금인 줄 아시오."

하니, 내외가 서로 웃고 앞뒤 일을 서로 타이르고 용서해 주며 호조돈 빌린 것을 모두 갚았더라. 그후 춘풍은 과거를 뉘우치고 마음을 바로 잡아 주색잡기 진폐하고, 집안 일에 힘을 써서 부자가 되고 아들 딸 낳아 행복하게 살았으며, 감사가 임기를 마치고 서울로 올라간 후로는 안팎없이 다니며 평생 신의를 저버리지 않고 자손 만대로 섬기더라. 이러한즉 춘풍의 아내더러 세상 사람들이 모두 여중호걸이라 하더라.

신미록
辛 未 錄

◇작품 해설◇

이 소설의 지은이와 쓰여진 연대는 확실하게 알려져 있지 않다. 다만 그 내용으로 보아 이조 순조(純祖) 이후에 쓰여진 것으로 추측할 수 있을 뿐이다.

가뭄이 들고 인심이 흉흉해지면 도적들이 자주 들끓는다. 이 작품은 흉년이 들어 생계(生計)가 막연한 양민을 꾀어 도적 행위를 일삼는 무리들을 관군(官軍)이 진압하는 것을 주요 내용으로 하고 있다.

조선 순조11년(1811)에 평북(平北) 지방은 거듭되는 흉년으로 민심(民心)이 극이 악화(惡化)되어 있었다. 이 때 몇몇 무리들이 작당하여 관군을 무시하고 도적 행위를 일삼는다. 나라에서는 이를 진압하고 민심을 수습하기 위하여 순무중군을 파견한다. 이 때 도적을 토벌하기 위해 각지에서 자원(自願)한 의병(義兵)들이 관군을 도와 혁혁한 공(功)을 세운다.

작품의 제목을 「신미록(辛未錄)」이라고 한 것은 도적이 난무하기 시작한 때가 신미년(辛未年)이었기 때문인 것 같다.

주제는 역시 권선징악으로서 악(惡)은 결국 패망하게 된다는 것을 나타내 보여 주고 있다. 도적의 무리를 하나 하나 진압하고 민심을 수습해가는 관군의 행적(行蹟)이 비교적 소상하게 그려져 있는 일종의 역사소설이다.

신미록(辛未錄)

청(清)나라 가경황제(嘉慶皇帝) 즉위(即位) 십 육년(十六年)은 곧 우리 조선 성상(聖上) 십 일년(十一年)이었다.

이 때 평안도(平安道) 청천강(青川江) 이북(以北) 땅이 여러 해 흉년(凶年)을 만나 백성이 생업(生業)을 이루지 못한 까닭에 황야(荒野)의 어리석은 백성이 임금의 명덕(明德)을 알지 못하고 과분하게도 하늘의 뜻을 거역하니 어찌 아, 슬프지 아니하리요.

이 때 용강(龍岡)의 홍경래(洪景來)와 가산(嘉山)의 이희저(李禧著)와 곽산(郭山)의 우군칙(禹君則)이 서로 모사(謀事)를 하는 데 가산(嘉山) 다복동(多福洞)은 수목이 울창하고 동학(洞壑)이 깊고 넓어 충분히 천만인(千萬人)을 포용할 수 있을 만하였다.

매일같이 무뢰지배(無賴之背)를 모으기를 일삼고 반역죄(反逆罪)에 해당하는 말로 날을 보내더니 하루는 희저(禧著)가 군칙(君則)을 찾아와서 말하기를,

"우리가 큰 일을 모계(謀計)한 지 오래되었는데 이제 청북지방

(淸北地方)이 흉년을 맞이하여 인심(人心)들이 크게 변하였으니 이 때를 틈타서 선생은 모계(謀計)를 생각하시오."

군칙이 말하되,

"이제 많은 백성들이 기갈(飢渴)을 견디지 못하여 외국으로 망명(亡命)하는 자가 많아졌으니 믿을 수 있는 부하를 뽑아 말을 전파하되 은점(銀店)을 차려 품삯을 후(厚)하게 준다 하고 전파한 후에 한 편으로는 기계(器械)를 가지고 우선 박천(搏川)나루에 나아가 일을 꾀함이 어떠하오?"

희저가 크게 기뻐하며 곧장 말 잘하는 사람을 뽑아 가산과 박천 근처에 보냈더니 며칠이 되지 못하여 수백여 명의 사람이 도달하여 본즉, 은점(銀店)이 아니라 난(亂)을 계획하고 있는지라 이미 무뢰지배(無賴之輩)요 도적의 고수 등이 여러 가지로 알아듣게 타이르고 한 편으로는 병기를 나누어주며 군복을 준비하는데 머리에는 호피(虎皮)로 마래기 모양처럼 만들어 붉은 전(氈)으로 된 띠로 위를 두르고 푸른 빛깔의 무명(靑花布)으로 각각 등거리(조끼) 한 벌씩을 지어 입으니 그 모양이 흡사 호병(胡兵) 같았다.

이 날 군칙 등이 술을 마련하고 소(牛)와 양(羊)을 잡아 군사를 배불리 먹이어 위로하고 군칙이 스스로 모사(謀士)가 되어 호(號)를 우선생(禹先生)이라 하며, 홍경래(洪景來)를 대원수(大元帥)로 삼고, 곽산(郭山)의 김사용(金士用)을 부원수(副元帥)로 삼으며, 진사(進士) 김창시(金昌始)를 모사(謀師)로 삼고, 홍총각(洪總角)을 좌선봉(左先鋒)으로 삼아 맨 앞장을 서게 하고, 개천(价川) 이제초(李濟初)를 후군장(後軍將)으로 삼아 각각 미리 준비하여 떠나는지라 군칙은 윤건(綸巾)을 머리에 쓰고 학(鶴)의 털로 만든 웃옷

(鶴敞衣)를 입고 새의 흰 깃으로 만든 백우선(白羽扇)을 들었으며, 경래는 백금(白金) 투구를 쓰고 황금 갑옷을 입었으며, 장창(長槍)을 들었으되 손에 든 깃발에 쓰기를 '평서대원수 사명(平西大元帥司命)'하였고, 모든 장수들을 지휘하는데 김사용(金士用)과 이제초(李濟初)로 하여 한 무리의 병사를 거느려 곽산(郭山), 박천(搏川), 철산(鐵山), 선천(宣川) 등의 네 고을을 치라 하고, 경래는 다른 장수들을 거느리고 한 무리의 병사를 몰아 밤에 가산(嘉山)을 치는데 이 때는 신미년(辛未年) 섣달 스무날 경이었다.

우선 가산 좌수(座首) 윤언섭(尹彦涉)과 통하여 그곳 사정을 소상하게 알고 이날 밤 삼경(三更)에 효성령(曉星嶺) 뒷길로 군사를 이끌어 가산에 당도하니 달빛이 희미하고 시간이 깊었는지라 경래 등이 동헌(東軒)에 올라 크게 호령하여 가로되,

"군수(軍守)는 빨리 나와 항복하여 의병(義兵)을 영접(迎接)토록 하라. 만일 그러하지 아니하면 그대의 머리를 베리라."

군수가 깊은 잠 속에서 놀라 깨어 황급히 창(窓)을 열어보니 불빛이 휘황한 가운데 붉은 갑옷을 입은 대장이 창을 들고 수백 군사를 거느려 둘러 섰는데 천지(天地)를 크게 울리거늘 군수가 속으로 생각하되 차라리 목숨을 바쳐 위로 나라의 은혜를 갚고 아래로 신하가 지켜야 할 절개를 굳게 지키리라 하고 결심하여 적장을 꾸짖어 이르되,

"어떤 도적놈이기에 이토록 항거(抗拒)하느냐?"

적장(敵將)이 말하기를,

"우리들은 하늘의 뜻을 좇아 의병(義兵)을 일으켰으니 남은 목숨이 아깝거든 어서 나와 항복하라."

군수가 크게 노하여 꾸짖어 가로되,

"나라의 운수가 불행하여 너희들이 들고 일어나니 어찌 도적(盜賊)에게 무릎을 꿇고 살기를 바라겠느냐? 너희는 다만 죽일 뿐이로다."

경래가 크게 노하여 창을 들고 달려들어 인신(印信:官印)과 병부(兵符:兵의 標的)을 빼앗고자 하니 군수가 왼 손에 병부를 들고 오른 손에 인신을 가져 수없이 꾸짖으니 경래가 창을 들어 내리치니 군수가 또한 힘껏 꾸짖기로 군수의 머리를 베었다. 군수의 아들이 서재(書齋)에 있다가 들려오는 소리에 놀라 뛰어 나오자 적장(敵將)이 또한 칼로 머리를 베니 또 신체(身體)가 뜰 위로 거꾸러져 유혈(流血)이 낭자(狼藉)하였다. 이 때 군수의 동생이 깊은 잠에 빠졌다가 시끄러운 소리에 놀라 황급히 뛰어 나오니 도적이 또한 창으로 찌르거늘 뜰 아래로 거꾸러져 중상(重想)을 입었으나 다행히 죽기는 면하였다. 이 때 이 군(郡)에 한 명의 관비(官婢)가 있었는데 그 이름을 운랑(雲娘)이라 하였다. 가무(歌舞)가 뛰어나고 용모가 출중(出衆)한지라 군수가 이곳에 부임한 후에 곁에 두어 모시게 하여 밤낮으로 떠나지 아니하였는데 이날 밤에도 동헌(東軒)에 있다가 적병(敵兵)이 쳐들어 오므로 창칼을 피하여 숨었다가 도적이 떠나감을 보고 경황없이 동헌에 나아가 보니 촛불이 희미한 가운데 머리가 없는 신체(身體)가 방 안에 있으므로 운랑이 이 신체를 붙들고 슬피 통곡하니 가을 바람이 으스스하고 쓸쓸하며 달빛이 몽롱한지라 통곡하기를 그치고 입고 있던 치마를 벗어서 신체를 치운 후에 눈물을 머금고 슬픔을 못내 참고 있는데 문득 뒷쪽에서 신음하는 소리가 들리거늘 운랑이 황급하게 달려가 보니 책방(册房)이 도적의 창을

맞아 유혈이 홍건하고 호흡이 곤란하여 움직이지 못하는지라 더욱 놀라 그 다친 곳을 어루만지며 말하기를,

"소첩(小妾)은 운랑이옵니다. 정신을 차리옵소서."

책방이 겨우 정신을 가다듬어 동헌 소식을 물으니 운랑이 눈물을 떨구며 그 참담한 말을 보고하니 책방이 일성통곡(一聲痛哭)에 기절하고 말았다. 운랑이 놀라 급히 붙들어 업고 자기 집으로 돌아가 정성을 다하여 간호하니 결국 목숨을 건지었다.

이 날 경래 등이 가산 군사를 벤 후에 이곳 가산군의 김대량을 유진장(留陣將 : 머물러 남아있는 군사의 장수)으로 삼고 좌수(座首) 윤언섭(尹彥涉)을 군수로 삼아 인신(信印)과 병부(兵符)를 주어 지키라 하고, 그 이튿날 날이 밝기 전에 행군(行軍)하려 하였으나 군사를 쉬게 함이 옳다고 생각하여 창고에서 곡식을 내어 군사를 배불리 먹인 후에 행군하여 박천(博川) 나루에 다다르니 바로 삼경(三更)이었다. 그곳에 머물러 진을 치고 경래가 군사를 시켜 마을에 나아가 곡식을 구하여 군사를 먹이니, 나루의 백성이 적(敵)의 무리의 겁간(劫姦)을 만나 목숨을 구하여 사방으로 흩어져 도망가며 더러는 적의 무리 속에 붙은 자도 있었다. 적의 무리가 나루에서 밤을 새우고 이튿날 해가 돋아 밝아올 무렵에 군사를 거느려 박천(博川)으로 향하였다.

이 때 박천 향장(鄉長 : 座首) 등이 가산에서 일어난 적변(敵變)을 듣고는 군수에게 알리니 군수가 분부하여 말하기를,

"반란(叛亂)이 있다 하니 이는 남란(南亂)이냐 북란(北亂)이냐? 흉년을 맞이하여 겨우 밥을 구하는 도적일지니, 화평(和平)한 시절에 인심을 들뜨게 하는 자는 마땅히 참(斬)할 것이니라."

하고 곧이듣지 아니하더니 십 구일 정오가 지난 후에 향장(鄕長) 등이 한 장의 공문(公文)을 드리는지라 군수가 곧장 뜯어보니 이 군(郡)의 책고도감(册庫都監) 김성각(金成珏)을 별군관(別軍官)으로 내정한 유시(諭示) 서면(書面)이니 그 끝에 대원수(大元帥)라 쓰고 싸인(手決)을 하였으니 군수가 크게 놀라 그제서야 병란(兵亂)인 줄을 알고는 물어 가로되,

"이 불길(不吉)한 서면(書面)을 어떤 놈이 가져 왔느냐?"

모두가 대답하여 이르되,

"가산 발군(撥軍)이 가져왔사옵니다."

하므로 군수가 그 발군(撥軍)을 감옥에 가두고 한 편으로는 절도사(節度使)가 통솔하는 군영(軍營)으로 보고하며 한편으로는 군기(軍器)를 점검하고 백성을 모이게 하니 백성이 모두 목숨을 아껴 도망치고 없는지라 군수가 할 수 없이 관속(官屬)과 함께 부녀자를 데리고 와룡산(臥龍山) 영천사(靈泉寺)로 가서 편히 머물러 지낸 후에 절도사(節度使)를 찾아갔다.

한편, 홍경래는 한 무리의 병사를 몰아 박천을 기습하니, 이 때는 선달 스무날이었다. 아직 새벽달이 지지 않고 또한 날이 새기 전이라 홍경래는 공청(公廳)에 자리를 잡고 앉아 이 군(郡)의 장수를 호령하여 부르니 신임(新任) 장수 한일항(韓日恒)이 명을 받고 청(廳) 아래에 꿇어 엎드리니 경래가 분부하여 이르되,

"너희 수령 있는 곳을 찾아 들이라. 만약에 영(令)을 어기면 참하라."

하고 역마(驛馬) 한 필을 내어 주므로 일항(日恒)이 명령을 거역하지 못하고 말을 몰아 영천사로 가는데, 적진(敵陣)의 선두에 서서

말을 타는 장수가 일항과 함께 영천사에 다다르니 절벽 사이에 여러 간(間)의 암자가 있는데 두어 명의 중은 식사를 준비하고 계집종 서너 명은 창 밖에 있어 놀라거늘 선봉기장(先鋒騎將)이 엄하게 물으니 이 곳은 박천 군수의 부녀자들이 숨어있는 곳이었다. 신봉기장이 일항과 함께 부녀자들을 잡아가려 하자 군수의 작은 집 첩(妾)이 본부인(本夫人)인 체하고 도적을 향해 수없이 욕지기를 하며 자살하려 하므로 선봉기장이 이를 잡아다가 경래에게 바치니 경래가 분부하여 가로되,

"아직 가두지 말고 보호하라."

하였다.

이 날 박천 군수가 영천사를 떠나 밤을 이용하여 눈보라를 무릅쓰고 간도(間道)를 찾아 절도사가 있는 곳을 향하는데 갑자기 한 사람이 급히 따라오며 말하기를,

"너의 부인이 적의 무리에게 잡혀갔다."

하므로 군수가 정신이 혼미하여 기절한즉 도적이 달려와 군수를 묶어 돌어가 경래에게 바치니 경래가 이르기를,

"그대는 급히 항복하여 남은 목숨을 건지도록 하라."

하니 군수가 크게 성내어 말하기를,

"내가 어찌 살기를 원하여 개같은 놈에게 항복할 것인가? 너놈은 빨리 나를 죽여 충절(忠節)을 잃지 말게 하라."

하고 질책하여 마지 않으니 경래는 크게 노하여 무사(武士)를 시켜 '참(斬)하라'하니 무사 우군칙(禹君則)이 간(諫)하여 말하기를,

"이 사람의 충절이 자못 높은 듯하니 죽이지 말고 마음을 돌이키게 하여 항복을 받음이 옳은 줄로 아옵니다."

경래가 옳게 여겨 장졸로 하여금 묶은 것을 풀어준 후에 마음을 고쳐 말하되,

"그대는 나를 도와서 부귀영화를 함께 누림이 어떠한가?"

군수가 대답하되,

"너는 오직 죽일 것이로다."

하고 끝내 굴복하지 아니하니 경래는 할 수 없이 관속(官屬)의 집에 연금 하였다.

경래는 김성각(金成珏)을 시켜 전대(前隊)를 이끌게 하고, 일항을 시켜 남은 군대를 지휘하게 한 후 창고를 열어 흉년에 곤궁한 백성을 도와주고 또한 상을 내려 후하게 하니 일항이 여러 고을을 돌아다니며 그가 상받은 것을 자랑하였다.

이 날 군수가 관속 일정의 집에 나와 경황없는 가운데 정신을 가다듬어 인신(印信)과 병부(兵符)를 생각하니 적에게 결박당할 때 빼앗긴 것이라 그 분함을 참지 못하였다.

이 곳의 통인(通引;잔심부름꾼) 이기영(李基榮)이 군수를 모시고 있다가 밤을 이용하여 도적의 형세(形勢)를 소상히 기록하여 절도사가 있는 병영(兵營)으로 밀통(密通)하였다.

이튿날 경래가 군사를 이끌고 나루에 나아가 진을 치고 장졸(將卒)을 배불리 먹인 후에 군칙에게 계교(計巧)를 물으므로 군칙이 가로되,

"부원수(副元帥) 김사용(金士用)이 뒤에서 습격하여 뒤로 나가는 병사의 길을 막을 것이니 우리는 앞쪽에서 병영(兵營)을 치는 것이 어떠하리요?"

경래가 옳게 여겨 군사를 이끌고 안주(安州)로 향하는데 송림

(松林) 땅에 도착하여 날이 저무니 송림에서 밤을 지내었다. 그 때 군칙이 송림 백성을 모아놓고 분부하여 이르기를,

"그대들은 서로가 홰(불막대기) 하나씩을 가지고 송림의 네 곳에 나아가 불을 켜라."

하므로 경래가 물어 가로되,

"이는 무슨 계교(計巧)인가?"

"이는 관군(官軍)으로 하여금 우리 병사의 많고 적음을 헤아리지 못하게 함이옵니다."

이 때 절도사가 동헌에 앉아 있는데 갑자기 한 군사가 봉서(封書)를 드리므로 뜯어보니 박천 통인 이기영의 밀서였다. 그 글에 적히기를,

〈이름없는 도적 무리가 가산으로부터 들고 일어나 가산 군수를 베었으며 박천 군수를 사로잡고 무리를 거느려 병영으로 향하고 있나이다.〉

하였다. 절도사가 크게 놀라 성문을 굳게 지키고 한편으로는 나라에 알리며 감영(監營)에 보고한 다음 병부(兵符)를 주어 후영장(後營將) 윤욱열(尹郁烈)과 우영장(右營將) 오치수(吳致壽)에게 보내어 각각 군마를 이끌고 나오되 만약에 늦어지면 군법으로 엄히 다스리리라 하였다.

그 때, 함종부사(咸從府使)와 순천(順川) 군수(郡守)가 병부를 보고는 크게 놀라 각각 병마를 선발하여 병영으로 향하였다. 절도사가 백상루(白祥樓)에 올라앉아 장정(壯丁)으로 편성한 군대와 임금의 친병(親兵)을 훈련시키며 성문을 굳게 걸어 잠갔으므로 곧장 군령(軍令)을 전하는 화살을 쏘아 알리니, 이윽고 성문을 열어 군마를

영접하므로 두 장군이 군대의 예식(禮式)을 거쳐 뵈온 다음 도적의 형세를 물으니 절도사가 가로되,

"도적이 가산 군수 부자(父子)를 베고 박천 군수를 사로잡아 생사(生死)가 조석(朝夕)에 있다 하며, 청북의 각 고을과 진영(陣營)은 그 사이에 발길이 끊어져 서로 통하지 못하는지라 변(變)을 당한 소식을 듣지 못하므로 각 고을의 소식을 알지 못하였도다. 이제 도적이 송림에 모여 있으매 그 수효의 많고 적음을 알지 못하고 밤이면 불을 밝히는데 불 밝히는 수효를 보건대 그 수를 어찌 헤아리지 못하리요."

하며 두 장군을 재촉하여,

"어서 도적을 쳐부수라."

하니 군수(郡守)가 명령에 따라 군병을 이끌고 곧장 함종(咸從) 진영에 나아가 선봉(先鋒)이 되었다.

이 때 홍경래는 송림에 진을 친지 여러 날이 되었으나 안주성(安州城)을 쳐부수지 못하여, 군칙과 함께 성을 함락할 일을 하는데 문득 적정(敵情)을 정찰하고 돌아온 마병(馬兵)이 보고하기를,

"청천강 서쪽 산 밑에 수많은 관병(官兵)이 진을 치고 있나이다."

경래는 군복을 차려 입고 군사들에게 명령을 내려 전투할 준비를 갖추게 하였다.

이 때 함종 부사가 도적을 마주하여 진을 치니 분한 마음이 충천하여 군복을 갖춘 후에 적진을 칠 뜻을 각 진영(陣營)에 총을 쏘아 알리고 북을 마구 두들겨 출전을 재촉하니 각 진영의 장수들이 눈보라를 무릅쓰고 비호같이 달려 나가더니 적진에서도 한 발의 대포 소리에 진(陣)의 문(門)을 활짝 열고 적병이 한꺼번에 치달아 일자

(一字) 모양으로 진을 갖추고 함종진(咸從陣)을 무찔러 죽이니 그 함성이 하늘과 땅을 울리는지라 절도사가 백상루에 높이 앉아 양편의 싸움을 보더니 적진이 능히 이기고 있으므로 곧장 우후(虞侯) 이해승(李海昇)으로 하여금 일천(一千) 정예군(精銳軍)을 지휘하여 어서 나가 싸우라 하니 우후가 장수의 명을 받아 북문으로 나가 청천강을 건너 송림에 다다라 세 장수가 힘을 합쳐 적군을 마구 치니 경래 등이 당해 내지 못하여 군칙과 함께 군사를 돌려 북쪽으로 도망하는데, 경래가 피난가는 백성을 몰아 군사들 속에 넣으며 패잔군(敗殘軍)을 모아 보니 겨우 이백여 명 뿐이었다. 곧장 나루에 도착하여 놀란 마음을 가라앉히고 경래가 말 위에서 불러 가로되,

"우선생(禹先生), 뒷쪽에는 쫓아오는 병사가 급하고 앞에는 나아갈 길이 없으니 어느 곳으로 향할 것인가?"

군칙이 경황없는 가운데 대답하기를,

"정주성(定州城)으로 가는 것이 가장 좋을 듯 하옵니다."

경래가 말하기를,

"이 계교가 가장 좋을 것 같기는 하나 만약 성문을 굳게 닫고 대비(對備)하고 있으면 어찌할 것인가?"

군칙이 대답하되,

"장군께서는 염려하시지 마소서. 내가 이제 정주 목사(牧使)에게 격서(檄書)를 전하고 향장(鄕長) 밑의 좌수 김이대(金履大)와 이침(李琛) 등에게 내통하여 비밀한 협조를 구할 것이오니 정주성을 얻기는 손바닥 한 번 뒤집는 거나 마찬가지일 것이오이다."

경래가 크게 기뻐하여 나루강(津頭江)을 건너 가산으로 들어가 군사를 배불리 먹이게 하고 고을의 백성을 모아 말하되,

"쫓아오는 군사가 급히 따라오며 가는 곳마다 백성을 마구 죽이니 너희가 이곳에 있다가는 해(害)를 면하기 어려울 것이라. 우리를 따라 정주성으로 들어가면 남은 목숨을 건질 것이로다."

하니 그 가운데 더러 있는 백성이 이 말을 듣고 따르는 자가 많으므로 이 날 경래는 군사를 재촉하여 효성령(曉星嶺)을 넘어 박천에 다다르니 백성이 모두 피난 가고 집들이 다 비었는지라 경래가 분부하여 군사에게 밥을 지어 먹인 후에 사람 수를 헤아려 보니 가산과 박천 백성 등 따르는 자가 남녀노소 합하여 수 백여 명이었다.

건장한 사람들을 뽑아 군사의 수효를 채워 넣고 밤을 지내는데 경래가 군칙더러 말하기를,

"뒤에서 쫓아오는 군사가 급하니 만일 이 곳에 있다가는 사로잡히지 않을까 염려가 되오이다."

군칙이 가로되,

"원수(元帥)께서는 어찌 용병(用兵)을 모르시나이까? 관병(官兵)이 비록 뒤쫓고 있다 하오나 효성령에 이르러 우리의 복병(伏兵)을 의심하여 감히 따라오지 못할 것이오니, 그 동안 이곳에서 군사를 잠깐 쉬게 하고 내일 행군하는 것이 좋을까 하였습니다."

경래가 크게 기뻐하여 말하기를,

"비록 송림에서 패한 적이 있으나 이기고 짐은 병가(兵家)에 있어 떳떳한 일이니, 이제 선생의 높은 계교는 귀신도 헤아리지 못할 것이리요. 하지만 부원수(副元帥)의 대군이 북쪽을 습격할 것인즉 그 세력을 당할 자가 없으리다. 내 이제 정주성을 차지하고 구원병을 기다려 다시 싸움을 취하려 하노라."

한편, 정주 목사 이근주(李近胄)는 병란이 일어났다는 소식을 듣고

는 곧장 군사를 부르니 백성은 모두 피난 가고 향장(鄕長) 이초 등만 남아 있는지라 목사(牧師)가 할 수 없이 성을 버리고 안주(安州)로 달아났다.

이 때 김사용(金士用)과 이제초(李濟初) 등이 군병을 이끌고 곽산을 쳐서 빼앗고 태천(泰川)으로 쳐들어가니 채천 현감(縣監) 유정양(柳鼎養)이 사태가 위급함을 보고 인신(印信)과 병부(兵符)를 몸에 숨기고 철옹성(鐵瓮城)으로 향하였다.

이 때 김사용이 의기충천하여 군사를 이끌어 곧장 철산을 침략하고 부사(府使) 이장겸(李章謙)에게 항복을 받아 인부(印符)를 빼앗은 후에 또 군사를 재촉하여 나아가니 선천(宣川) 부사(府使) 김익순(金益淳)이 적의 세력을 겁내어 미리 항복하므로 사용(士用)이 인신(印信)과 병부(兵符)를 빼앗고, 다음 날 사용이 제초를 불러 가로되,

"그대는 한 폐의 병사를 이끌고 먼저 서림성(西林城)을 공략하여 그곳에 머물러 지키는 장수에게 항복을 받고 아장(亞將)으로 하여금 성을 지키게 한 후 용골산성(龍骨山城)을 쳐서 빼앗고 아울러 용천(龍川)을 공략하라."

하니 제초가 명을 듣고 군사를 이끌어 서림(西林)으로 떠났다.

이 때 용천 부사 권수(權琇)가 적병이 가까이 온다는 소식을 듣고는 군사를 모으고자 하니 백성들은 모두 피난가고 관속 또한 도망가고 없는지라 부사가 탄식하여 마지 아니하고 따라서 크게 외쳐 말하기를,

"누가 능히 나를 따르겠느냐?"

문득 한 장수가 따르기를 원하므로 부사가 인부(印符)를 몸에

간직한 후에 한 필의 말을 타고 곧장 백마산(白馬山)으로 떠났다.

이 날 이제초가 서림과 용골산성을 쳐서 빼앗고 곧장 용천부(龍川府)에 다다르니 부사는 도망가고 한 고을이 다 비어 있으므로 제초가 곧장 용천관(龍川館)에 머물러 진을 쳤다.

이 때 의주(義州)에 두 영웅이 있었으니 한 사람은 김견신(金見臣)이요, 또 한 사람은 허항(許沆)이었다. 도적의 무리가 강성함을 듣고는 각각 군사를 모으니 견신은 의병(義兵) 백여 명을 일으키고 허항은 의병 이백여 명을 일으켜 행군하는데, 이 두 사람은 용맹과 지략이 뛰어나고 충의(忠義)를 함께 갖추었는지라 서로 이르되,

"이 때를 맞이하여 흉적(凶賊)을 소멸하고 충성을 다하여 나라의 은혜에 보답하여 천추(千秋)에 이름을 남기는 것이 우리의 족(足)한 소망이다."

하고 견신은 긴 창을 들고 흰 털이 섞인 검은 말을 타고, 허항은 장검(長劍)을 들고 흰 빛을 띈 붉은 말을 타니 그 위엄이 성난 호랑이와 같았다. 군마를 휘몰아 곧장 서림성 밑에 다다르니 도적이 성을 차지하였는지라 이날 밤에 김견신과 허항 두 장수가 적진의 형세를 살핀 다음 곧장 군사를 몰아 성을 한꺼번에 공략하니 그 함성이 크게 진동하므로 적병이 불의의 습격을 받고 놀란 나머지 성을 버리고 서로 목숨을 건져 도망하므로 김 허 두 장수가 군사를 하나도 다치지 않고 서림성을 되찾은 후에 다시 군사를 재촉하여 철산을 향해 진격하니 철산에 진을 치고 있던 도적들이 이 소문을 듣고는 너무 흩어졌다 하므로 허항은 철산에서 동림(東林)으로 행군하고, 김견신은 동령(東嶺)에서 동림(東林)으로 나아가 합병(合兵)하여 송림에 머물고 있는 도적을 크게 무찌르니 의병(義兵)이 이르는 곳마다 적병의 머리

는 추풍낙엽(秋風落葉)처럼 흩날렸다.

이 때 경래는 경기(京畿) 남천(南川)으로부터 군사를 이끌어 정주성 밑에 다다르니 좌수 김이대(金履大)가 깃발을 거느려 오룡교(五龍橋)가 있는 곳까지 나와 영접하므로 경래는 정주성에 입성(入城)하여 창고를 열어 곡식을 내어 주린 백성을 도와 주고 소와 양을 잡아 군병(軍兵)을 배불리 먹인 다음 이튿날 모든 장수를 불러 각각 소임(所任)을 맡기는데, 우군칙으로 하여금 북장대(北將臺)를 지키게 하고 김치관(金致寬)으로 하여금 서문(西聞)을 지키게 하며, 백종회(白宗會)는 군량감(軍糧監)을 삼고, 김이대를 정주 목사로 삼고, 이침(李浸)에게 북문(北門)을 지키게 하고, 양시위(楊時緯)는 아장(亞將)을 삼고, 홍총각(洪總角)을 선봉장으로 삼아 장정(壯丁)들로 편성된 정예군(精銳軍) 오백(五百)을 주어 날마다 싸움 연습을 시키고 경래 스스로 중군(中軍) 대장이 되었다. 군칙이 경래에게 말하기를,

"성 안에 군량이 넉넉하고 군사와 백성이 사오천 명쯤 되니 성을 굳게 지켜 부원수의 회군(回軍)을 기다려 대사(大事)를 꾀함이 좋을까 하나이다."

하였다.

이 때 관찰사(觀察使)가 절도사의 병부(兵符)를 보고 나라에 서면(書面)으로 알리니 우선 관찰사에 딸린 순영 중군(巡營中軍) 이정회(李鼎會)에게 정예군 일천(一千)과 전마(戰馬) 가십 필(匹)을 주어 도적을 무찌르라 하니, 순영중군이 곧장 명을 듣고 나와 최종석(催宗錫)과 옥재혁(玉載赫) 등을 불러 중군 좌우 진영의 장수로 삼아 즉시 행군하니 그 깃발과 칼(劍)무리에 일광(日光)이 가리웠다.

행군을 시작한 지 수일 만에 안주성 밑에 다다르니 절도사가 곧장 청하여 들어가는데 순영중군이 들어가 먼저 적의 변(變)을 물으니 절도사가 말하기를,

“송림에 머물러 있는 도적이 함종 군사에게 패하여 도망하므로 각 진영이 힘을 합하여 추격하고 있는 중이니 장수는 빨리 나아가 싸우라.”

순영중군이 명을 받아 행군할 제 눈비(兩雪)가 휘날려 군마(軍馬)가 추위를 이기지 못하므로 정주 땅에 다다라 머물러 진을 치고 군사를 쉬게 하였다.

이 때 함종부사와 안주우후(安株虞侯)와 순천군수와 곽산군수가 재촉하여 송림을 불태우고 또한 나루(津頭)를 불놓아 도적의 소굴을 소탕한 후 급히 행군하여 나루강을 건너가는데, 눈보라가 너무 흩뿌려 강물이 반쯤 얼어 붙었으나 군사를 호령하여 추위를 무릅쓰고 건너가니 모든 군사가 추위를 이기지 못하여 얼어죽은 자가 많았다. 서령관(西嶺關)에 다다라 군병을 쉬게 한 후 정주성에 도착해 보니 도적이 이미 성을 차지하고 성문을 굳게 닫은 후였다. 정주성 동문 밖 십리 쯤에 있는 신안원(新安院)이란 언덕에다가 등성이를 뒤로하고 강을 앞으로 하여 울타리를 막아세운 후 군사를 편히 쉬게 하고 도적의 형세를 살피었다.

이 때 숙천(肅川) 부사 이유수(李儒秀)과 곽산 군수 이영식(李永植)은 이초군(二哨軍)을 이끌고 정주 성 밑에 모여 진을 치니 이때가 임신년(壬申年) 정월 초닷새날이였다. 순영중군 이정희도 안주진영과 함께 모여 진을 치고 적을 쳐부술 일을 상의하였다.

한편, 홍경래가 부원수의 회군을 기다리는데 갑자기 보고하기를,

관군이 동문 밖 십리 쯤에 집결(集結)하였다 하니 경래가 크게 놀라 군사에게 영(令)을 내려 조금도 움직이지 말라 하고 군사를 시켜 각각 횃불을 들어 성 위에 올라가 밤새도록 불을 밝히게 하였다.

이 때 안주 대(臺) 위에서 성을 공략할 계획을 세우되 곽산 군수는 서문(西門)을 공격하고 안주우후와 함종부사는 각각 군사를 이끌어 남으로 나아가 공격하게 할 즈음, 군사로 하여금 각각 짚을 한 단씩 가지고 성문으로 나아가 불을 놓으라 하였다. 또한 소모장(召募將) 제경욱(諸景彧)을 시켜 충원군(充員軍) 백 명과 명천·영변에서 조발된 군사(明寧軍) 이백 명을 이끌로 선봉(先鋒)이 되어 동문을 공격하라 하고, 순영중군과 숙천부사와 순천군수는 충원군 사백 명과 전영군(前營軍) 육백 명과 우영군(右營軍) 사백 명을 이끌고 후군(後軍)이 되어 동문으로 나아가니, 밤이 되자 긴 사다리를 많이 놓아 성 넘기를 꾀하였다. 성문을 지키는 군사가 최종석(催宗錫)과 함께 힘센 장사 십여 명을 데리고 동문으로 가서 도끼를 들어 부수려 하니 갑자기 성 위에서 화살과 돌이 비오듯 하므로 경욱(景彧)이 몸을 날려 화살과 돌을 피하려 할 때 성 위에서 도적이 불러 가로되,

"그대가 만일 갑옷을 벗고 말을 버리고 간다면 쏘는 것을 멈추리라."

하니 경욱이 할 수 없이 갑옷을 벗으며 말을 버리고 최종석과 함께 나오는데 성 위에서 무수한 화살이 비오듯 하므로 최종석이 여러 번 살을 뜯기고 말을 달려 아진(我陣)으로 돌아왔다. 또한 순영중군과 순천군수와 숙천부사가 군사를 몰아 동문으로 쳐들어 가는데 선봉이 경욱의 패한 소식을 듣고 황급히 군사를 돌려 물러 오니 다친 군사가 사십여 명이었다. 도적이 동문을 열고 나와서 갑옷과 전마

(戰馬) 등을 거두고 아직 달아나지 못한 병사 세 명을 사로잡아 성 안으로 들어가니 각 진영의 장수들이 분함을 참지 못하였다. 그 때 문득 한 병사가 성 안에서 나와 못내 망설이고 있는지라 순영중군이 그 병사를 잡아와 보니 그 병사의 몸에 한 서면(書面)이 있기로 뜯어 보니 그 내용인즉 뒤에 있는 도적으로 하여금 선천과 의주, 대성(大成) 등의 각 고을을 공격하라는 사연이라 각 진영의 장수들이 모두 놀라 다음 날 해가 뜨는대로 각각 행군하니, 곽산군수는 일천 군사를 이끌어 곽산으로 나가고, 안주 진영의 장수와 함종부사는 이천 군사를 이끌어 용천으로 출발하였다. 이경운(李京雲)이 군사를 몰아 곽산에 다달아 도적의 머리 수십을 벤 후 군사를 돌려 용천으로 떠났다.

이 때 순영중군이 우영장(右營將)을 시켜 안영병(安寧兵)과 순영 충원군 사십 명을 선발하여 함종 · 박천 두 진영과 접응(接應)케 하였다.

이 때 함종 부사가 군사를 몰아 용천에 이르러 도적 천여 명이 관(舘)에 모여 있는지라 곽산 군수와 함께 창을 들고 말을 타고 나아가 크게 외쳐 말하되,

"내 마땅히 도적의 무리를 베어 나라의 근심을 덜고자 하오니 모든 장수는 전심을 다하여 나의 뒤를 따르라."

하니 갑자기 두 장수가 앞으로 뛰어나와 아뢰기를,

"소장(小將) 등이 비록 재주는 없사오나 한 번 나아가 도적의 머리를 베어 갖다 바치고자 하나이다."

하거늘, 모두가 바라보니 한 장수는 순안(順安)의 김계묵(金啓默)이요, 또 한 장수는 은산(殷山)의 김이해였다. 부사가 크게 기뻐하여 곧장 두 장수를 좌우 선봉으로 하여 싸움을 벌이는데 두 장수가 고함

을 지르며 말을 내달아 적장 이제초와 함께 싸워 십여합(十餘合)을 겨루는데 계묵이 한 창으로 제초를 찌르자 제초가 큰 소리를 지르며 창을 잡고 끌어 당기거늘 계묵이 당하지 못하여 말에서 떨어져 참으로 위험에 처하자 김이해가 쏜살같이 내달아 장창(長槍)으로 제초를 찌르니 제초가 말에서 떨어지므로 군사에게 호령하여 제초를 묶은 후에 적의 무리를 깨우쳐 주니 적군이 한꺼번에 항복하였다. 그리하여 곧장 제초를 잡아 함종의 진영에 바치니 부사가 크게 기뻐하여 두 장수에게 후히 상을 내리고 무사를 시켜 제초를 원문(院門) 밖에다 내어 베고 또한 선천 독진(獨鎭) 중군(中軍) 유문제(劉文濟)를 사로잡아 벤 다음 소와 양을 잡아 군사를 배불리 먹이니 즐기는 소리가 사방을 진동하였다.

이 때 나라에서는 평안감사가 보낸 서면(書面)을 보시고 의정부(議政府)에 전교(傳教)하시어 순무중군(巡撫中軍)을 정하여 충원군(充員軍) 오백과 마병(馬兵) 삼백을 내려 곧장 나아가 도적을 진압하라 하시거늘, 중군(中軍)이 하직 인사를 올리고 행군을 서둘렀다. 경성(京成)을 떠난지 팔 일 만에 정주성에 이르니 안주의 대진(大陣)이 신안원(新安院)에 모여 진을 치고 있었다. 각 진영의 장수들이 순무중군을 맞이하여 병사(兵事)를 함께 운영하니 군법이 바로잡혀지고 호령이 엄정하여 그 위계가 옛날과는 달랐다.

이 때에 상감이 훈련도감(訓練都監) 이운식(李運植)을 박천군수로 제수(除授)하시고 전마(戰馬)를 내려 보내시니 운식이 하직 인사 올리고 그날로 행장을 갖추어 출발하였다. 상감이 또한 병조참판(兵曹參判)에게 위무사(慰撫使)를 제주하시사 백성을 위로하고 보살펴 주라 하시니 위무사가 그날로 출발하였다. 박천신관(新官)이 평양에 도착하여 관찰사를 뵙고 인사 올리니 관찰사가 삼화군(三和軍) 백 명을 주며 정주로 행군하라 하니 군수가 대동문(大同門)에 나아가 군사를 살펴 점검하고 떠나가는데 눈보라가 크게 휘날려 군마가 추위를 견디지 못하였다.

이 때 곽산과 함종의 두 진영이 순무중영(巡撫中營)과 밀통하여 고하기를,

"용천과 곽산 두 고을에 모여있는 도적이 적지 아니하오니 구원하여 주시옵기 바라나이다."

하므로 순무중군이 순영중군을 시켜 나가서 구언하라 하니 순영중군이 군사를 출병시키려 할 때 도적이 패하였다는 소식을 듣고 출전명령을 거두었다.

이 때 함종부사가 용천에 모여있는 도적을 소탕하고 곽산 전(前) 군수로 하여금 용천을 지키게 하고 순천군수와 함께 회군할 즈음 우선 제초의 머리를 베어 절도영(節度營)에 바치고 군사를 이끌어 본 진영으로 회군하였다. 이 때 순무중군과 정주목사와 소모장 제경욱이 남문으로 나아가 시살하고 순천 군수는 건장한 장정으로 편성된 군사를 모아 긴 사다리를 타고 북문으로 들어가 마구 쳐부수고 박천군수는 삼화군을 이끌어 소서문(小西門)을 쳐부수는데 이 때 비와 눈이 흩날리고 안개가 자욱하여 눈앞이 희미한데 성가퀴(성 안의 낮게 쌓은 담) 사이에서 화살과 돌이 비오듯 하므로 박천군수가 비바람처럼 말을 몰아 성 밖 백여 걸음까지 돌진하여 계속 나아가고자 할 때 소모장 제경욱이 남문으로 나아가 도적과 함께 싸우며 좌충우돌하거늘 누가 감히 당할손가. 하지만 도적은 성 위에 있고 경욱은 성 아래에 있으니 아래에 있는 자가 어찌 위에 있는 자를 당해낼

수 있으랴? 경욱이 도적을 향하여 가로되,

"백성을 요란하게 하거늘 어서 바삐 너희들을 베어 군민(郡民)의 한을 풀려 하니 곧장 나와 항복하라."

하며 질책하기를 무수히 하더니 갑자기 하루는 총알이 날아와 경욱의 미간(眉間)을 맞히니 경욱이 말에서 떨어지므로 모든 장수가 한꺼번에 달려가 경욱을 구하여 본진(本陣)으로 돌아와 극진히 간호하였으나 끝내 목숨이 다하는지라 각 진영의 장졸이 서러워 통곡하지 않은 이가 없었다.

이 날 순무진영의 장사군관(壯士軍官) 오위장(五緯將) 김대택(金大宅)이 동문에 나아가 쏟아져 내리는 화살과 돌을 무릅쓰고 성을 공격하다가 또한 도적의 총에 맞아 죽으니 이 두 장수의 충성은 가히 산하를 기우릴만 하였다. 순무중군이 이러한 사유를 적어 나라에 올리니 상감이 그 충성을 어여삐 여기사 각각 삼대(三代)의 벼슬을 추증(秋贈)하시어 그 공(功)을 치하하시었다.

이 때 선천 부사 김익순이 적의 우두머리인 김창시(金昌始)의 목을 베어 순무중군에 바치니 순무중군이 익순을 잡아들여 도적에게 항복한 까닭을 물은즉 익순이 대답하기를,

"도적의 횡포에 못이겨 거짓으로 항복하였나이다."

순무중군이 크게 꾸짖어 가로되,

"너는 국가의 녹(祿)을 받는 신하로서 죽기를 두려워하여 도적에게 항복하였거늘 어찌 살기를 바랄 것인가?"

하고 곧장 익순을 잡아 서울로 압송하였다.

한편, 순영중군 이정회가 박천군수와 함께 진(陣)을 옮기는데 정주 남문 밖에 있는 남제교(南齊橋) 다리를 건너 남산 작은 언덕에

진을 치고 성 안을 바라보니 낮에는 도적이 한 명도 보이지 않고 밤이 되면 성 위에서 불을 밝혀 총을 쏘아 형세를 돕고 있는지라 순영중군이 차관(次官) 안정신가 함께 수백군을 이끌고 남문을 공격하니 박천군수는 뒤에서 응원군이 되고 정주목사는 동문을 공격하고 순무중군은 모든 장수를 지휘하여 소서문을 공격하고 숙천부사는 가산군수와 함께 북성(北城)을 공격하는데 묘시(卯時)에서 사시(巳時)까지 계속하였으나 끝내 부수지 못하니 징을 울려 군사를 거두었다.

이 때 함종부사가 순천 군수와 함께 용천을 떠나 정주에 이르르니 함종부사는 서문 밖에 진을 치고 순천군수는 소서문에 진을 쳤다.

의병장 김견신(金見臣)과 허항(許沆)이 군을 재촉하여 본진(本陣)에 도착하여 순무중군께 뵈오니 중군(中軍)이 두 장수를 함종부사의 후원군으로 삼아 서문(西門)에 진을 치게 하니 두 장수가 군사를 이끌어 진을 쳤다. 함종부사는 서문 밖 몇 리 쯤에 산등성이를 뒤로 하고 진을 쳤으니 그 군사의 수효가 일천 육백이요, 순천부사는 소서문 밖 언덕배기를 의지하여 진을 이루었으니 그 수효가 팔백이요, 가산과 정주 두 진영은 각각 수백씩을 거느려 순무진영의 좌우익(左右翼)이 되고 숙천부사는 평지에 진을 이루었으니 그 군사의 수효가 오백에 이르렀다. 이 처럼 각각 모여서 진을 형성하니 군사의 행렬이 바르고 모든 진영이 한결 엄숙하였다.

정주 남문 밖에는 주필각(駐筆閣)이란 비각(碑閣)이 하나 있었는데 선조대왕(宣祖大王)께서 의주(義州)로 옮기실 때에 그곳에서 가마를 쉬시매 그 사적(事蹟)을 기록한 비각이었다. 그 뒷편으로 소나무를 많이 심었는데 이 때를 맞이하여 도적이 자주 출몰하여 비각에 들거나 혹은 소나무 숲에 숨었다가 외롭게 지나가는 군사들을 침해하거늘 순영중군이 분노하여 곧장 군사를 시켜 그 소나무를 모두 베어 버렸다. 그 후 부터 비각을 중심으로 한 도적의 출몰이 자취를 감추었다.

이 때는 임신년(壬申年) 이월 초사흗날이었다. 오시(午時)에서 신시(申時)에 이르기까지 눈보라가 어지럽게 휘날리므로 수레와 긴 사다리를 많이 준비한 후 순무중군과 정주목사와 순천부사와 순영중군이 서남쪽을 공격하고 함종부사는 소서문을 공격하며 삭주(朔州) 부사는 의병장 김견신과 함께 북문을 공격하고 마병(馬兵)을 동문에 매복시키며, 박천군수는 최종석과 함께 긴 사다리를 가지고 성의 동남쪽을 공격하여 선봉에 나섰다.

이 날 박천 진영에서 성을 공격하기로 작정하고 본진(本陣)으로부터 큰 수레 다섯을 준비하니 그 높이가 성을 굽어봄으로 그 위에 방패와 철갑을 많이 감추고 좌우 양옆으로 난간을 만들었다.

이 날 군병이 수레 두 채를 이끌고 남문으로 나아가다가 바퀴가 다 상하여 더 이상 나아가지를 못하는데 성 위에서 화살과 돌이 비오듯 쏟아져 내리니 군사가 이를 대하여 싸우지 못하고 아울러 비와 눈이 그치지 아니하므로 군사가 견디지 못하여 하루 종일 성을 공격하였으나 성공하지 못한 채로 징을 울려 각 진영의 군사를 거두었다.

이 날 성을 부수려고 가장 큰 화포를 남문 밖에 묻었는데 이튿날 날이 밝기 전에 도적 수백 명이 몰려나와 화포를 가져가려 하므로 중군이 충원군을 뽑아 비바람같이 달려나가 도적을 마구 죽이니 도적이 놀라 급히 성 안으로 들어갔다. 이윽고 도적이 다시 나와서 크게

외쳐 가로되,

"오늘은 기어이 함을 다하여 싸워 죽고 삶을 결정하리라."

하므로 중군이 분한 마음을 이기지 못하여 충원군에게 급히 따르라 명하여 마구 쳐들어 가니 적병이 미처 총을 쏘지 못하고 도망하여 남문으로 들어가는지라 다시 군사를 거두었다.

이날 밤 삼경에 검은 안개가 자욱하여 눈앞을 분간하지 못하는지라 좌익장(左翼將) 최종석이 중군에게 고하여 아뢰기를,

"이제 날이 어둡고 안개가 또한 자욱하여 지척을 분간할 수 없사오니 도적이 나온다 한들 어느 곳으로 나오는지 조차 알 수 없을 것이옵니다. 이것은 소장의 의심이온데 도적의 기습이 있지 않을까 하오니 미리 방비함이 옳은 일인 줄로 아옵니다."

중군이 듣고 그 말을 옳게 생각하여 군사에게 명령을 전하여 약속을 정하되 초군(哨軍) 삼십 명과 충원군 이십 명을 각각 비각에 매복시켰다. 이날 삼경에 도적 백여 명이 남문으로 나와 복병을 마구 죽이니 복병이 도적의 기습을 만나 한꺼번에 흩어지니 이 때 도망치던 병사가 급히 돌아와 도적에게 당한 사실을 중군에게 보고하니 중군이 크게 놀라 곧장 충원군을 뽑아 구하러 갔으나 도적들은 이미 성으로 들어가고 복병은 모두 도망치고 없거늘 충원군이 할 수 없이 본진으로 돌아왔다. 이날 복병이 겨우 도망쳐서 본진으로 돌아오는지라 그 수효를 헤아려 보니 죽은 자가 한 명이요, 다친 자가 세 명이요, 도망간 자가 또한 세 명이었다.

이 때 순영(巡營)에서는 장졸들이 혹시 남아있는 식량이 부족함을 염려할까봐 장곽을 많이 보내어 군병을 배불리 먹이니 그 즐기는 소리가 사뭇 요란하였다.

이 때 의병장 김견신이 정주성 북쪽에 있는 북장대(北將臺)에 나아가 군사를 시켜 불화살을 쏘아 북장대를 불지르고 성을 넘고자 하였으나 갑자기 화살과 돌이 비오듯 쏟아져 내리므로 결국 성을 넘지 못하였다. 이 때가 이월 초순이라, 산에 쌓인 잔설(殘雪)과 찬바람이 살을 에이는 듯하여 군사가 얼어죽지 않을까 염려하여 군사를 옮겨 남산에 진을 정하는데, 문득 산 위에 한 사당(祠堂)이 있으므로 곧장 군사를 시켜 자세히 살펴보고 오라 하니 군사가 갔다와서 보고하되,

"이 사당은 옛날 임장군(林將軍)의 화상(畫像)을 모신 곳이옵니다."

하므로 중군이 이 말을 듣고는 박천군수와 함께 자리를 만들고 날자를 정하여 제사를 지내는데 마병장(馬兵將) 정백령은 초헌관(初獻官)이요, 좌익장 최종석은 아헌관(亞獻官)이요, 우익장 옥재혁은 종헌관(終獻官)이요, 태천(泰川) 의병장 이시복(李時復)은 집사(執事)로 각각 정하여 제사를 올렸다.

이 때 나라에서는 평안 감사를 위무사(慰撫使)로 정하시니 감사가 백성을 구제하고 군사를 위로하므로 각 고을이 그 선덕(善德)을 칭송하였다.

이 때 정주성 남쪽 십리 쯤에 장군대(將軍臺)가 있었으니 이곳은 옛날부터 싸움에 이긴 곳이었다.

순무영에서 모든 장수들이 이곳 장군대에서 제사를 올리는데 초헌관에는 순무중군이요, 아헌관에는 정주목사요, 중헌관에는 숙천부사였다. 이 때가 임신년 이월 십 구일이었다.

도적이 조심하여 남문으로 나오는데 검은 옷을 입고 무기를 갖추어

비각에 매복하고, 또 철갑을 입은 도적은 백마를 타고 흰옷을 입은 군사를 이끌어 후원군이 되어 나오고 소총(小銃)부대로 하여금 남문 밖 다리 위에서부터 오룡교(五龍橋)에 이르기까지 어지럽게 총을 쏘며 마구 죽이니 순천 진영이 매우 위험에 처하였다.

순영중군과 함종부사가 바람처럼 달려나와 순천 진영을 구하여 도적과 함께 싸우는데 날이 저물 때까지 도적이 물러가지 않는지라 순영중군이 매우 화가 치밀어 올라 군사를 호령하여 마구 쳐들어 가니 적병이 크게 패하여 성 안으로 들어가므로 각 진영의 장수들이 그 승세(勝勢)를 몰아 군사를 이끌고 성 아래에까지 다다르니 성 위에서 화살과 돌이 비오듯 퍼부어 성을 공격하지 못한 채로 각각 본진으로 돌아왔다. 이 때는 임신년 이월 이십 삼일이었다.

도적 수백 명이 남문으로 나와 앞을 가로막고 어지럽게 총을 쏘며 또한 비각 뒤에서 한 무리의 군사가 뛰어 나오거늘 순영중군이 곧장 충원군을 뽑아 급히 쳐부수니 도적이 패하여 성에 들어간 후 나오지 않았다.

이 때 순무중영에서 수레가 다쳐 성을 공격하지 못하여 각 진영의 장수들이 염려하는데 서울에서 큰 화포와 수레를 보내었기로 순무중군이 각 진영의 장수에게 각각 명령을 전하여 이십 오일에 성을 공략하기로 약속하되, 순영중군과 박천 군수에게는 수레 한 채를 주어 남문을 공격하라 하고, 순천부사에게 수레 한 채를 몰아 성의 동북쪽을 공격하라 하고, 함종부사에게는 수레 한 채를 몰아 소서문을 공격케 하며, 순천군수와 의병장 김견신에게는 수레 한 채를 주어 북장대를 공격하게 하고, 우림장(羽林將) 허항에게는 수레 한 채를 주어 북문을 빼앗게 하고, 삭주부사는 사다리와 방패를 가지고 동문을 공격하라 하고, 마병 한 부대(部隊)로 하여금 동문 밖 십리 쯤에 매복하게 하여 미리 준비하라 하니 모든 장수가 명령을 듣고 각각 자기 진지로 물러갔다.

이 때 경래가 군칙과 함께 상의하기를,

"관병이 수레와 사다리를 준비하여 성을 공략하기를 서두른다 하오니 선생은 무슨 계교로 막고자 하오니이까?"

군칙이 말하되,

"원수(元帥)께서는 과히 염려하지 마옵소서. 내가 스스로 알아서 방비하오리이다."

하고 군사 한 명당 짚 한 단씩과 염초와 화약을 각기 주어 성사면에 나아가 기다리되 깃발을 누이고 북을 그쳐 숨어 있다가 관병이 수레를 끌고 성 밑에 도착하거든 한꺼번에 아우성을 치고 땔나무와 풀(草)에 화약을 뿌려 위에 던진 후에 불화살을 쏘아 불을 놓으라 하고 또한 아장(亞將) 네 명에게 보병(步兵) 오십 명씩 주어 각각 성문으로 나아가 기습하라 하니 모든 장수들이 명을 듣고 각각 진지로 돌아갔다.

한편, 각 진영의 장수들이 성 밑에 이르러 사다리를 놓고 성에 오르고자 하니 성 위에서 불화살을 놓아 사다리를 불사르며 적군이 사면에서 뛰어나와 마구 죽이니 다친 군사들이 말(馬)과 병기를 모두 버리고 사방으로 흩어지거늘 순무중군이 후퇴하여 본진에 돌아와 패잔군을 모아놓고 점검해 보니 불에 다친 자가 백여 명이었다. 각 진영이 자꾸 패하므로 도무지 싸울 마음이 나지 않았다.

이 때 조정에서는 순무중군이 자주 패한다는 소식을 듣고는 순무중군을 지정(指定)하시고 영변부사에게 절도사를 제수하시고 정주

목사에게 지정하여 도적을 물리치라 하시었다. 이 때가 임신년 삼월 초순이었다.

순중영(巡中營)이 도적의 무리 가운데 사수군(射手軍)을 사로잡아 적의 정세를 엄히 물으니, 그 군사가 고하여 대답하기를,

"소인은 정주 남면(南面)에 사는 백성으로 도적의 핍박을 받아 군사로 충원되어 남문을 지켰사옵는데 어제 싸움에 도망치다가 복병에 사로잡힌 몸이 되었사오니 다만 명(命)을 기다릴 뿐이옵니다."

중군이 다시 물어 가로되,

"성 안에 군사와 군량(軍糧)이 얼마나 있으며 적의 괴수 등이 무슨 계교를 꾸미고 있더냐?"

군사가 대답하되,

"경래는 도원수(都元帥)가 되어서 장대(將臺)에 있사옵고, 군칙은 선생이 되어 북장대에 있사옵고, 홍총각은 선봉장이 되었으며, 개천(价川) 이장군은 군사를 뽑아 성 밖에 나와 싸우려고 하자 경래가 무슨 일을 의심하였는지 죽였으며, 또한 윤장군(윤언섭)은 제 아들이 성을 넘어가 그 아비를 데리고 나오려 하다가 기밀을 누설하여 죽였으며, 또한 군사 한 초(哨:백 명 단위의 편대)에 장수 하나씩을 두어 군사를 이끌게 하며 만일 한 초에 한 명이라도 도망가면 다 죽이게 하오며, 총각은 매일 훈련을 시키며 이르기를 수삼일 간에 어느 진영을 기습하리라 하오며 군량은 군사 한 명당 벼 한 되와 보리 닷 되와 팥 한 되씩을 주므로 남은 군량이 겨우 십일을 채울 듯 하오며, 성 안의 사람 수는 남녀 노소 포함하여 사천여 명쯤 될 듯하옵니다."

중군이 죄인으로 하여금 그 범죄 사실을 기록하여 받은 후에 아직 진영 안에 가두어 두라 하였다.

이 때 순무중군이 밤을 세워 정주에 이르러 정주성터(定州城址)를 살펴보기 위하여 마병과 충원군을 이끌고 남문 밖 오리 쯤에 다다라 남제교(南濟橋)를 건너는데 갑자기 성문이 열리며 한 무리의 군마가 치달아 순무중군을 기습하며 대포(大砲)를 계속해서 두 발을 쏘니 그 소리가 우뢰같고 철탄이 진(陣) 앞 열 걸음 쯤에 떨어지는지라 순무중군이 크게 놀라 곧장 군사를 돌려 회군하였다. 이 때가 임신년 삼월 구일이었다.

박천군수가 군병을 점검하는데 밤이 깊어서야 점검이 끝났다. 이날 적의 무리가 성 위에 불을 어지럽게 켜고 한꺼번에 고함을 지르며 동문으로 나와 서둘러 닥치는대로 죽이니 박천군수가 순영중군을 보고 가로되,

"이것은 도적이 남을 치고 북으로 나올 계교인지라 이제 도적이 동쪽을 마구 기습하니 이는 필시 서쪽으로 나와 어느 진영을 급습할 계교임에 분명하여이다."

하고 말하는데, 과연 서문 밖 오리 쯤에 불빛이 하늘로 솟으며 함성이 크게 울리는지라, 박천군수가 곧장 군사를 시켜 알아보게 한즉 함종진영이 도적에게 패하였다 하므로 군수가 순영중군과 함께 군사를 돌려 중림성(中林城)으로 가서 함종부사를 만나 진에 돌아와 그 패한 사실을 물으니 함종부사가 놀란 마음을 가라앉히고 말하기를,

"어제 밤 삼경에 도적이 정주 대진(大陣) 뒤로 나와 군사의 막사를 향하여 화약을 던져 불을 지르고 또한 도적 백여 명이 앞쪽을 마구 짓치니 군사가 손을 쓰지 못하고 사방으로 도망가므로 나 혼자

할 수 없이 말과 창을 잃고 도망쳐 나와 목숨을 건지었소."

하므로 박천 군수가 이르되,

"이제 군사가 사방으로 흩어졌으니 곧장 나아가 군사를 모으고 패한 사실을 본진(本陣:大陣)에 누설하지 않는 것이 좋을까하오."

하고 전하여 보내었다.

함종부사가 진영 앞에 나아가 살펴보니 죽은 자가 칠십 이 명이요, 다친 자가 백여 명이었다. 분한 마음을 이기지 못한 채 패한 군사를 다시 모아 진을 옮겨 산 위에 푯말(牌尺)을 세웠다.

이 때 우림장 허항이 순중영(巡中營)에 보고하기를,

"이제는 적의 형세를 소상히 탐지한 후에 성을 공격하는 것이 좋을 듯하옵니다."

중군이 영리한 관군을 골라 적세(敵勢)를 탐지하였더니, 더러 이르되 이정과 이임은 원래 성 안 사람으로 도적의 습격을 만나 서문과 북문의 수문장이 되었다 하므로 중군이 곧장 글을 써서 군사를 시켜 이정과 이임에게 보내었다.

이 때 이정과 이임이 양문을 굳게 지키고 있는데 문득 한 군사가 봉(封)해진 서면(書面)을 주거늘 뜯어보니 그 서면에 쓰이기를,

〈너 역시 우리 조선의 백성으로서 간사한 적의 핍박을 당하여 문을 지키고 있으나 그것이 결코 너의 본 뜻은 아니니라. 하지만 성을 공략하는 날에는 수많은 사람의 목숨이 말 밑에 놀란 혼(魂)이 될 것이니 일찍 우리와 내통(內通)하여 도적을 물리친 후에 너의 부모처자를 편안히 보전하고 너 또한 그 공을 크게 입도록 하라.〉

하였으므로 두 사람이 글을 본즉 한 편으로는 놀라고 또 한 편으로는 기뻐서 곧장 답서(答書)를 써 주니 군사가 돌아와 순영중군께 드리었

다. 순영중군이 뜯어 보니,

〈뜻밖에 도적의 습격을 만나 적의 군사에 충원되었사오나 어찌 살기를 바라리오. 이제 이와 같이 가르치심을 듣사오니 이 때를 맞이하여 서로 비밀리 연락하여 명령을 받들어 행하겠사오니 다음에 서로 비교하여 고찰할 문서를 만들어 보내 주소서.〉

하였는지라 순영중군이 모든 장수와 함께 상의한 다음 문서를 만들되,

〈성을 공략하여 부수는 날에 너희들의 집안 사람들을 모두 살리며 두 사람의 공(功)을 크게 표(表)하리라.〉

하여 보내었다.

이정과 이임이 회답을 기다리는데 군사가 밀봉된 서면(書面) 하나를 갖다 주므로 두 사람이 뜯어본 후에 크게 기뻐하여 다시 회답하기를,

〈내통은 한두 사람만으로는 어려운 일이오라 서북장(西北將)들과 함께 일을 꾸민 후에 등불로 암호를 삼겠사오니 남쪽을 향해 켜거든 한꺼번에 성을 넘게 하옵소서.〉

하였으므로, 각 진영이 읽기를 다한 후에 약속을 정하였다.

허항이 이정의 동정을 살핀즉 초저녁에 등불을 성 위에 쌍으로 켜므로 일을 도모함이 분명한 줄로 알고 곧장 함종 진영을 후원군으로 삼아 군사를 이끌고 성에 이르러 사다리를 놓아 성을 넘고자 하니 갑자기 성 위에서 화살과 돌이 폭우처럼 쏟아져 더 이상 나아가지 못하고 군을 돌려 후퇴하였다. 그 후에 자세히 알아본 즉 이정과 이임이 서북 장졸 팔십 명을 이끌고 모의하여 일을 도모하고자 하다가 그 기밀이 누설되어 적장에게 죽임을 당하였다 하므로 각 진영의

장수들이 일이 패함을 못내 아쉬워하였다.

이 때 정주 남면(南面)의 한주사(韓住事)가 도적이 모여 성을 지킴을 보고 분한 생각이 크게 솟아나 성문으로 나아가 크게 호령하여 말하기를,

"나는 남면에 사는 한주사라는 사람인데 너희들에게 가르쳐 일러줄 말이 있으니 문을 열어라."

하므로, 문을 지키는 군사가 급히 경래에게 보고하니 한주사는 원래 충성과 절개가 있는 사람인지라 경래가 이 말을 듣고 군령(軍令)을 전하는 화살을 쏘아 문을 열어 들이니 한주사가 경래를 보고 크게 꾸짖어 말하기를,

"사람답지 못한 도적놈아, 나라의 은혜가 그지없어 갚을 바 없음을 모르고 외람되이 하늘의 뜻을 거역하니 네 머리를 베어 팔도(八道)에 끌고 다니며 백성들로 하여금 보게 하리니 네 마음에 부끄러움이 있거든 네 스스로 머리를 베어 멸족(滅族)의 화(禍)를 면하라."

경래가 말하기를,

"너를 마땅히 참수할 것이로되 어릴 적에 같이 배우던 정의(情誼)가 있는지라 차마 살려줄 것이니 나를 좇아 부귀영화를 함께 누림이 어떠한가?"

한주사가 더욱 크게 화내어 말하기를,

"임금의 신하가 어찌 개같은 도적과 자리(座席)인들 함께 할 수 있으리요?"

경래가 크게 노하여 원문(院門) 밖에 내어 목을 베니 어찌 가련하지 않을손가. 옛부터 충신열사(忠臣烈士)가 절개에 죽었거니와 한주

사의 충절은 결코 옛사람에 지지 않았다. 이리하여 이 말이 온 나라에 퍼지니 상감이 그 충절을 높이 차하하사 죽은 뒤 일망정 관직(官職)을 제수하시고 또한 제경욱도 치하하시고 그 자손을 불러 중(重)히 쓰게 하시었다.

이 때 도적이 군사를 이끌고 북문으로 나오며 검은 옷을 입은 군사는 앞을 달리고 흰 옷을 입은 군사는 뒤를 따르니 그 수효가 천여 명은 되는 듯 했다. 이 때 의병장 허항의 군사가 군량을 운반하기 위하여 나루터에 나아가 미처 돌아오지 못하였는지라 도적이 그 진영이 비어 있음을 알고는 나무 울타리를 마구 부수며 허항의 진영을 기습하는데 땔나무와 풀에 화약을 뿌려 진(陣) 가운데로 던지니 함종 진영이 그 형세가 위급함을 보고 군사를 거느려 구하려 할 때 도적이 또 함종 진영의 후면에 불을 놓으니 군사가 미처 손을 쓰지 못하였다.

이 날 순영진(巡營陳)에서 허항의 진이 위급함을 보고 급히 충원군 두 초(哨)와 사수군(射手軍) 한 초를 보내어 구하라 하고 또한 군사를 시켜 북을 치게 하고 남문에 이르러 한꺼번에 쳐부수며, 순무영(巡撫營)에서 마병과 충원군을 보내어 구원하므로 도적이 서문으로 나와 방패를 가지고 함종 진영과 순천 진영을 향하여 총을 쏘므로 순영중군이 급히 달려나가 구하였다. 이 때 모든 장수들이 도적의 머리를 벤 것이 넷이요, 충원군 장수 한익주가 또한 도적의 머리를 베어 돌아오니 적병이 크게 패하여 성 안으로 후퇴하였다.

이 날의 싸움에서 허항이 적은 군사를 이끌고 도적과 싸우다가 결국은 도적의 창에 맞아 죽으니 장졸들이 모두 그의 충절을 슬퍼하여 마지않았다. 순무중군이 허항의 전사(戰死)함을 나라에 알리니 상감이 그 충절을 높이 치하하여 통제사(統制使)를 추증(追贈)하시고 정려(旌閭)를 세워 그 공을 기리도록 하시었다.

이 때 순영중군 이정회가 남산에 군사를 두어 뒷쪽이 극히 험하므로 도적의 기습을 받을까 두려워하여 사면에 나무 울타리를 세우고 뒷면에 토성(土城)을 쌓게 하되 작업을 시작하는데 중군이 친히 성 쌓는 곳에 나아가 군사를 위로하니 군사가 혼심을 다하여 삼일이 채 못되어 성을 다 쌓으니 그 높이가 일장(一丈)이 더 되고, 성 위에 돌을 많이 모아 도적이 오면 방비할 수 있도록 하였다.

순영중군이 순무중영에 비밀리 연락하되,

"나루터에 군량선(軍糧船)이 많이 닿았기로 도적의 겁탈이 염려되오니 군사를 보내시어 지키게 하사이다."

하였으므로 순무중군이 듣고 가장 기뻐하사 군사를 나루터에 보내어 군량을 운반하게 하였다.

이 때 새벽 안개가 자욱하여 눈앞을 분간키 어려우니 순무중군이 곧장 각 진영에 명령을 전하되,

"오늘은 안개가 너무 자욱하니 도적이 어디로 들어와 어느 진영을 급습할 지를 알지 못할 것이니, 각 진영은 미리 방비하라."

하고 군막(軍幕) 안에 앉아 날 새기를 기다리는데 갑자기 동쪽에서 불빛이 하늘로 치솟으며 살벌한 소리가 진동하는지라 순영중군이 크게 놀라 박천군수와 함께 군마를 뽑아 비바람처럼 달려나갔다.

이 날 적장 경래는 군사를 이끌고 남문으로 나와 주필각(駐筆閣)에 매복한 후에 총을 쏘아 행인(行人)의 길을 막고 또 도적 백여 명이 본진(本陣) 당보막(塘報幕)을 불사르니 군사가 불에 다치며 창에 맞아 죽은 자가 십여 명이나 되었다.

이 때 순영중군은 선봉이 되고 박천 군수는 후원군이 되어 군사를 몰아 본진을 구하려 하는데 비각 앞에 이르니 도적이 갈 길을 막으므로 충원군을 뽑아 도적을 무찌를 때에 함종 진영과 순천 진영이 또한 달려와 여러 장수가 힘을 합쳐 적병을 무찌른 후에 한편으로는 순무영을 구원하고 급히 도적의 회군(回軍) 길을 막고 서둘러 쳐부수니 죽은 자가 들에 즐비하고 피가 흘러 내를 이루었다.

이 날 본진이 도적의 기습을 받아 도리어 승전(勝戰)하니 모든 군사가 본진에 모여 소와 양을 잡아 배불리 먹은 후에 다시 성을 공격할 일을 의논하였다. 삭주 의병을 시켜 동문 밖에 나아가 성을 싸고 굴을 파되 성을 향하여 파들어 가니 도적이 그 눈치를 알고 혹시 성을 쌓은 후에 성을 무너뜨릴까 겁을 내어 성 안에 다시 성을 쌓아 그 높기가 성과 같았다.

이 때는 임신년 사월이었다. 굴을 파 성 밑에 이르러 그 속에 화약을 묻고 화약 심지를 박아 불을 당기니 십 구일 오시(午時)에 벽력같은 소리가 천지를 뒤흔들며 성이 무너지는지라 각 진영의 군사들이 한꺼번에 몰려 들어간 즉 살벌한 아우성 소리 하늘과 땅에 가득하였다.

한편, 김견신과 한정신(韓正臣), 옥재혁 등이 선봉이 되어 좌충우돌하니 도적의 머리가 추풍낙엽처럼 떨어졌다. 이 때 경래는 형세가 위급하여 도망가고자 하였으나 옥재혁이 갈길을 막고 긴창으로 경래를 찌르니 경래가 말에서 떨어지므로 옥재혁이 그 머리를 베어 들고 순무영에 바치니 순무중군이 크게 기뻐하여 머리를 수레에 담아 서울로 보내었다.

이 때 김형록(金亨祿)은 적장 홍총각이 서문으로 달아나는 것을

보고는 급히 따라가 꾸짖어 가로되,

"너는 더 이상 도망가지 말고 서둘러 항복하라."

하므로 총각이 잔뜩 겁을 먹고 애걸하며 말하되,

"살려 주시온다면 항복하겠나이다."

김형록이 말하기를,

"너가 창을 놓고 항복하여 목숨을 보전하라."

총각이 창을 버리고 항복하므로 김형록이 군사에게 명령하여 꽁꽁 묶어 본진으로 돌아왔다.

이 때 의주 의병장 최신엽(催信燁)과 강계(江界)의 송지렴(宋之濂)과 김계묵 등이 북문으로 마구 쳐들어가 적병을 닥치는대로 베이니 시체가 쌓여 산이 되고 피가 흘러 내를 이루었다.

각 진영의 장수가 적장 총각과 이대(履大), 군칙 등을 죄인을 호송하는 수레에 실어 서울로 보내고 그 외에 사로잡은 도적은 나이를 헤아려 십 오세 이상은 모두 죽이니 그 수효가 천여 명이나 되었다.

순무중군이 성을 무찌른 사실을 나라에 글월로써 알리고 각 진영의 장수들이 모여 소와 양을 잡아 각각 배불리 먹은 후 본진으로 돌아가 회군하여 서울에 이르니 성 안의 모든 백성들이 기뻐하지 않은 이 없었다. 순무영(巡撫營)에서 사로잡은 적장들을 신문(訊問)하여 항복을 받은 후 처참(處慘)하였다. 상감이 난적(亂敵) 평정에 공로가 큰 신하들을 차례로 상(賞)주시고 장졸을 하례(賀禮)하시며 싸우다가 죽은 장졸은 그 가족을 불러 상을 내리신 후 전국에 널리 알려 죄인을 사면하시니 이리하여 온 나라가 다시 평화로와졌다.

운영전

2021년 06월 20일 인쇄
2021년 06월 30일 발행

지은이 | 황 국 산
펴낸이 | 최 원 준

펴낸곳 | 태 을 출 판 사
서울특별시 중구 다산로38길 59(동아빌딩내)
등 록 | 1973. 1. 10(제1-10호)

■ **주문 및 연락처**
우편번호 04584
서울특별시 중구 다산로38길 59 (동아빌딩내)
전화 : (02)2237-5577 팩스 : (02)2233-6166

ISBN 978-89-493-0638-4 03810